BUR
rizzoli

Maria Venturi in BUR

Addio e ritorno

L'amante è finita

L'amore s'impara

L'amore stretto

La bambina perduta

Butta la luna

Caro amore

Chi perdona ha vinto

Il cielo non cade mai

Da quando mi lasciasti

La donna per legare il sole

Incantesimo

In punta di cuore

Mia per sempre

La moglie addosso

La moglie nella cornice

Il nuovo incantesimo

Il rumore dei ricordi

Storia d'amore

La storia spezzata

La vita senza me

MARIA VENTURI

Un'altra storia

BUR
rizzoli

ISBN 978-88-17-04878-1

Prima edizione Rizzoli 1994
Prima edizione BUR Narrativa 1996
Prima edizione BUR I libri di Maria Venturi marzo 2011

Prefazione

È la prima volta che scrivo il seguito di un libro, e ciò è avvenuto per le insistenze di tre amici: Giampaolo Sodano, già direttore di Raidue, che si innamorò del romanzo *La storia spezzata*; e i produttori Guido De Angelis e Giuseppe Giacchi della Tpi che lo trasformarono in uno sceneggiato affidando il ruolo di Chiara a un'attrice di struggente bravura, Barbara De Rossi.

La storia spezzata televisiva, andata in onda nella primavera del '92, ebbe un tale successo che Sodano e i produttori praticamente mi imposero di lavorare a una... *Storia spezzata 2*. Sulle prime, esitai molto: che cosa altro sarebbe potuto accadere a una giovane donna approdata al lieto fine dopo tante sofferenze e tanti colpi di scena? Vi furono riunioni, proposte, suggerimenti: e infine, persuasa, scrissi un soggetto di una sessantina di pagine costruendo un'altra storia per Chiara – Barbara De Rossi.

Il terremoto ai vertici Rai, le difficoltà di produzione, i mutamenti del soggetto originale chiesti dai partner tedeschi hanno "congelato" per due anni il progetto: ma nel frattempo io mi ero ritrovata troppo presa e coinvolta da questo soggetto per lasciarlo cadere. E così decisi di trasformarlo in un libro. È *Un'altra storia*: che esce in libreria nel momento in cui iniziano le riprese della sua versione televisiva. Vi sono molte diversità e alcuni cambiamenti: quel che rimane, intatto, è il personaggio di Chiara, una donna troppo ricca di dignità, amore e coraggio perché la sua vita possa essere spezzata dai colpi avversi del destino.

Oltre agli amici "ispiratori", devo ringraziare le molte persone che mi hanno aiutato per questo libro: in particolare, l'antiquario Serge Cohen di Ginevra, per tutte le preziose informazioni tecnico-artistiche sul suo lavoro; Patrizia Nava, che con amorosa pazienza ha fatto ordine nel mio caotico dattiloscritto; Grazia Repossi, che lo ha seguito dalle prime bozze fino alla pubblicazione. E infine, un grazie a mia madre: è la mia lettrice più critica e appassionata, e moltissimo altro.

Maria Venturi

Un'altra storia

È morale tutto ciò che rende felici noi stessi senza rendere infelici gli altri: purtroppo bisogna fare i conti anche con quelle persone che sono felici soltanto se riescono a rendere infelici gli altri.

I

«Va bene, non preoccuparti, non fa nulla» Chiara gorgheggiò in tono che a lei stessa parve esageratamente disinvolto. La forzatura era a beneficio di sua sorella Gio': che, sollevati gli occhi dal televisore, li teneva puntati su di lei senza nemmeno curarsi di nascondere la curiosità con cui stava seguendo quella telefonata.

Chiara strinse le dita sul ricevitore, innervosita. Perché mai mi sto sforzando di nascondere una delusione che non provo affatto? Che bisogno ho di *recitare* la parte della donna imperturbabile, quando è realmente così che mi sento? «Fai buon viaggio, ci risentiamo» tagliò corto riagganciando.

Rivolse un sorriso alla gemella: «Era Bruno. Domattina presto deve partire per Londra e non può...».

«Che cosa aspetti a lasciarlo? La tua storia con lui è diventata invivibile, indecente!» Gio' proruppe con l'aggressiva franchezza di chi finalmente ha trovato il coraggio di buttar fuori una verità imbarazzante e sgradevole.

Chiara, spiazzata, rimase per qualche istante in silenzio. Poi replicò secca: «Questo, se permetti, devo stabilirlo io. E a me sta bene così».

«Non posso crederci! Ti *sta bene* un uomo che ti tradisce, va e viene quando vuole, rifiuta responsabilità e legami?»

Chiara avvampò. «Bruno avrebbe voluto sposarmi. Sono stata io a...»

«Non mi sembra che abbia insistito troppo! E comunque onestà e rispetto valgono anche al di fuori del matrimonio.»

«Gio', non mi va di parlarne.»

«La verità è che non sai che cosa rispondere.»

La verità è che nessuno potrebbe capire, Chiara pensò più tardi rigirandosi, insonne, nel letto. Dalla cornice d'argento sul comodino Marco le lanciò un'occhiata colpevole e mesta. Sono diciotto mesi e tre giorni che mi guardi così, Chiara urlò dentro di sé. E lei, da quanto tempo aveva smesso di pensare e ripensare al momento in cui la loro storia si era spezzata per sempre?

Un gemito soffocato, le due mani incrociate ad artiglio contro il petto, il volto contratto dall'incredulità e dal dolore. *Sto male, Chiara...* Tutto era accaduto all'improvviso, concludendosi in pochi minuti. Infarto. All'arrivo dell'ambulanza, suo marito era già morto. Un infermiere gli aveva pietosamente chiuso gli occhi, ma attraverso le palpebre abbassate lei aveva continuato a scorgere l'espressione colpevole e mesta dell'ultimo sguardo.

Del trambusto di quelle prime ore e degli implacabili rituali dei giorni seguenti non ricordava più nulla. Solo ridicoli frammenti di sussurri e di parole di consolazione: *è sotto choc, dovrebbe piangere, erano tornati insieme soltanto da due mesi, ti amava tanto...*

Erano state le sue ultime parole, un sussurro. *Ti amo...* E mentre tutti la credevano annientata dal dolore, lei combatteva contro i demoni di un rancore senza fine. Marco l'aveva beffata per l'ultima volta lasciandole quell'estremo ordine come ricordo: ti amo, dunque devi perdonarmi se ti lascio.

L'aveva perdonato. Ma mai più avrebbe consentito all'amore di devastare la sua vita, mai più avrebbe permesso a un uomo di dirle "ti amo".

Ti amo, dunque devi amarmi. Ti amo, dunque devi tenermi, capirmi, sacrificarti, lasciarmi andare, aspettarmi, riprendermi, perdonarmi, soffrire, tremare, dannarti. Dio, quanta prepotenza e quanti sottili ricatti sul sentimento più violento del mondo, Chiara pensò amara.

Marco le aveva fatto subire tutto questo. Sei anni di passione interrotti dal tradimento e dal divorzio. Aveva sposato un'altra. E quando l'altra era tragicamente scomparsa, Marco si era ripresentato con le spalle piegate e con Sara, la bambina nata da quell'infelice intermezzo. «Sono stato un pazzo. Non ho mai smesso di amarti.»

Svanite la tensione emotiva e l'euforia del miracoloso ritrovarsi, non era stato facile rimettere insieme i due pezzi di quei sei anni interrotti. Avrei dovuto essere felice, Chiara pensò, invece mi sentivo come se la malinconia avesse invaso ogni fibra del mio corpo, lasciandomi svuotata e stranita.

C'erano stati discorsi circospetti e lunghi silenzi affollati di interrogativi che mai avrebbero potuto trovare risposta: perché sei ritornato? Perché, pur amandoci tanto, non riusciamo a essere felici? Ed è certo che ci amiamo ancora, oppure siamo innamorati soltanto del grande amore che ci ha uniti? A notti di appassionato abbandono, in cui tutto sembrava chiaro e risolto, seguivano notti in cui lei se ne stava irrigidita nel suo angolo di letto lasciando che la marea del rancore salisse fino a sopraffarla.

«Darei la vita perché tutto tornasse come prima» Marco le aveva detto una volta con voce sommessa e impotente. Hai fatto di peggio, Chiara gli rispose in un soprassalto dell'antico rancore. Dopo due mesi ti sei dichiarato sconfitto e sei grandiosamente uscito di scena lasciandomi sola con tua figlia e con tutti i problemi che non hai voluto affrontare. Povera piccola. La morte del padre aveva scatenato in lei le identiche reazioni di quella della madre: mutismo, aggressività, sensi di colpa.

Una sera la suocera era venuta a cena a casa sua, in gramaglie, dando la stura a tutte le domande dolorosamente inutili che seguono una tragedia: come è potuto accadere? È possibile che un uomo giovane e col cuore sano muoia di infarto? Davvero non si poteva fare nulla per salvarlo?

Sara aveva sollevato gli occhi dal piatto fissandoli in quelli della nonna. «*Papà è morto perché io sono una bambina cattiva.*» Una vocina rassegnata e sicura che era penetrata come una lama nel cuore di Chiara. Dio mio, dove guardavo e a che cosa pensavo mentre Sara precipitava nel buio? Il suo rancore era crollato in quel momento, travolto dalla vergogna.

Stringendo disperatamente a sé la piccola, aveva giurato: adesso basta. Nelle settimane successive, mettendo in vendita la casa amatissima in cui aveva vissuto con Marco, abbandonando la sua attività di psicologa infantile, organizzando il trasferimento da Milano a Roma per spezzare tutte le radici col passato, si era sentita determinata e lucida come chi organizza un'evasione dal carcere. Il suo carcere era stata la sofferenza. Bene, da quel momento iniziava la grande sfida al destino. Non amerò più, non mi illuderò più, cancellerò i brutti ricordi, non mi lascerò più coinvolgere dai dolori degli altri: vediamo se ti sarà così facile colpirmi ancora.

Fino a questo momento ho vinto io, Chiara pensò continuando a rigirarsi nel letto. Sua sorella non poteva capire che Bruno Marques rappresentava la sua polizza d'assicurazione contro il grande amore. Lui le dava tutto ciò che una vedova trentenne e di bell'aspetto avrebbe potuto essere tentata di andare a cercare, rischiando di cadere in un'altra storia: appoggio, amicizia, comprensione, sesso. In cambio, Bruno chiedeva altrettanto. Niente equivoci e nessun pericolo di coinvolgimento sentimentale. La differenza stava nel fatto che lei non aveva bisogno di altri uomini, mentre a lui quella relazione senza brividi e senza sorprese non bastava più, e andava a cercarseli altrove. Ciò non la turbava affatto, perché dava alle altre donne ciò che a lei non interessava ricevere. E poi era nei patti: niente legami, niente impegno.

«Sei di un cinismo rivoltante» Bruno aveva scherzato, ma non troppo. Però era accaduto agli inizi, quando lui ancora scambiava la sua assenza di passione per una sottile strategia di conquista. Eccitato e ferito nel vivo del suo orgoglio di maschio, per un certo periodo si era addirittura creduto innamorato pazzo di lei. Al punto da chiederla in moglie. Non era stato facile fargli accettare l'incredibile realtà: lei stava bene così e *non voleva* sposarlo.

Si erano conosciuti quattro mesi dopo la morte di Marco. Chiara si era appena trasferita nella capitale con Sara e sua sorella Gio' aveva riunito in una cena tutti i suoi amici romani per presentarglieli. Tra gli amici degli amici c'era anche Bruno Marques. Quarantenne, scapolo, proprietario di una famosa casa antiquaria. Se l'era ritrovato seduto accanto e avevano cominciato a parlare di vecchi gioielli, collezioni curiose, falsi d'epoca.

«Se lei non fosse una psicologa,» a un tratto lui aveva

detto «le proporrei di venire a lavorare come mia assistente.»

«Perché non me lo propone davvero? Non faccio più la psicologa e sto cercando un lavoro completamente diverso.»

Tre giorni dopo l'assunzione l'aveva invitata a cena.

«Stasera non posso, perché la tata di mia figlia va via alle otto. Le dispiace se rimandiamo a domani?» All'indomani, e cioè dieci giorni dopo il primo incontro, erano diventati amanti.

«Sei una donna strana. Non credevo che avresti ceduto così... naturalmente e così in fretta»: il commento cauto, ma esplicito, di lui.

«Sono soltanto una vedova smaniosa»: la replica pronta e scherzosa di lei.

Ero smaniosa davvero, Chiara ricordò senza vergogna. Il mio corpo abbandonato aveva bisogno di un uomo per buttare fuori rancore, solitudine, morte. Bruno, in quelle prime settimane, non lo capì. Mi usò appassionatamente come una bella donna disponibile e senza tabù, attento soltanto che io non mi facessi illusioni o mirassi a incastrarlo. Quando finalmente realizzò che anche io lo stavo usando, reagì con furia incredula. «Davvero non mi sposeresti? Ma che cosa ti aspetti da me? Che razza di storia vuoi?»

«Questa: rassicurante e piacevole.»

«Potrei andarmene, lasciarti, farti dannare.»

«Mi è già successo e sono sopravvissuta.»

«Parli come se non mi amassi.»

«Non ho mai detto di amarti, Bruno.»

L'aveva guardata con aria di sfida: «Oh, se me lo dirai».

Ci si era messo d'impegno un paio di mesi per sedurla: il massimo possibile per un uomo come lui, sentimentalmente incolto. Ma anche affettuoso, generoso, civile. Esattamente l'uomo che voleva: quello con cui star bene avendo la certezza di non potersene innamorare mai.

Chiara lanciò un'occhiata alla radiosveglia: le due di notte. Se ti avessi conosciuto a trent'anni invece che a venti non mi sarei potuta innamorare nemmeno di te, disse alla fotografia del marito. Dietro il brillante pubblicitario che aveva colpito la sua fantasia di ragazzina si celava il passionale introverso e inquieto. Era orribile ricordare la sapienza amorosa con cui Marco l'aveva allevata sino a fare di lei un'agguerrita avversaria. Si erano dilaniati, umiliati, torturati, inseguiti, abbandonati, ripresi. Soltanto dopo la sua morte aveva capito che il loro amore era stato un gioco al massacro e che era toccato a lei sopravvivere perché era, dei due, la più forte.

Non sopportava di essere fissata con quella maledetta occhiata mesta e colpevole. Ma era stata Sara a metterle sul comodino la fotografia del padre, subito dopo il trasloco, e per nulla al mondo avrebbe voluto ferirla facendola sparire dentro un cassetto. Sara era *sua* figlia, come se l'avesse partorita lei. Anni e anni di maternità inseguita e negata si erano riversati sulla creatura muta e impaurita che Marco aveva condotto a lei dopo la tragica morte di Margherita. «Forse non siamo stati capaci di amarla...»

E lei le aveva insegnato a parlare, a camminare, a giocare, a sorridere come se fosse stata una neonata.

L'amava a tal punto che i suoceri non avevano neppure tentato di portargliela via, benché legalmente ne avessero il diritto. Loro erano i parenti del sangue, lei l'estranea. Soltanto una volta, dopo aver appreso della relazione con Bruno Marques, la madre di Marco aveva buttato lì: «Se ti risposerai e avrai dei figli, forse dovremo riesaminare il problema di Sara...».

«Io e Sara siamo una famiglia e il problema non esiste» era stata la sua risposta: raggelante e definitiva.

Agli inizi della relazione se n'era posto uno soltanto, e cioè come parlare alla piccola di Bruno e in quale ruolo farglielo accettare. L'aveva risolto nel più semplice dei modi, spiegandole che era il proprietario del negozio in cui lavorava e che, lavorando insieme, erano diventati molto amici.

Non aveva mai permesso a Bruno di fermarsi a dormire a casa sua, e quando Sara usciva con loro o era presente, evitava con cura comportamenti o discorsi che potessero lasciar trapelare l'intimità del rapporto. Tuttavia Chiara non sottovalutava il formidabile intuito infantile e sapeva bene che prima o poi la piccola avrebbe captato questa intimità. Quel che contava era non forzare i tempi e rispondere con franchezza a tutti gli interrogativi che via via sua figlia le avrebbe posto, onde evitare il turbamento di curiosità e sospetti inespressi. Insomma, Sara avrebbe a mano a mano appreso quello che era pronta per capire. E il giorno in cui le avesse chiesto se Bruno era il suo uomo non vi sarebbero stati né reticenze né dinieghi.

Tre giorni prima le era parso che Sara fosse giunta molto vicina alla verità. «Mammina,» le aveva domandato «perché Bruno non abita con noi?»

«Perché questa è la nostra casa e Bruno ha la sua.»

«Però quando due si sposano stanno nella stessa casa.»

«Certo. Ma perché mai dovrei sposare Bruno?»

«Non gli vuoi bene come... come al papà?»

«No. Non potrò volere bene a nessun uomo come al papà.»

Un piccolo sospiro. «Sono molto contenta, perché voglio abitare *sempre* da sola con te.»

Dio, quanto amava quella creatura! Fino a due mesi prima avevano dormito insieme, strette strette nello stesso lettone. Si era dovuta usare una violenza quasi fisica per staccarsi da lei e convincerla che ormai era grande e doveva avere la sua stanzetta. Chiara conosceva troppo bene i guasti causati dalle madri iperprotettive e cannibalesche per non dominare il suo viscerale istinto materno. L'adorazione che Sara mostrava per lei la commuoveva, ma vigilava continuamente perché non diventasse dipendenza morbosa. Per diventare un'adulta capace di equilibrio e autostima, la piccola doveva recidere il cordone ombelicale che la legava a lei e proiettarsi al di fuori del loro microcosmo. Devo smettere di incombere, coccolare, proteggere, essere il suo unico punto di riferimento. Devo accettare la realtà che mia figlia affronterà l'esistenza con le proprie forze e che io non potrò fare nulla per impedirle di illudersi, sbagliare, soffrire.

Le quattro. Tra due ore e mezza sarebbe suonata la sveglia. Con un sospiro, Chiara spense la luce e si raggomitolò su un fianco. Basta pensare, basta ricordare.

II

I Marques erano "antiquari dal 1872", come stava scritto sotto l'insegna. Un secolo dopo Bruno aveva ereditato l'azienda dal padre e l'aveva trasferita dall'originaria sede nel cuore di Trastevere in una palazzina d'epoca in zona Prati. I due primi piani erano adibiti a mostra-negozio e il terzo ospitava gli uffici.

Fin dai primi giorni di lavoro Chiara era rimasta colpita dall'efficienza di Bruno. Dotato in egual misura di talento artistico e organizzativo, egli non si limitava a vendere mobili e oggetti d'antiquariato, ma aveva trasformato la palazzina in galleria e casa d'aste. Non esisteva mercato al mondo che Bruno non battesse alla ricerca di cose preziose, né vendita all'incanto o successione ereditaria o smantellamento di dimore o arredi cui non partecipasse.

Quattro volte all'anno organizzava una mostra monografica che era diventata un evento irrinunciabile per la mondanità e gli amanti dell'arte. Poteva trattarsi di argenti, gioielli d'epoca, marine dell'Ottocento, rari tappeti caucasici, libri: ogni volta che riusciva a raccogliere una quantità di esemplari sufficiente per documentare un genere o una scuola o uno stile, Bruno stampava un catalogo e, al termine della mostra, organizzava un'asta per aggiudicare quanto non era stato prenotato o venduto.

I suoi contatti con la clientela erano limitati all'eccezionalità. Di norma, o era in viaggio oppure se ne stava nel suo ufficio del terzo piano. Direttore delle vendite era Paolo Lenzi, suo coetaneo ed ex compagno di scuola: alto, robusto, candido di capelli e gli occhi chiarissimi caratteristici degli albini, Lenzi sprizzava cordialità e autorevolezza da tutti i pori.

A ricevere i clienti erano i quattro collaboratori (il termine "commesso" era tabù) che lui stesso aveva selezionato: una ragazza e tre uomini che faceva rigare a bacchetta e pendevano dalle sue labbra.

Il ruolo di Chiara consisteva nel curare la preparazione dei cataloghi e delle mostre e prendere in carico gli oggetti destinati a esse: vale a dire assicurarli, preparare le schede di ciascuno, registrarne il prezzo base, farli fotografare e infine collaborare alla loro esposizione.

Tra una mostra e l'altra, Chiara seguiva il reparto "Marques junior". Era stata un'idea sua: coinvolgere il pubblico più giovane in un apposito spazio vendita destinato alla piccola collezione o al piccolo antiquariato dai prezzi accessibili: poster, automobiline, bigiotteria americana degli anni Trenta e Quaranta, penne stilografiche, orologi, vecchia oggettistica in genere.

L'idea le era venuta accompagnando Bruno a una fiera-mercato e vedendolo disdegnare tutto ciò. «I tuoi anziani e danarosi clienti spariranno per consunzione» aveva scherzato «e dovresti pensare per tempo al loro ricambio.»

«Non posso introdurre questo ciarpame nel mio negozio, ho un'immagine da difendere» era stata la pronta obiezione.

«Tutto dipende dal saper scegliere le cose giuste e presentarle con stile.»

Era stato proprio Paolo Lenzi a darle man forte, facendo crollare le resistenze di Bruno. Dieci mesi dopo, i fatti avevano dato ragione a entrambi: non soltanto il reparto junior andava a gonfie vele, ma aveva contribuito a svecchiare e a togliere intimidatorietà all'immagine del secolare marchio antiquario Marques.

Paolo Lenzi, che sulle prime aveva accolto Chiara con diffidenza e sussiego recriminando tra sé che l'amico avesse mischiato sesso e affari, si era ben presto ricreduto sul conto di lei: Bruno non avrebbe potuto trovare un'assistente più scrupolosa, creativa, entusiasta. «Chi direbbe che una volta facevi un lavoro tanto diverso?» le ripeteva spesso. «Sembri una antiquaria nata...»

Lei era la sola persona di fronte a cui Lenzi apparisse intimidito ed esitante. Di certo, era incapace di darle ordini e da qualche tempo la consultava per ogni decisione importante, mostrando di tenere nella massima considerazione i suoi pareri.

Chiara amava quel suo lavoro tra le cose antiche. La loro preziosa bellezza, sopravvissuta ai decenni, le riempiva gli occhi e il cuore dandole una sensazione di profonda serenità. Era come vivere in una dimensione magica, al di sopra del tempo, delle sofferenze, del degrado. Tutto passava e si allontanava, restavano solo le cose, a perpetuare un segreto messaggio di equilibrio e armonia.

In quei giorni Chiara stava preparando una mostra di orologi-gioiello dell'Ottocento: quarantadue esemplari che Bruno aveva inseguito e raccolto per due anni e che sarebbero stati presentati come "splendore del tempo".

Come altrimenti definire, se non splendidi, quei capolavori? La natura aveva offerto le sue gemme più preziose e la mano dell'artista le aveva incastonate nel platino e nell'oro facendo scintillare colori e luci in un amoroso gioco di intarsi, ceselli, spirali, rilievi. In attesa della mostra, quel tesoro era stato rinchiuso nel caveau sotterraneo della palazzina.

Per ragioni di sicurezza, a Chiara era stato chiesto di fare le fotografie destinate al catalogo prima e dopo l'orario di apertura del negozio, quando il portone blindato era chiuso e nessun estraneo si trovava a circolare nei locali dell'interno. Cosicché da una settimana doveva arrivare sul posto di lavoro alle sette e non poteva allontanarsene prima delle nove di sera.

Fortunatamente quello era il penultimo giorno: benché la tata di Sara si fosse dimostrata molto disponibile, Chiara non sopportava di uscire di casa quando la bambina ancora non si era svegliata e di rientrarvi quando era ormai pronta per andare a dormire. Voleva essere lei a prepararle la colazione, lei ad accompagnarla all'asilo, lei a farle la doccia e infilarle il pigiamino dopo che avevano cenato, chiacchierato, giocato insieme.

Quella mattina arrivò con un quarto d'ora di ritardo e, parcheggiando, scorse Paolo Lenzi già in attesa davanti all'ingresso. Anche lui la scorse, e subito le si fece incontro: «Cominciavo a preoccuparmi...».

«Scusami. Stamattina non ho sentito la sveglia e strada facendo mi sono infilata senza accorgermene in un senso unico.»

«Coraggio, siamo quasi alla fine. Il fotografo è andato a bere un caffè, vuoi che lo raggiungiamo?»

«Grazie, no. Preferisco scendere subito nel sotterraneo e preparare gli orologi da fotografare. Ci manca l'aiuto di Bruno e dobbiamo guadagnare tempo.»

Alle nove meno un quarto chiusero il caveau e risalirono al piano superiore. «Rimangono solo otto esemplari, se ci diamo sotto possiamo finire tutto per stasera» il fotografo disse congedandosi mentre Paolo Lenzi azionava lo sblocco del sistema d'allarme per aprirgli il portone. Lo richiuse alle sue spalle. Mancava ancora qualche minuto all'orario di apertura del negozio, giusto il tempo perché Chiara portasse nel reparto junior le otto spille di Trifari che aveva catalogato la sera prima.

Lenzi la osservò mentre, con gesti eleganti e abili, sistemava quella preziosa bigiotteria nella vetrinetta. «Hai ricordato a Bruno di fare un salto da Rufus?» le chiese. «Pare che abbia uno stock di Coro Kraft molto interessante.»

Chiara scosse la testa. «Ho saputo che andava a Londra soltanto ieri sera, e la sua telefonata mi ha colta alla sprovvista. Dovrebbe richiamare stamattina, e glielo ricorderò senz'altro.»

«Il nostro lavoro comporta spesso viaggi improvvisi e cambiamenti di programma.»

Nella voce dell'uomo c'era una nota di imbarazzo, e lei si affrettò a rassicurarlo. «Parli come se io fossi ancora un'inesperta principiante oppure un'amante possessiva e sospettosa» sorrise.

Lenzi ricambiò il sorriso. «Scusami. So bene che sei una donna eccezionale, in ogni senso, ma ogni tanto non posso fare a meno di attribuirti qualche umana vulnerabilità...»

«Adesso mi stai dando del robot!» Chiara scherzò.

L'espressione di Lenzi tornò a farsi imbarazzata. «Non riesco a capire il tuo rapporto con Bruno, ecco tutto. Lui ti è sicuramente molto legato, e qualsiasi altra donna al posto tuo ne approfitterebbe per...»

«Mettergli la briglia al collo? Esigere fedeltà, dedizione e impegno?»

«Lo dici come se fosse una cosa peregrina o folle. In realtà sarebbe un tuo sacrosanto diritto esigere tutto questo.»

«Ieri sera ho avuto con mia sorella una lunga discussione al proposito: anche lei la pensa come te. Il fatto è che io non voglio un altro marito né un altro rapporto di coppia equivalente al matrimonio. È proprio così difficile da capire?»

Paolo Lenzi la fissò con aria perplessa. «No. Quello che non riesco a capire è che cosa provi per Bruno e perché stai con lui.»

«Gli voglio bene, mi piace, mi stimola mentalmente: molte donne stanno insieme a un uomo per molto meno.»

L'uomo guardò l'orologio. «Tu non sei una di quelle, ma è un discorso troppo lungo. È l'ora di aprire bottega, poco fa ho visto due ragazzi già in attesa davanti al portone.»

Chiara vide i due ragazzi entrare e soffermarsi, con aria incerta, nell'atrio. Uno era sulla ventina, l'altro sembrava di un paio d'anni più giovane. Con tutta probabilità cercavano il reparto junior, ma l'esperienza le aveva insegnato a non lasciarsi fuorviare né dall'età, né dall'abbigliamento. Capitava spesso che ragazzotti in jeans e maglietta si rivelassero ricchi rampolli alla ricerca del mobile particolare o dell'oggetto raro.

«Posso esservi utile?» chiese facendosi incontro ai due primi clienti di quella mattina.

«Vorremmo dare un'occhiata in giro, se è possibile» rispose il più giovane, con un sorriso accattivante che scoprì due incisivi accavallati.

«Certamente. Siete interessati a qualcosa in particolare?»

Il ragazzo si strinse nelle spalle. «No... Cioè, sì. Domani è il compleanno di mia madre e sto cercando un regalo un po' diverso dai soliti.»

L'amico più grande si affrettò a spiegare: «Sua madre va pazza per la roba antica».

Chiara annuì. Poi, schiarendosi la voce: «Qui potete trovare di tutto... Se mi dite più o meno quale cifra volete spendere, ci orienteremo meglio».

Il ragazzo più giovane sorrise di nuovo. «Vorrei stare su un gioiello. Per la cifra non ci sono problemi, se trovo quello che cerco mi faccio dare l'assegno da mio padre.»

L'amico strizzò un occhio a Chiara. «Non montiamoci la testa, il suo vecchio più di cinque o sei milioni non scuce.»

«Anche se per comprare un gioiello della Corona non basta, a me pare una cifra di tutto rispetto» lei ribatté quasi sgarbatamente. Il maggiore dei due non le piaceva affatto, con quell'aria strafottente e quel suo rozzo linguaggio da ragazzotto anni Sessanta. Suo malgrado notò che aveva le unghie rosicchiate e un orribile tatuaggio a forma di teschio sul polso destro. Si trattava chiaramente del cattivo amico paventato da tutti i genitori, ma per fortuna era un problema che ancora non la coinvolgeva, data l'età di Sara.

Il pensiero della piccola la ricondusse alla realtà. Non aveva tempo da perdere, quel giorno. Fece cenno ai ragazzi di seguirla e li condusse verso la vetrinetta degli ori d'epoca. «Tutto quello che vedete esposto costa da uno a cinque milioni, perciò non avete che da scegliere.»

«Lei che cosa mi consiglia?» chiese educatamente il più giovane.

«Dipende dai gusti di tua madre. In ogni caso mi orienterei su una spilla... Per esempio questa» Chiara rispose puntando il dito sul vetro. Era un piccolo tralcio in oro giallo e smalto, con un elegante inserto di diamantini nel gambo.

«È molto bella» il ragazzo assentì.

L'amico fece una smorfia. «Sì, certo, ma non si può vedere qualcosa d'altro?»

«I gioielli d'epoca al di sotto dei sei milioni sono tutti qui.»

«Si può cambiare genere. Un orologio, un quadro, un tappeto... Insomma, non mettiamoci fretta.»

«Ragazzi, io non vi metto affatto fretta. Qui ci sono due piani di esposizione e a questo punto vi consiglio di fare un giretto per chiarirvi le idee.»

I due amici si scambiarono un'occhiata. «Per noi va benissimo» disse il più giovane. «Sempre che non le dia disturbo...»

«E perché mai? Andate a vedere quel che volete, e se c'è qualcosa che vi interessa rivolgetevi a uno degli addetti per sapere il prezzo.»

«Ci sta scaricando, eh?» sogghignò l'amico cattivo.

«No. L'accompagnamento non è previsto, tutto qui.»

«E vi fidate a mandare in giro la gente da sola, con tutta la roba di valore che avete?»

«La roba di valore è nelle vetrinette blindate o nel caveau.» Chiara si accorse di essere stata nuovamente sgarbata. Accidenti a me, si disse, ho i nervi a fior di pelle e me la sto prendendo con due ragazzi che hanno la sola colpa di essermi antipatici.

Paolo Lenzi giunse alle sue spalle. «Qualche problema?» s'informò premuroso.

«No, no. Andate pure, ragazzi.»

Li vide dirigersi nuovamente verso di lei dopo circa mezz'ora. Il più giovane disse con aria quasi mortificata: «Non abbiamo trovato niente di adatto... Il regalo migliore mi sembra ancora la spilla che ci ha fatto vedere prima. Se può mettermela da parte, domattina torno con l'assegno...».

«Va bene, ti aspetto» Chiara tagliò corto. Stava controllando le fotografie degli orologi per il catalogo e non voleva deconcentrarsi.

«Ehilà, questo sì che sarebbe un bel regaluccio!» rise il ragazzo più grande indicando una delle foto.

«È un esemplare unico, con la cassa decorata da Carreno de Miranda per Marianna d'Austria» Chiara ribatté asciutta. «Non credo che papà "scucirebbe".»

«E questo che cos'è?» domandò il ragazzo, senza raccogliere la provocazione, additando un'altra foto.

«Il prototipo dell'ovetto della Rolex.»

«È bellissimo.» Sembrava sinceramente ammirato.

«Questo è ancora più bello» Chiara rispose mostrandogli l'immagine di un prezioso orologio da tasca con decorazioni floreali. «È un esemplare realizzato a Torino attorno alla metà del Seicento per la famiglia reale inglese.»

«Dove l'avete trovato? Voglio dire, com'è che tutta questa roba finisce sul mercato?»

«Nessuna famiglia è risparmiata da dissesti, eredi avidi, dissipatori ignoranti, amanti generosi o donatori munifici...» Chiara spiegò con inaspettata pazienza, favorevolmente colpita dall'interesse dei due ragazzi. Il suo sguardo cadde sul teschio tatuato del polso. Da quanti orrori potremmo preservare i giovani, pensò, se soltanto ci sforzassimo d'inculcargli l'interesse e l'amore per le cose belle...

In uno slancio di entusiasmo, mostrò ai ragazzi tutte le immagini scattate. «Se mi lasciate il vostro indirizzo, vi manderò l'invito per la mostra» disse infine. «Visti dal vivo, questi orologi sono tutta un'altra cosa.»

I due ragazzi se ne andarono profondendosi in ringraziamenti e Chiara si premurò di mettere da parte la spilla prescelta. Finalmente libera, si rinchiuse nel suo ufficio per proseguire nella preparazione del catalogo. Una volta terminata la schedatura dei pezzi, c'era da abbinare a ciascuno un breve testo illustrativo: l'epoca, la provenienza, la firma o il marchio, le caratteristiche tecniche, i materiali utilizzati, la caratura delle eventuali gemme.

Alle 12,45, quando Paolo Lenzi passò a prenderla per il rituale spuntino nella vicina tavola calda, Chiara lo pregò di andare da solo. Non voleva deconcentrarsi con l'intervallo. «Il massimo sarebbe terminare per stasera tutte le fotografie» disse. «Sto trascurando vergognosamente mia figlia!»

Paolo Lenzi sorrise. «Sara non potrebbe desiderare una madre migliore. Né io e Bruno una collaboratrice più efficiente. Credo che tu debba sentirti in colpa solamente nei tuoi confronti: che cosa ti concedi, al di fuori di ufficio e casa?»

Chiara ricambiò il sorriso. «L'interrogativo è un altro: che cosa potrei desiderare di meglio, oltre a una figlia che adoro e a un lavoro che mi appassiona?»

A metà pomeriggio il fotografo telefonò, scusandosi: purtroppo aveva avuto un contrattempo e per quella sera gli era impossibile venire a fare gli ultimi scatti. L'appuntamento restava fissato per l'indomani alle 7,30.

Chiara si affrettò a telefonare a casa, pregando la tata di Sara di arrivare ancora una volta alle sette. «Spero proprio che sia l'ultima. In compenso, stasera tornerò presto e lei sarà libera molto prima.»

La donna la rassicurò: non c'erano problemi, stesse pure tranquilla, poteva contare su di lei.

Quella notte Chiara permise a Sara di dormire nel lettone con lei. La piccola si raggomitolò nelle sue braccia. «Voglio restare sempre con te, mammina...»

«Certo! I bambini stanno sempre con la loro mamma.»

«Tu non te ne andrai mai via, vero?»

«Mai. Promesso.»

«*Giurin giurino?*» Sara chiese incrociando le dita. Era, nel loro codice, la più solenne delle promesse.

«*Giurin giurino*» Chiara ripeté seriamente, incrociando a sua volta le dita.

«E se muori come il papà e l'altra mamma?»

«Non è possibile. Il papà e l'altra mamma ti hanno lasciata con me, e sanno bene che se mi chiamassero in cielo con loro tu resteresti sola. Io li raggiungerò tra tanti, *tantissimi* anni...»

«Sì, però io voglio venire con te. Dimmi *giurin giurino* che moriremo insieme.»

Gli occhi di Chiara si riempirono di lacrime. Strinse a sé la figlia senza rispondere, sentendosi come sempre furiosa e impotente al pensiero di tutte le violenze che Sara aveva dovuto subire nella sua piccola vita. Concepita per sbaglio, era cresciuta accanto a due genitori troppo concentrati nella loro infelicità per trasmetterle sicurezza e amore. Una sera, dopo una lite col marito, sua madre l'aveva caricata su un'auto ed era andata a schiantarsi contro un camion. Disgrazia? Suicidio? Sara era stata estratta dalle lamiere con le ossa spezzate e l'immagine della madre morta impressa negli occhi. Dopo un mese di ospedale, era stata dichiarata fuori pericolo: ma non parlava più, non rideva più. Interrotto ogni contatto con il mondo esterno, si era rinchiusa in un suo irraggiungibile universo popolato di paure e di fantasmi.

Erano occorsi mesi e mesi di cure per riallacciare il contatto. E quando finalmente Sara aveva ritrovato le rassicurazioni e la spensieratezza di una infanzia normale, anche suo padre se n'era andato. Adesso, a neppure cinque anni, viveva con il terrore di un nuovo abbandono.

«Mammina...» sussurrò divincolandosi dalla sua stretta.

«Sì, amore?»

«Non mi hai detto *giurin giurino* che moriremo insieme.»

«*Giurin giurino*. Non ti lascerò mai. *Mai*. Adesso dormiamo, è tardi.»

III

Come udì lo squillo del telefono, Andrea Morello abbassò il volume del televisore e gettò un'occhiata alla pendola di fronte. Al suo "pronto?" rispose l'inconfondibile voce di sua madre. «Mi passi tua moglie, per favore?»

Era tipico di lei: niente saluti, niente preamboli, se chi alzava il ricevitore non era la persona desiderata si affrettasse a passargliela.

«Marina non c'è, mamma. Puoi dire a...?»

«Come, *non c'è*? Oggi pomeriggio, quando le ho telefonato, stava correndo dal parrucchiere. Eravamo d'accordo che ci saremmo sentite stasera!»

«Si è fermata a cena da un'amica.»

«Puoi darmi il numero di telefono di questa amica?»

«Veramente non so neppure chi è. Marina ha chiamato da fuori e ha parlato con la domestica. Vuoi dire a me?»

Qualche attimo di silenzio. Poi: «Passami Cecilia».

Stavolta fu Andrea a esitare. «Non è in casa neppure lei.»

«Alle dieci di sera?» Nella voce della donna vibrarono sbalordimento e indignazione.

«Mamma, Cecilia ha quindici anni.»

«Quattordici e cinque mesi. E alla sua età non si esce dopo cena, né ci si possono concedere tante libertà. È proprio di questo che volevo parlare con Marina. Il professore di lettere di Cecilia è figlio della mia amica Nencioni e dice che la ragazzina non studia, fa un mucchio di assenze e se continua così sarà bocciata a giugno. Mi sai dire perché tua moglie non si è mai degnata di andare a un colloquio con gli insegnanti?»

Andrea si spazientì: «Lo stesso discorso vale per me. Cecilia è anche figlia mia».

«Tu lavori, lei non fa niente. Ma qui non mi intrometto, se ti sta bene una moglie che va a spasso tutto il giorno è affar tuo. Io mi preoccupo soltanto per Cecilia. Chi la segue? Chi le impone delle regole? Chi controlla dove va e quali amicizie frequenta? Due sere fa, alle undici, la cameriera della mia amica Nencioni l'ha vista uscire dal bar sotto casa sua con un ragazzo e salire in moto con lui. Marina dov'era? Lo sapeva?»

«È evidente che mia moglie non dispone della rete informativa della tua amica Nencioni.»

«Risparmiami il tuo sarcasmo, è un discorso serio.»

«Mamma, non posso prendere sul serio un discorso basato su pettegolezzi e frecciatine. In tutta franchezza, penso che la tua animosità nei confronti di Marina ti faccia vedere le cose più gravi di quel che sono. Certamente non mi fa piacere che Cecilia se ne vada in giro di sera, ma non drammatizziamo: è quasi estate, basta fare due passi per vedere le strade piene di adolescenti che chiacchierano, mangiano l'anguria o il gelato, si riuniscono a gruppi...»

«Io, questo pigia pigia, non l'ho mai notato. E in ogni caso le madri sanno sempre con chi i figli sono e a che ora rientreranno.»

«Perché dai per scontato che Marina non sia una di queste madri?»

«Perché non lo è! E tu lo sai benissimo. Solo che ti fa comodo tenere gli occhi chiusi e fingere che i problemi non esistano.»

«Sono un adulto di trentotto anni e non ti permetto di intrometterti nei miei problemi e nella mia vita» Andrea replicò facendo uno sforzo sovrumano per non perdere l'autocontrollo.

«Purtroppo non me lo hai *mai* permesso! Nemmeno quando all'università ti sei lasciato abbindolare da quella... da quella ragazzetta che sei stato costretto a sposare in gran fretta!»

«Adesso *basta.*»

«Io posso anche stare zitta, ma la realtà non cambia. Se mi avessi dato ascolto, non ti saresti dovuto dannare l'anima per laurearti, lavorando di giorno e studiando di notte. E oggi non ti ritroveresti legato a una donna che ti sfrutta e continua a plagiarti. È a lei che dovresti dire *basta*. O a te stesso. Per quanti anni ancora vuoi pagare le conseguenze di un colpo di testa giovanile?»

Andrea emise un profondo sospiro. «Hai detto quel che pensi. Adesso, possiamo darci la buonanotte e finire questa telefonata?»

«Non trattarmi come una vecchia imbecille!»

«Mamma, è da quindici anni che ripeti le stesse cose. Dovresti aver capito che le mie idee sono diverse dalle tue. Che ti piaccia o no, Marina è mia moglie e non è stato facile nemmeno per lei subire le conseguenze del nostro colpo di testa giovanile, come lo chiami tu. Mentre io studiavo e lavoravo, lei cresceva la bambina. In una stanza ammobiliata. Cucinando su un fornelletto e dannandosi l'anima per far bastare le quattro lire che riuscivo a guadagnare.»

«Ha fatto un ottimo investimento, visto che oggi si ritrova sposata a un brillante avvocato e vive in un lussuoso attico...»

«Hai dimenticato quello che è successo quattro anni fa. Più precisamente, quello che io ero diventato. Ma è meglio lasciar perdere: l'astio per mia moglie ti spingerebbe anche qui a manipolare i fatti con interpretazioni malevole e tortuose...»

Di mamma ce n'è una sola: proprio a me doveva capitare? Era una vecchia battuta di Mino Binelli, il suo migliore amico, come lui figlio unico di madre vedova e amorosamente irrefrenabile. Suo malgrado, nel riattaccare il ricevitore, Andrea sorrise. Ma fu un istante. Subito dopo, si ritrovò a fare i conti con la realtà di quella telefonata. Al di là di recriminazioni e astiosità che purtroppo gli erano familiari come un vecchio ritornello, stavolta era stato messo di fronte a un problema inedito e concreto: quello di Cecilia.

Sua madre aveva ragione affermando che la ragazzina godeva di troppa libertà: ed era grave che lui non se ne fosse accorto prima, dando per scontato che Marina si preoccupasse di seguire, controllare e gestire la loro figlia. Lui sapeva bene che Marina non era strutturata per farsi carico di alcuna responsabilità: troppo infantile, troppo svagata, troppo superficiale e facilona. Soltanto nelle situazioni di emergenza si trasformava miracolosamente in una preziosa compagna dalle mille risorse, ma ciò accadeva perché viveva l'emergenza come un gioco nuovo o una sfida eccitante. Ignorando i rischi in agguato o le conseguenze di un passo falso, partiva senza remore alla ricerca delle vie d'uscita più provocatorie, brillanti e geniali. Oppure, come era accaduto quattro anni prima, indicava quella talmente ovvia che chiunque, per pudore o per presunzione, l'avrebbe scartata in partenza.

Ma nella quotidianità Marina non esisteva. Certamente dava per scontato che Cecilia sapesse gestirsi da sola, e nemmeno la sfiorava il sospetto che potesse farlo male o andare a cacciarsi in qualche guaio. Non era stato proprio questo a sedurlo, sedici anni prima? Cresciuto accanto a una madre sempre pronta a lottare contro il peggio, e perciò diffidente, cauta e perennemente sulle difensive, era stato travolto dallo spericolato ottimismo di Marina. Non conosceva ostacoli, paure, tabù. «La vita è come un fiume, basta lasciarsi andare alla sua corrente» amava ripetere. Benché fosse una teoria rozza e semplicistica, se ne era lasciato contagiare.

Sua madre persisteva a credere che si fosse sposato perché Marina era rimasta incinta. In realtà, sia pure con minor fretta, l'avrebbe sposata comunque perché la parte più segreta di lui corrispondeva con il modo di essere di lei e decidendo di unire le loro vite gli era parso davvero di lasciarsi andare alla corrente d'un fiume. Era qualcosa di fatale e incontrastabile.

Con il passare del tempo si era dovuto amaramente ricredere, ridimensionando le epiche motivazioni di quello che era stato soltanto un abbaglio giovanile. Sua moglie era incolpevole, perché non aveva mai barato né tentato di apparire quel che non era. L'errore era stato suo, nello scambiare la superficialità per ottimismo, la pigrizia per saggezza, l'infantilismo per affascinante femminilità.

Come sempre succede, l'amore era finito nel momento in cui le qualità che aveva adorato si erano trasformate nei difetti più insopportabili. Ma non si sarebbe separato mai per questo: con il matrimonio si era impegnato a restare unito a Marina per sempre, nella buona e nella cattiva sorte, e il suo senso del dovere era troppo radicato perché si sottraesse a questo impegno.

Dopotutto, vivere con lei non si poteva definire una "cattiva sorte". La loro unione era quella di due "single" che condividevano civilmente la stessa casa, liberi di entrare e uscire senza mai interferire, protestare, invadere. Condividendo anche lo stesso letto, era scontato che di tanto in tanto facessero anche all'amore. Marina non si sottraeva mai alle sue avances, né mai aveva mostrato amarezza o stupore perché con il passare del tempo esse si erano fatte sempre più sporadiche e meno appassionate: ed era, anche questo, un punto a suo favore. Grazie a lei, Andrea aveva potuto vivere il calo della propria *libido* senza sentirsi frustrato e colpevolizzato. Il lavoro assorbiva tutte le sue energie e gli dava tutte le gratificazioni di cui aveva bisogno.

Adesso, però, la telefonata di sua madre metteva di colpo in discussione ogni cosa, rischiando di far saltare in aria quella certosina costruzione di ruoli e di equilibri. Si era vergognosamente dimenticato di inserirvi sua figlia, e doveva correre subito ai ripari.

Guardò nuovamente l'ora: le 23 e 10. Dove diavolo era andata, Cecilia? Al cinema? A una festa? Oppure in quel momento stava girando per le strade in sella a una moto, rischiando di spezzarsi l'osso del collo? Andrea oppose all'improvviso dilagare del panico la barriera dell'ira: quando torna mi sentirà, da ora in avanti si cambierà registro, devo fare un bel discorso anche a Marina.

Avvertì una sensazione di ridicolo che ritorse l'ira contro se stesso. Il padre che esce dal lungo sonno e scende sul sentiero di guerra... Dove era stato, fino a quel momento? Come aveva potuto non accorgersi che sua figlia cresceva praticamente abbandonata a se stessa? Quando udì la porta d'ingresso aprirsi era passata la mezzanotte e i sensi di colpa avevano ormai lasciato il posto a una paralizzante premonizione di catastrofe: da un momento all'altro qualcuno lo avrebbe avvertito che Cecilia era stata ferita, violentata, rapita, uccisa... Mio Dio, grazie di avermi risparmiato tutto questo, pensò slanciandosi verso l'ingresso.

Era Marina. Che, trovandosi di fronte il marito con il fiato corto e la faccia stralunata, rimase a fissarlo a bocca aperta.

«Dov'è Cecilia?»

«Cielo, che spavento! Cecilia è andata a studiare da un'amica e si è fermata a dormire a casa sua.»

«Ti ha avvertito?»

«Andrea, che ti succede? Certo che mi ha avvertito. Così sui due piedi non mi ricordo che amica è, ma mi ha detto nome e cognome e anche dove abita. All'Eur, mi pare.»

La donna si diresse verso il soggiorno e Andrea la seguì. «La scuola sta per finire e forse sarebbe meglio se studiasse per conto proprio» azzardò con cautela.

«I ragazzi preferiscono studiare in gruppo, e non ci trovo niente di male. Lo facevo anch'io» Marina replicò sfilandosi orecchini, collana e anelli e deponendoli su un tavolino.

Andrea si schiarì la voce. «Il discorso è un altro... Credo che Cecilia sia un po' troppo libera per l'età che ha.» Cercò con cura le parole. Conoscendo la cocciutaggine e lo spirito di contraddizione della moglie, doveva stare molto attento a non prenderla di petto.

«Per caso, hai parlato con mammina cara?» Marina gli chiese lanciandogli un'occhiata tra il divertito e l'ironico.

«Non capisco cosa c'entra mia madre» lui replicò, subito sulle difensive.

«Oggi pomeriggio, al telefono, mi stava dicendo qualcosa del genere.»

«Stasera ti ha richiamato.»

«È tutto chiaro: non trovandomi, ha fatto quattro chiacchiere con il figlioletto. Quali sono, stavolta, i capi d'imputazione contro di me?»

«Marina, tu non sei sotto processo e comunque sai bene che mi sono sempre tenuto fuori dalle vostre beghe. In effetti stasera ho parlato con mia madre e mi ha riferito qualcosa che va ben ál di là delle "quattro chiacchiere".»

«Per esempio?» Adesso era Marina a essere sulle difensive.

«Cecilia rischia di essere bocciata...»

«Tua madre è diventata anche indovina?»

«Purtroppo mia madre l'ha saputo direttamente da un professore, che è figlio della sua migliore amica. Né io né te eravamo al corrente di questa situazione scolastica catastrofica, e...»

«Sempre questi tuoi toni d'apocalisse! Ammesso pure che sia vero, qual è il ragazzo che non ha perso un anno nel corso della vita scolastica? Cecilia sta attraversando la classica crisi dell'adolescenza. È pigra, svogliata, ribelle. Diamole il tempo di crescere!»

«Nel frattempo dovremmo seguirla più da vicino. Imponendole degli orari, controllando le sue amicizie, limitando la sua libertà.»

«Ho sentito bene? Mi stai proponendo di instaurare un regime poliziesco? Sarai un bravo avvocato, Andrea caro, ma come psicologo non vali proprio nulla. Provaci soltanto a usare questi metodi, con un ragazzo d'oggi, e vedi che cosa ottieni: come minimo, scappa di casa o comincia a drogarsi per farti dispetto.»

«Adesso sei tu a usare i toni dell'apocalisse. Io non voglio certo mettere nostra figlia agli arresti, ma tra il regime poliziesco e l'anarchia c'è una giusta via di mezzo. Una ragazzina di nemmeno quindici anni non può gestirsi da sola e vivere senza il minimo controllo...»

«Finalmente siamo arrivati al nocciolo del discorso. Io sono una pessima madre. Vogliamo aggiungere che sono anche una pessima moglie? Forza, spara pure a zero» Marina disse ergendosi davanti al marito con aria di sfida.

«Non ti sto affatto rivolgendo delle accuse, e men che meno voglio spararti addosso. Se tu sei una pessima madre, che cosa dovrei dire di me stesso? Come padre, addirittura non esisto.»

«Adesso non gettarti la croce addosso. Qual è l'uomo che ha il tempo di occuparsi dei figli? Cecilia è più fortunata di tanti altri perché appena hai un minuto libero lo dedichi a lei. L'estate scorsa te la sei portata a New York, per tutto l'inverno siete andati insieme ai concerti, non c'è settimana che non la accompagni al cinema... La prova è che tua figlia stravede per te.»

«Però non so niente dei suoi amici, dei suoi studi, dei suoi problemi. In realtà io e lei parliamo pochissimo.»

«Oddio, smettiamo di mitizzare questo dialogo! Stringi stringi, di che cosa si deve parlare? Vivendo insieme, si finisce per conoscersi come libri stampati. E si fanno e si pensano sempre le solite cose...» Deposta l'aggressività di pochi minuti prima, Marina adesso appariva rilassata e ciarliera.

Era impossibile fare un discorso serio con lei, Andrea pensò con un silenzioso sospiro, e tanto valeva lasciar perdere. «Dove sei stata oggi?» chiese tanto per dire qualcosa.

«Dal parrucchiere. Non ti sei nemmeno accorto che ho fatto una nuova sfumatura rossa ai capelli! E poi sono stata a casa di Carmen. Pensa che colpo di fortuna, una industria di cosmetici le ha offerto un contratto come testimonial... È il momento d'oro delle trentacinquenni di classe.»

Carmen Grandi era la sua migliore amica. Ex fotomodella e indossatrice, da alcuni anni viveva di rendita sui passati splendori conducendo un'esistenza che ad Andrea sembrava futile e oziosa. Ma per Marina era il massimo. E quell'amicizia la inorgogliva e la gratificava. Lui aveva da tempo il sospetto che Carmen trattasse sua moglie come la star fa con una adorante e succube fan, ma aveva rinunciato ad aprirle gli occhi dopo che, nel corso di un tentativo inutile, si era sentito accusare di essere maschilista e visionario.

«Hai sentito quel che ti ho detto?» Marina lo richiamò sorridendo.

«Mi ero distratto un attimo, scusa.»

«È il momento d'oro delle trentacinquenni... Soltanto tu non te ne accorgi. Guarda che anch'io ho bisogno di essere seguita e coccolata!» scherzò lei.

«Hai appena detto che le parole non servono... Come potrei non "accorgermi" che sei una donna affascinante e bellissima?»

Quella notte fecero all'amore. Non accadeva da due mesi. Andrea si svegliò alle sei, mezz'ora prima che suonasse la sveglia, con un cerchio alla testa. Andò in cucina in punta di piedi, sciolse due aspirine in un bicchier d'acqua e si diresse verso il suo studio. Aveva un paio d'ore per lavorare tranquillamente. Fra tre giorni sarebbe iniziato il processo contro un carabiniere accusato di collusioni mafiose. Era stato il suo amico Mino Binelli a pregarlo di assumerne la difesa, inviandogli in via riservata un dossier che lui intendeva esaminare con calma prima di andare in tribunale.

Per sei anni aveva costituito con Mino un tandem di ferro: il sostituto procuratore Morello e il capitano dei carabinieri Binelli. Poi era accaduta la tragedia che l'aveva costretto a lasciare la magistratura. La sola cosa che si era salvata era la loro amicizia.

Da quanto tempo non pensava più a quell'orribile evento? Era strano che in quelle ultime ore la sua mente vi fosse ritornata due volte. Andrea aprì il dossier e cominciò a leggere, in preda a una oscura inquietudine.

IV

La sveglia suonò alle sei. Chiara si sciolse con delicatezza dall'abbraccio di Sara e rimase per qualche istante a fissare, incantata, quel piccolo viso disteso nel sonno e racchiuso da una massa di riccioli neri. Depose un bacio sulla fronte e si diresse silenziosamente verso il bagno. Ridusse al minimo il getto della doccia per non fare rumore, indi scivolò in cucina per farsi un caffè. Non voleva che la bimba si svegliasse: di lì a mezz'ora sarebbe arrivata la tata, e sarebbe stata lei, più tardi, a farla alzare e a prepararla per l'asilo.

Fortunatamente quella era l'ultima mattina di lavoro forzato. I testi del catalogo erano già pronti, in battuta, e una volta sviluppate le ultime fotografie tutto il materiale poteva essere mandato in tipografia. Chiara aveva già deciso di prendere qualche giorno di vacanza con la figlia, in attesa che tornassero le bozze da correggere. Loro due sole in un posto qualsiasi, dove ci fossero aria sana, un parco per farla giocare e qualche itinerario per fare delle belle passeggiate.

In agosto poi sarebbero andate in Sardegna, a casa di sua sorella Gio'. Sara ci era già stata l'estate prima e si era divertita moltissimo, anche perché vi aveva trovato i due figli della cognata di Gio' più o meno della sua età. *Giurin giurino che ci torneremo?* era il ritornello.

Giurin giurino, Chiara le disse silenziosamente rientrando in stanza da letto per prendere i vestiti. Il telefono squillò in quel momento. Con un balzo corse verso il comodino e sollevò il ricevitore. Era la tata di Sara.

«Signora, mi dispiace molto... Stanotte hanno ricoverato mia madre in ospedale per un'emorragia e adesso sono con lei. Credo che per un paio di giorni almeno dovrò assisterla.»

«Non si preoccupi, in qualche modo mi arrangerò.» Solo dopo aver riattaccato Chiara realizzò di non aver domandato alla tata come stava adesso sua madre né di essersi mostrata doverosamente contrariata per quanto successo. La verità era che la contrariava assai di più quella inaspettata defezione.

E adesso che faccio?, si chiese tornando verso l'armadio. Alle sette e trenta il fotografo e Paolo Lenzi l'aspettavano davanti al portone per scendere nel caveau e scattare le ultime foto. Escludendo di poter lasciare Sara da sola, ed escludendo pure di poter mancare a quell'ultimo appuntamento, non restava che svegliare la piccola, vestirla in gran fretta e portarla con sé in negozio.

Alle nove si sarebbe assentata una mezz'ora per condurla all'asilo e nel pomeriggio, ad asilo finito, l'avrebbe riportata con sé. Si curvò sulla figlia e la scosse dolcemente. «Ehi, dormigliona, ho una bella sorpresa per te...»

Sara spalancò gli occhi e si rizzò sul letto, passando istantaneamente dal sonno alla veglia. «Che sorpresa?»

«Stamattina vieni a lavorare con me. Sei contenta?»

«Sìì. Io credevo che partivamo per la Sardegna...»

«Partiremo in agosto, lo sai. Adesso la zia Gio' è a Milano e in quella casa non c'è ancora nessuno.»

«Vabbè» sembrava molto delusa.

«Forza, dobbiamo vestirci in fretta. In negozio potrai giocare con quella bella bambola che ti piace tanto...»

«Quella con la faccia che si rompe, gli occhi che si muovono e il vestito uguale alla Barbie che va al ballo?» Sara chiese d'un fiato.

«Proprio quella.» Chiara rise tra sé al pensiero di come avrebbe reagito Bruno Marques sentendo così descrivere la preziosa *poupée* riportata sei mesi prima da un viaggio a mo' di trofeo. «Adesso sbrighiamoci» soggiunse. «Mentre vai in bagno a lavarti, io ti preparo la colazione.»

«Il latte lo voglio senza il miele, non mettermelo di nascosto, eh?» la bambina si raccomandò scendendo dal letto.

Uscirono di casa alle 7 e 10. Il grande traffico non era ancora iniziato e, quando arrivarono davanti al negozio, c'era soltanto il fotografo.

L'uomo si fece incontro a Chiara. «Paolo Lenzi mi ha chiamato cinque minuti fa in macchina. Sta andando dal corriere per un problema di bolle di trasporto e ha detto che tu sai come aprire il caveau... Lui sarà qui alle nove in punto, per l'orario di apertura.»

«Questa è la mattina dei contrattempi» Chiara replicò. «La tata non è potuta venire e così ho dovuto portare mia figlia con me.»

«Ciao, bella bambina» il fotografo disse curvandosi a farle una carezza. Sara, istintivamente, si aggrappò alle gambe di Chiara. Diffidava di tutti gli estranei. Restò attaccata a lei mentre sbloccava il sistema d'allarme dell'ingresso e lo azionava nuovamente. E rifiutò di restare con l'uomo mentre la madre si dirigeva nell'ufficio di Lenzi per prelevare dalla cassaforte le chiavi del caveau.

Prima di scendere, Chiara estrasse da una vetrinetta la famosa *poupée* e la depose nelle mani della piccola. «Mentre mammina lavora, tu giocherai con lei. Tienila stretta stretta, è molto fragile e...»

«Me l'hai già detto l'altra volta. *Giurin giurino* che sto attenta...»

Nel caveau, Chiara trovò uno sgabello e vi fece sedere Sara. Di tanto in tanto le gettava un'occhiata. Non c'era davvero pericolo che facesse cadere la bambola. C'era qualcosa di struggente nella levità con cui le piccole dita di sua figlia accarezzavano i capelli di quella bambola e nella tenerezza con cui la stringeva a sé. Come un presagio di maternità, Chiara pensò incantata. Così un giorno Sara avrebbe stretto a sé i suoi figli: con quella amorosa, istintiva sapienza... E per quei figli non ci sarebbero state violenze, né distacchi, né perdite... Ti amo tanto, bambina mia, pensò sentendosi pungere gli occhi dalle lacrime.

«Abbiamo finito.» La voce del fotografo riportò Chiara alla realtà. Erano le 8,35 appena. Se fossero risaliti in fretta, lei avrebbe fatto in tempo ad accompagnare la figlia all'asilo prima dell'apertura del negozio. E comunque, per quell'ora, Paolo Lenzi sarebbe senz'altro arrivato.

Chiuse il caveau, inserì il codice dell'allarme e una volta saliti al piano superiore si diresse verso l'ufficio di Lenzi per riporre la chiave nella cassaforte. Sara la seguì tenendo la bambola contro il petto. «Voglio restare qui a giocare con lei, non portarmi all'asilo» disse con voce implorante.

Chiara esitò qualche istante. «D'accordo, niente asilo. Ma dovrai stare buona buona perché la mamma deve lavorare.»

«Starò *buonissima.*»

Il fotografo la stava aspettando davanti all'uscita. «Stasera stessa porterò le copie stampate.»

«Io stasera andrò via un po' prima, lasciale pure a Lenzi.» Chiara sbloccò l'allarme per farlo uscire e stava per richiudere il portoncino alle sue spalle quando vide una ragazzina farsi avanti. «Non potrei entrare?»

Chiara guardò l'orologio: le 8,45. Non avrebbe mai più dimenticato quell'ora maledetta. Poi tornò a guardare la ragazzina. «Manca un quarto d'ora all'apertura. Il personale non è ancora arrivato e io...»

«Per favore, ho molta fretta. I miei compagni mi hanno incaricato di comprare un regalo per la prof e faccio tardi a scuola» la ragazzina insistette. Aveva l'aria timida e come spaurita.

«E va bene,» Chiara disse facendosi da una parte «entra pure.»

Tutto accadde nel giro di pochi istanti. Improvvisamente due uomini con la faccia coperta da un passamontagna irruppero dall'ingresso e uno di loro la spinse verso l'interno con un violento spintone. «Chiudi il portone e fai tutto quello che ti dico» sibilò.

Non fu tanto la pistola che le puntava contro a raggelare il sangue di Chiara, quanto la vista di sua figlia. Sara si era arrestata a pochi passi da lei, e il terrore sembrava averle tolto il respiro. Aveva il visetto cereo e gli occhi fissi di una morta. Con smisurato sollievo si accorse che il suo labbro inferiore tremava, in una specie di irrefrenabile tic.

Si slanciò verso la piccola e la prese in braccio. «Non avere paura, non succederà niente» le sussurrò. Il bandito si avvicinò. «Metti giù la bambina, non c'è tempo da perdere.» Chiara eseguì prontamente, ma se la strinse contro un fianco e le afferrò la piccola mano. «Farò tutto quello che volete,» disse cercando di mantenere la voce ferma «ma voi non fate sciocchezze.»

Il secondo bandito si avvicinò: «Vogliamo gli orologi. Quelli della mostra.»

«È impossibile! Li ho chiusi dieci minuti fa nel caveau del sotterraneo, in una cassaforte a tempo...»

«Che significa?»

«C'è un congegno... Per due ore non è più possibile aprirla, né con la combinazione né con la chiave...» Era vero, e implorò tra sé che quei due le credessero.

Li vide esitare qualche istante. «Potete prendere tutto quello che vedete qui intorno» disse indicando con un gesto circolare. «Ho le chiavi delle vetrine... Ci sono gioielli antichi e oggetti di grande valore...» insistette, inorridita lei stessa per il suo tono di sinistra imbonitrice.

«Ha ragione lei! Prendete quello che vi dice e andiamocene subito!» urlò la ragazzina con voce tremante. Chiara, che si era dimenticata della sua presenza, si girò di scatto a guardarla. Mio Dio, possibile che sia una complice? Credette di chiederlo a se stessa, e invece si accorse di aver parlato ad alta voce.

«Andiamo via!» ripeté la ragazzina. Stavolta piangendo.

«Smettila!» un malvivente strillò. Poi, rivolto a Chiara: «Vogliamo gli orologi, l'altra roba non ci interessa. Se c'è da aspettare due ore, aspetteremo insieme».

«Stanno per arrivare il direttore del negozio e i commessi... E come si accorgeranno di quello che sta succedendo qui dentro chiameranno polizia e carabinieri...» Una nota di isterismo serpeggiò nella voce di Chiara. Non osava nemmeno pensare a quel che sarebbe potuto accadere in uno scontro tra le forze dell'ordine e i due rapinatori armati. Sentì il corpicino di Sara, avvinghiato a lei, tremare.

L'ira le montò alla testa, ma riuscì a controllarsi. Si girò verso uno dei banditi cercando i suoi occhi attraverso i buchi neri nel passamontagna. «Per favore, non fate sciocchezze...» ripeté. «La roba nelle vetrine è di grande valore, ve l'ho detto. Potete raccoglierla in pochi minuti e andarvene senza rischiare nulla.»

Vide il bandito fare un cenno al complice e il complice

estrarre dall'allacciatura del giubbotto un sacco di plastica nero per le immondizie.

«Molla la bambina e aprici le vetrine» le ordinò. Per tutta risposta Chiara prese Sara in braccio. «Mia figlia sta con me» disse seccamente dirigendosi verso il lato sinistro del salone. I due malviventi le sbarrarono la strada puntandole contro le pistole. «Dove stai andando?»

«A prendere le chiavi nella mia scrivania.»

Il più alto dei due fece per strapparle la bambina dalle braccia, e nel fare quel movimento la manica del giubbotto si ritrasse mostrando un teschio tatuato sul polso. Chiara, che stava opponendo una furiosa resistenza per trattenere la figlia, si arrestò di colpo. «Tu sei... Voi siete i ragazzi di ieri, quelli che dovevano fare il regalo alla mamma!» disse con voce strozzata.

Alla rabbia per essere stata turlupinata, immediatamente subentrò una sensazione di sollievo molto vicina alla tranquillità. I due personaggi col passamontagna, che fino a quel momento aveva visto come minacciosi banditi pronti a tutto, erano in realtà due ragazzotti. E il fatto di conoscere i loro visi e di aver parlato con loro le faceva apparire più familiare, e perciò più gestibile, anche quella situazione di pericolo. «Se ve ne andate subito, farò finta che sia stato soltanto un brutto scherzo» disse in tono quasi materno.

«Noi non stiamo scherzando affatto» rispose il ragazzo col tatuaggio. La sua voce, non più artefatta, aveva il suono secco di una staffilata.

L'amico più giovane, che il giorno prima Chiara aveva ritenuto il bravo ragazzo di famiglia, si fece avanti. «Apri le vetrine. Subito» ordinò.

«Ragazzi, dietro la mia scrivania c'è l'allarme centrale. Se non ve ne andate subito vi farò passare un...»

Il "bravo ragazzo" le volò addosso facendola barcollare. Approfittando di quell'attimo, afferrò Sara per le braccia e la sollevò davanti agli occhi di lei come se fosse un pupazzo. «Prova soltanto a fare una cosa simile, e io te l'ammazzo» ringhiò.

La piccola emise un urlo terrorizzato e cominciò a divincolarsi. «Mamma... mamma...» chiamò.

Chiara perse la testa e, incurante della pistola, si slanciò contro il ragazzo coi pugni alzati. In quello stesso momento le spie rosse sul soffitto si accesero e tutti i sistemi d'allarme dei piani entrarono in funzione. Fu come se la palazzina si fosse di colpo trasformata in un macabro carillon.

«Sono stata io a schiacciare il pulsante!» La voce stridula della ragazzina, da dietro la scrivania. «Voglio uscire di qui! Basta!»

Seguirono istanti di confusione e di panico. Il malvivente che teneva Sara tra le braccia la mollò per terra e si slanciò verso l'uscita, seguito dalla ragazzina. «Corri, scappiamo via» strillò all'amico, rimasto come in trance a fissare le spie luminose sul soffitto, pistola in mano e bocca semiaperta.

È finita, Chiara pensò stringendo a sé la figlia. Grazie a Dio è finita... Ma d'un tratto fu come se un regista impazzito fosse entrato in scena decidendo di ripetere l'azione. Il ragazzo in trance abbassò gli occhi dal soffitto e passò fulmineamente dall'immobilità all'azione. «Fermi, volete farvi prendere?» gridò ai due complici, bloccandoli davanti all'uscita.

Chiara lo vide ritornare a grandi passi verso di lei. Tentò di arretrare, ma era una massa minacciosa e incombente. Ebbe l'impressione che una valanga la travolgesse trascinandola verso valle. E invece era il ragazzo che la stava spingendo verso l'uscita, con una forza sovrumana.

Come furono davanti al portoncino, lui afferrò Sara per i capelli e la scollò dal suo corpo. Lei tese le braccia, disperatamente, ma la canna della pistola si abbatté sul suo polso destro come una mannaia. «Adesso tu esci e farai quel che ti diremo» sibilò.

«Ridammi la bambina!» urlò lei.

«La bambina resta con noi. Se qualcuno entrerà qui per arrestarci, la ammazzeremo.» Socchiuse il portone e la scaraventò fuori attraverso quello spiraglio. La spinta fu talmente violenta che Chiara perse l'equilibrio e uscì rotolando sugli scalini.

Si rialzò singhiozzando, e vide Paolo Lenzi e i commessi correre verso la palazzina. Si rese conto che dal momento in cui quella maledetta ragazza aveva azionato l'allarme erano trascorsi sì e no tre minuti. Corse incontro a Lenzi e si aggrappò alle sue spalle. «Ti supplico, fai qualcosa! Lì dentro ci sono tre rapinatori con Sara...»

«Andrà tutto bene. Stai calma, ti prego.»

«Stia calma» ripeté mezz'ora dopo l'uomo in divisa che si era presentato come capitano Mino Binelli. Era stato il primo a giungere sul posto.

«Mia figlia è lì dentro, come posso stare calma? Fate qualcosa, vi supplico!»

«Lei può aiutarci a non fare nulla di sbagliato. Il direttore del negozio mi ha detto che ieri due dei rapinatori si erano presentati da lei per comperare una spilla.»

«È chiaro che volevano fare un controllo prima della rapina, ma io ci sono cascata come un'idiota! Li ho addirittura lasciati liberi di girare per mezz'ora come volevano...» Un singhiozzo le squassò il petto.

«Ci sarebbe cascato chiunque. L'importante, adesso, è cercare di capire chi sono e come si muovono quei ragazzi. Lei li ha visti, si è intrattenuta con loro: che impressione le hanno fatto? Secondo il suo giudizio, si tratta di professionisti oppure dei soliti giovinastri alla prima rapina?»

«Ieri mi sembravano due brave persone... Almeno, uno di loro dava questa impressione. Ma adesso non riesco a capire... Di sicuro sono violenti e pronti a tutto, però non si comportano come... come criminali incalliti.»

«Da che cosa l'ha dedotto?» chiese il capitano Binelli, molto interessato.

«Più volte si sono mostrati esitanti e insicuri. Quando ho spiegato loro che la cassaforte del caveau aveva un congegno a tempo, hanno reagito come se non sapessero di che cosa stavo parlando... E poi c'è la presenza della ragazzina... Dei professionisti del crimine non si sarebbero mai serviti di una complice sprovveduta e paurosa come lei... Tutto è successo per colpa sua. Se non si fosse precipitata sul congegno d'allarme, i due ragazzi avrebbero riempito il sacco con gli oggetti delle vetrine e se ne sarebbero andati via... Capitano, faccia qualcosa!» Chiara ripeté, interrompendosi.

«Ancora qualche minuto. Di quale sacco sta parlando?»

«Un sacco nero di plastica... Quello che si usa per i rifiuti... Uno dei due rapinatori lo teneva ripiegato dentro al giubbotto...»

«Come sono vestiti?»

«In jeans e giubbotto, tutti e due. La ragazza invece ha una gonna lunga e gli scarponcini stringati.»

«C'è qualche altro particolare che l'ha colpita?»

«Sì! Il maggiore dei due ha un tatuaggio a forma di teschio sul polso... Voi avete computer e schedature... Non è possibile risalire all'identità dei banditi? Chiamare qui qualcuno che possa farli ragionare?»

Mino Binelli scosse la testa. «Se sono incensurati, occorreranno parecchie ore prima di poter scoprire i loro nomi. Ma questo non è determinante per...»

«*Parecchie* ore? Mia figlia è lì dentro, terrorizzata...» Chiara proruppe scoppiando in lacrime.

«Signora, stia calma.»

«La smetta di dirmi di stare calma! Lassù ci sono tre banditi e lei, invece di muoversi con i suoi uomini, si sta perdendo in chiacchiere!»

«Ci stiamo già muovendo. Ma proprio perché lì dentro c'è sua figlia non possiamo irrompere a mitra spianati» Binelli spiegò con calma.

«Mi scusi...»

«Vede? Abbiamo transennato il tratto di strada qui davanti e fatto deviare il traffico. In questo momento un poliziotto sta comunicando telefonicamente con i ragazzi, per sentire che intenzioni hanno e che cosa vogliono.»

Chiara sollevò la testa e vide che si era formata una folla di curiosi al di là delle transenne. Nello spazio di strada chiuso al traffico si erano assiepate camionette e auto delle forze dell'ordine.

«I rapinatori si spaventeranno... Perderanno la testa...»

«Non sino al punto di fare del male alla bambina. Anche se sono dei dilettanti o dei tossicodipendenti, stanno dimostrando di essere abbastanza svegli per capire che la bambina, viva, rappresenta la loro unica via di scampo. A proposito, le è parso che fossero sotto l'effetto di qualche droga?»

«No» Chiara rispose pronta. «La droga dà euforia e rende spericolati... Invece quei tre avevano ben vivo il senso del pericolo.»

Mino Binelli sorrise. «Sembra la diagnosi di una psicologa.»

Chiara sospirò. «Io *sono* una psicologa. Ma sarebbe troppo lungo, adesso, spiegarle perché sono finita a fare la bottegaia.»

Un carabiniere si avvicinò: «I ragazzi hanno accettato di aprire la finestra del piano rialzato».

«Perché glielo avete chiesto?»

Binelli spiegò pronto: «Vogliamo controllare in qualunque momento che la bambina stia bene. E inoltre tra poco arriveranno la stampa e le telecamere... Ci sarà più facile arrivare alla loro identità, se consentiremo alla televisione di riprendere e trasmettere la loro immagine. Anche se sono coperti dal passamontagna, qualcuno può riconoscerli».

Chiara si strinse la testa tra le mani. «È un incubo... Dio mio, quanto durerà?»

«Parecchie ore, temo» sospirò Binelli.

«Ma perché? Sentite che cosa vogliono e dateglielo... *Subito.* Mia figlia non può resistere! Ma già, a lei interessa soltanto catturare i rapinatori. Che cosa le importa se una bambina di quattro anni e mezzo sta morendo di paura?»

Per la prima volta Binelli perse la calma. «Signora, che ci creda o no la sola cosa che mi interessa è la salvezza della bambina. Sono padre anch'io, e la più piccola dei miei figli ha l'età della sua.»

V

Andrea Morello rientrò a casa alle 13 e 10. «Cecilia è tornata?» chiese alla domestica che venne ad aprirgli.

«No, non ancora.»

«Mia moglie è in casa?»

«Sì, sta pranzando.»

L'uomo si diresse verso il soggiorno. «Cecilia dov'è?» aggredì, quasi, la moglie.

Marina gli indicò il televisore, zittendolo. «Sta succedendo il finimondo... Cecilia, hai detto? Sarà qui da un momento all'altro, oggi ha scuola fino all'una.»

«Non l'hai ancora sentita?»

«E perché avrei dovuto sentirla? Stamattina è andata a scuola direttamente dalla casa della sua amica e come ti ho detto tornerà da un momento all'altro. Ma non startene lì impalato, siediti a tavola.»

«Che cosa sta succedendo?» Andrea chiese gettando un'occhiata al teleschermo.

«Stamattina alle nove tre ragazzi sono entrati nel negozio di Marques per una rapina e hanno preso in ostaggio una bambina, la figlia di una dipendente... Guarda, adesso stanno intervistando il tuo amico Binelli! Quelli di Retequattro sono i più bravi, non c'è che dire.»

«Lasciami sentire» l'uomo interruppe, brusco, la moglie.

La voce del giornalista: «A che punto sono le trattative?».

Mino Binelli: «A un punto morto. I rapinatori chiedono un'auto e trecento milioni in contanti, ma rifiutano di liberare la bambina».

Il giornalista: «Però assicurano che se gli darete l'auto e li lascerete andare via senza inseguirli, dopo qualche chilometro faranno scendere la piccola Sara».

Mino Binelli: «Non possiamo fidarci delle promesse di tre banditi. E inoltre, anche se ignoriamo ancora la loro identità, abbiamo la prova che si tratta di tre ragazzi esaltati e sprovveduti. È evidente che non avevano previsto le conseguenze della loro irruzione. Non hanno piani, non sanno dove andare... Dargli una macchina e consentirgli di trascinare la piccola nella loro fuga sarebbe una follia».

Il giornalista: «E qual è la soluzione alternativa?».

Mino Binelli: «La stiamo cercando. Come vede, tutte le forze dell'ordine si sono mobilitate e...».

La voce del capitano sfumò e il telegiornale passò alla politica estera.

Marina schiacciò il pulsante del telecomando. «Guardiamo su Raiuno.»

Sul teleschermo apparve il primo piano di una giovane donna.

«È Chiara Basile, la madre della bambina» spiegò Marina con voce eccitata. «L'hanno già intervistata stamattina in una edizione speciale del Tg 3.»

Il marito le fece cenno di tacere.

«Lei ha parlato con i rapinatori e inoltre ha fatto a lungo la psicologa» stava dicendo il giornalista. «Ecco, in veste di esperta, quale suggerimento darebbe a polizia e carabinieri?»

La voce sommessa della donna: «Io sono soltanto una madre, e purtroppo tutti si rifiutano di ascoltarmi. Sara è lì dentro da più di quattro ore... Poco fa quelle bestie l'hanno sollevata sulla finestra tenendole una pistola puntata alla tempia. Ecco, come madre penso che per lei sarebbe meglio morire che continuare a subire tutto questo...».

Il giornalista: «In altre parole, lei darebbe l'auto e i soldi ai rapinatori fidandosi della loro promessa di lasciare libera sua figlia una volta in salvo?».

«È quello che sto supplicando di fare... I nervi dei rapinatori stanno cedendo, la ragazza che stamattina gli ha fatto strada nel negozio è in preda a una crisi isterica e per tenerla buona l'hanno legata a un'inferriata... Se non li lasciano uscire, temo che succeda il peggio...»

Andrea Morello fu colpito dalla compostezza e dalla dignità di quella donna.

«La mia amica Carmen l'ha conosciuta a casa di amici e sa tutta la sua storia» Marina interloquì alla fine dell'intervista. «È una milanese che si è trasferita a Roma dopo la morte del marito. A Roma ha conosciuto Bruno Marques ed è diventata la sua amante, per questo lavora nel negozio. È una gran bella donna, anche se...»

Lo squillo del telefono evitò all'uomo di interrompere quel futile e irritante profluvio di chiacchiere. «Rispondo io» disse alzandosi da tavola.

Era il capitano Mino Binelli.

«Ho appena visto in televisione quel che sta succedendo» gli disse «e spero che terrete duro. Come hai detto tu, sarebbe una follia dare...»

«Andrea?» Una breve pausa. «Devi venire qui. *Subito.*»

«Sì... Ma perché...»

«Te lo spiegherò a voce. La strada è transennata, ma ho già avvertito i colleghi di farti arrivare con l'auto fino al negozio. Per favore, vieni subito» ripeté riagganciando.

Mino Binelli era seduto accanto a una donna sul muretto antistante il portone della palazzina e le teneva un braccio sulle spalle. Come scorse Andrea Morello balzò in piedi. Anche la donna si alzò. Aveva gli occhi rossi di pianto e tremava.

«È Chiara Basile, la madre della bambina» Binelli disse.

Andrea le tese una mano. «L'ho vista poco fa in televisione. Sono profondamente...»

Chiara ignorò quella mano tesa. «Lassù c'è sua figlia» disse con voce dura, sollevando la testa verso la finestra del piano rialzato. L'uomo seguì istintivamente lo sguardo di Chiara e poi fissò l'amico Binelli. «Che cosa significa?»

Il capitano gli posò una mano sul braccio. «Cecilia è dentro la palazzina con i rapinatori.»

Andrea sentì il cuore spostarsi da una parte all'altra del petto. «Non è possibile. Come ci è entrata?»

«Con le sue gambe. Facendo strada ai complici.» Ancora la voce dura della donna.

Andrea Morello fissò di nuovo l'amico, con aria disperatamente interrogativa. «Che cos'è questa storia?»

«Non lo so. Stamattina alle 8 e 45 Cecilia si è presentata al portone del negozio e ha pregato Chiara Basile di farla entrare perché doveva comperare un regalo per la sua insegnante. Come Chiara ha aperto il portone, hanno fatto irruzione i due banditi col passamontagna. Non sappiamo se è stata plagiata, costretta, drogata...»

«Come puoi essere certo che quella ragazza sia mia figlia?»

«Poco fa si è affacciata alla finestra e si è rivolta direttamente a me, supplicandomi di mandarti a chiamare.»

Andrea sentì le ginocchia piegarsi.

Mino Binelli sospirò. «Ti risulta che da qualche tempo Cecilia si comportasse in modo strano? Che frequentasse delle amicizie poco raccomandabili?»

«Non mi risulta niente. Hai di fronte a te il perfetto esemplare di padre latitante e cieco.»

Chiara lo guardò con ira. «Ho sentito mille volte questa frase di coraggiosa autofustigazione. Purtroppo non la scarica affatto dalle sue responsabilità. Lei dov'era e di che cosa si interessava mentre sua figlia faceva l'apprendistato per diventare una delinquente?»

«Chiara, la prego...» La voce, tristissima, del capitano Binelli.

«La signora ha ragione. Non ho alcuna attenuante. La sola cosa che posso fare, adesso, è mettermi a vostra disposizione.»

«Il questore ti vuole parlare. Tra dieci minuti ci riuniamo tutti per prendere una decisione ed è stata espressamente richiesta la tua presenza.»

«Non ho precedenti molto brillanti, come ex magistrato e stratega.»

Chiara guardò alternativamente i due uomini, con aria perplessa. Poi, brusca, chiese a Morello: «Ma lei, chi è?».

«Come ha detto poco fa di lei in una intervista, in questo momento sono soltanto un padre.»

«E allora perché la vogliono al vertice delle forze dell'ordine?»

Fu Mino Binelli a risponderle. «Prima di esercitare la libera professione, il mio amico ha lavorato in magistratura. Lasciando un ottimo ricordo di sé.»

Chiara afferrò le mani di Andrea: «La supplico, convinca i suoi amici a dare la macchina e i soldi ai rapinatori... Da un momento all'altro la situazione può esplodere...».

«Non è così semplice.»

«Perché non dice che preferisce lavarsene le mani e lasciare agli altri la responsabilità di decidere?»

«Anch'io ho una figlia da salvare, lassù.»

«Se sua figlia fosse stata almeno una brava delinquente, non si sarebbe lanciata sul campanello d'allarme... Tutto questo è successo proprio perché si è fatta prendere dal panico!»

«Può darsi. In ogni caso non me la sento di condannarla a morte.»

«E allora si muova! Dica a chi di dovere di accettare le richieste dei due ragazzi!»

«Non posso.»

«Lei è davvero un padre latitante, cieco e... vigliacco!» Chiara ringhiò.

Andrea Morello l'afferrò con violenza per le spalle. «Quattro anni fa, in una situazione come questa, dopo venti ore di trattative presi la decisione di concedere auto e soldi ai banditi. Credevo che a quel punto fosse l'unico modo per salvare la ragazza che avevano presa in ostaggio... Impedii a Binelli e ai suoi uomini di inseguirli e di mettere dei posti di blocco, fidandomi della promessa che avrebbero liberato quella ragazzina appena fuori dalla città. Aveva soltanto diciassette anni. E fu ritrovata tre giorni dopo, nel casolare in cui si erano rifugiati. Morta. Prima di ucciderla, quei teppisti le avevano usato ogni sorta di violenze. Lo capisce, adesso, perché *non posso* fare quello che mi sta chiedendo?»

Chiara annuì silenziosamente, stringendosi le labbra. «Mi sembra di ricordare questo episodio...»

«Se fa uno sforzo di memoria, ricorderà anche il mio nome: Andrea Morello. Irresponsabile, ingenuo, pazzo, persino assassino: così all'epoca mi definirono i cronisti. Ci fu anche un procedimento giudiziario nei miei confronti. E le giuro che la piena assoluzione non diminuì per nulla i miei enormi sensi di colpa, né valse a migliorare il pessimo giudizio che avevo di me stesso.»

«Il capitano Binelli ha detto che i suoi colleghi hanno di lei un ottimo ricordo» Chiara protestò. «E se il questore vuole ascoltarla, significa che la sua opinione vale qualcosa!»

«Cos'è lei, la paladina dei falliti e degli imbecilli?»

Chiara non fece in tempo a rispondere, perché dalla finestra della palazzina giunse la voce disperata di Cecilia. «Chiamate mio padre! Devo parlare con lui!»

Andrea Morello d'un balzo fu sotto la finestra. «Sono qui. Stai calma, ti prego. Puoi raggiungere il telefono?»

Alle spalle della ragazza sopraggiunse un rapinatore. «Basta cazzeggiare! Avvocato Morello, se non ci danno immediatamente quello che chiediamo facciamo fuori anche sua figlia!»

«Mandala al telefono.»

«Questa è l'ultima richiesta che accogliamo! Adesso tocca a voi starci a sentire.»

«Va bene. Ma manda subito mia figlia al telefono» disse Morello. Poi, rivolto all'amico Binelli: «Procurami un cellulare».

Il cellulare arrivò in pochi secondi. Chiara, alle spalle di Morello, gli diede, cifra per cifra, il numero telefonico del negozio. «È da più di un'ora che non fanno più affacciare Sara alla finestra... Chieda come sta...» sussurrò aspettando che dall'altra parte prendessero la linea. Morello la rassicurò annuendo.

«Papà, sei tu?»

«Sì, piccola. Ascoltami bene, c'è qualcuno alle tue spalle?»

«No... Sono andati in fondo al salone a svuotare una vetrina di gioielli. Ho paura... Fammi uscire di qui...»

«Lo farò, ma tu devi aiutarmi.»

Un gemito straziato. «E come? Ho ancora una caviglia legata a un'inferriata...»

«Certamente ti slegheranno, nel momento di uscire.»

«Non usciremo mai più vivi di qui... Lo dice anche... Anche uno di loro...»
«Hai fiducia in me?»
«Sì. Ti devo spiegare tutto. Non devi pensare che...»
«Parleremo in un altro momento. Adesso fai quello che ti dico, intesi?»
«Sì.»
«Come sta la bambina?» Andrea Morello vide Chiara sussultare.
«L'ho fatta giocare con la sua bambola e adesso si è addormentata...»
«Sei stata bravissima. È molto piccola e spaventata, perciò quando si sveglia devi prenderti cura di lei e fare in modo che nessuno di quei due ragazzi la prenda in braccio nel momento in cui uscirete.»
«Ma *quando* usciremo?»
«Appena possibile. Quello che ti chiedo è di non mostrarti né impaurita né aggressiva con i rapinatori e di tenerti la piccola accanto. Fingi di stare dalla loro parte. Cerca di assecondarli. Che cosa stanno facendo, adesso?»
«Stanno svuotando un'altra vetrina. Hanno trovato le chiavi nella scrivania e...»
«Non ha importanza. Adesso devo lasciarti. Cecilia, conto su di te, intesi?»
Andrea rese il cellulare all'amico Binelli. Questi scosse la testa. «Ho capito quello che vuoi fare, ma è troppo rischioso. Anche se Cecilia riuscirà a tenersi in braccio la bambina, cosa di cui dubito molto, la loro distanza dai due ragazzi sarà minima.»
Chiara spalancò la bocca, inorridita: «State pensando di fare intervenire i cecchini?».
Andrea sospirò. «La situazione sta precipitando. I due ragazzi hanno riempito il loro sacco e da un momento all'altro ci metteranno di fronte all'aut aut: o gli copriamo la fuga, oppure passeranno alle vie di fatto. Non hanno nulla da perdere. Per farci capire che stanno facendo sul serio, spareranno a Cecilia oppure alla bambina minacciando di far fuori anche quella delle due che sarà sopravvissuta. A questo punto o gli diamo la macchina e i soldi, mandando

gli ostaggi a morte certa, oppure fingiamo di assecondarli e tentiamo di fermarli una volta che saranno giunti sul portone.»

«La tragedia certa è il bagno di sangue che lei sta proponendo!» Chiara protestò.

«A me sembra il male minore. Presumo che qui di fronte siano appostati i migliori tiratori dell'arma, senz'altro in grado di valutare le distanze e i bersagli.»

Il capitano Binelli scosse nuovamente la testa. «Nessuno autorizzerà questa soluzione. Se sciaguratamente ci scappasse il morto, stampa e opinione pubblica ci metterebbero in croce.»

«Ne so qualcosa» Andrea replicò con sarcasmo. «Ma stavolta daremo in pasto a stampa e opinione pubblica una povera bambina fragile e indifesa... L'importante è consegnargliela viva.»

Chiara trapassò Andrea Morello con un'occhiata simile a una lama di ghiaccio. «Lei è di un cinismo ributtante.»

«Questo cinismo ributtante è l'unico argomento persuasivo per chi nei prossimi minuti dovrà prendere una decisione. Lei non immagina nemmeno, signora cara, quanti sbagli si commettono e quante buone soluzioni si scartano per paura di come reagirà l'opinione pubblica.»

Ancora una volta Chiara non fece in tempo a rispondere. Un poliziotto si avvicinò ai due uomini. «Il dottor Brazzi vi aspetta» comunicò. Chiara si rivolse al capitano Binelli, trattenendolo per un braccio. «Lei è d'accordo con me... Ho capito che è contro la decisione dei tiratori scelti... La prego,» singultò «persuada i suoi superiori a dare ai rapitori l'auto e i soldi...»

Andrea Morello tornò dopo dieci minuti. Solo. Aveva lo sguardo e le labbra strette in una smorfia. Chiara gli corse incontro. «E allora?»

«Stanno decidendo. Se può consolarla, la mia soluzione è stata scartata immediatamente.»

«Che cosa faranno? Mio Dio, da lassù non si sente più nessuno...»

«Uno dei ragazzi è al telefono con il dottor Brazzi. Stanno patteggiando.»

«E che cosa?»

Morello allargò le braccia. «Solitamente, per usare il verbo usato da uno dei rapinatori, si cazzeggia. Detto in termini meno brutali, le autorità cercano di prolungare il più a lungo possibile una situazione di stallo sperando che con il passare delle ore la stanchezza, la paura o un soprassalto di buon senso spingano i banditi ad arrendersi in modo incruento.»

«Ma poco fa lei non ne sembrava affatto convinto! Diceva, al contrario, che la situazione stava diventando incontrollabile e sarebbe precipitata da un momento all'altro!»

«Spero di essermi sbagliato. In ogni caso il temporeggiare può dare ottimi risultati, se si riescono a trovare argomenti suggestivi e pretesti convincenti.»

«Io sto diventando pazza.»

«Anch'io, signora Basile.»

Alle 15,30 Marina Morello arrivò davanti alla palazzina scortata da due agenti e seguita da decine di giornalisti e teleoperatori. «È mia moglie» Andrea disse a Chiara, indicandogliela mentre si avvicinava a loro. Fu come il sopraggiungere di un uragano. «Non posso crederci! Non avrò mai più il coraggio di mettere piede fuori di casa! E tu che cosa fai, seduto su quel muretto? Bisogna tirare fuori Cecilia di lassù, subito... Dio, che vergogna! Quando Carmen m'ha telefonato per avvertirmi stavo dormendo e ho pensato che mi venisse un infarto!»

A Chiara parve di ritrovarsi di fronte una marziana. Distolse gli occhi da lei e li spostò su Andrea Morello.

«Stavi *dormendo*? Ho capito bene?» l'uomo sibilò.

«Lo sai che ho la pressione bassa e al pomeriggio faccio sempre un riposino.»

«Anche quando tua figlia sta via di notte per dormire da non sai bene chi, e all'ora di pranzo non si presenta a casa? Non ti ha neppure sfiorato la preoccupazione, il sospetto che potesse essere accaduto qualcosa?»

«Io non ho il tuo temperamento melodrammatico!»

Andrea sollevò furiosamente una mano verso la finestra. «Il risultato del tuo ottimismo è lassù. E spero che non sia una tragedia.»

Marina scoppiò a piangere. «Tu non hai nessun rispetto per me... Oddio... Sto male...»

Emettendo un profondo sospiro, Andrea corse a sorreggere la moglie. «Scusami. È meglio che tu vada a casa, Marina. Resto qua io. E appena avrò qualche notizia, ti telefonerò.»

Mino Binelli fece riaccompagnare la moglie dell'amico da un appuntato. Come l'uragano passò, Andrea tornò accanto a Chiara. «Dopo aver conosciuto anche la madre, spero che riesca a provare un poco di pietà per mia figlia. Con due genitori come noi, forse la merita.»

Alle 16 arrivò Bruno Marques. «Lenzi mi ha telefonato a Londra e ho preso il primo aereo possibile» disse a Chiara. Volle conoscere dalla sua viva voce tutti i particolari, e per lei quella ricostruzione fu uno sforzo straziante. Alle 18 arrivarono, in volo da Milano, sua sorella Gio' e la loro madre. Mezz'ora dopo Paolo Lenzi le portò il cellulare: era la madre di Marco. Troppo sconvolta per muoversi, sarebbe rimasta incollata al televisore per seguire minuto per minuto l'evolversi della vicenda. Certo che se la nuora fosse stata un po' più prudente, non avrebbe lasciato entrare dei rapinatori...

«Non l'avevano certo scritto in faccia di essere dei rapinatori!» Chiara esplose.

«Capisco, capisco. In ogni modo è proprio arrivata l'ora di fare un discorso serio su Sara. Io e mio marito siamo i suoi nonni e con noi sarebbe più seguita, più protetta...»

Chiara interruppe la comunicazione e porse il cellulare a Lenzi. «Chiunque richiami, non me lo passare più» lo pregò.

Alle 18,40 Mino Binelli corse dall'amico Andrea. «Il patteggiamento si è interrotto, dobbiamo essere pronti al peggio.»

VI

Alle 18,45 due colpi di pistola lacerarono l'aria di quella tiepida sera di maggio. Il brusio della folla assiepata oltre le transenne si spense di colpo e centinaia di occhi si alzarono a guardare la finestra del piano rialzato. Anche Chiara sollevò la testa e quel che vide la lasciò senza respiro. Uno dei due rapinatori aveva issato Sara sul davanzale e le teneva la pistola puntata contro la nuca.

«Avete sentito» il ragazzo urlò. «Le nostre pistole sparano davvero! Se entro un quarto d'ora non lascerete una macchina col motore acceso davanti al portone e tutti i merdosi poliziotti non saranno spariti con le loro auto, farò saltare le cervella di questa bambina.»

«Aspetta un momento! Parliamone ancora!» gli gridò Mino Binelli.

«Basta chiacchiere. Tra un quarto d'ora mi affaccerò di nuovo e voglio vedere i fatti» disse ritirandosi dalla finestra e trascinando con sé Sara come un inerte pupazzo.

Chiara sentì la pressione della mano di Andrea Morello sul suo braccio e vi si aggrappò. «Ha visto? Non piange nemmeno più... È sotto choc...»

Lui annuì senza rispondere. Poi, rivolto a Bruno Marques: «Stia con lei. Io torno dal dottor Brazzi e dai miei ex colleghi».

«Devono sgombrare e dargli la macchina!» Chiara lo interruppe. «L'ha visto anche lei, stanno facendo sul serio!»

Morello si allontanò senza rispondere. Cinque minuti dopo tutte le camionette e le auto delle forze dell'ordine scomparvero e una voce, dal megafono, invitò la folla ad arretrare. Bruno Marques indicò a Chiara il lato sud della strada. «Vedi? Stanno togliendo le transenne per permettere ai rapinatori di andarsene.»

«Sono terrorizzata.»

Alle 18,55 comparve davanti alla palazzina l'auto richiesta per la fuga. Un carabiniere si avvicinò a Chiara e a Bruno e li invitò a trasferirsi al lato opposto della strada: la scala d'uscita e il percorso tra portone e auto dovevano restare liberi.

Chiara attraversò, seguita da decine di telecamere. Una selva di microfoni si levò verso di lei. Che cosa provava? Condivideva la decisione di cedere alle richieste dei banditi? Secondo lei Cecilia Morello era vittima o complice?

«Per favore, sto morendo di paura... Questi sono i momenti più orribili della mia vita» Chiara si schermì, mentre con lo sguardo cercava disperatamente Andrea Morello. Lui di certo sapeva che cosa stava per succedere e se davvero le autorità avevano deciso di accogliere le richieste dei banditi oppure era tutta una messa in scena.

Lo scorse all'improvviso, a pochi metri da lei, mentre si dirigeva proprio nella sua direzione. Fendendo la ressa, gli si fece incontro. La sua faccia buia e contratta la spaventò, ma come lo ebbe raggiunto pensò di essersi sbagliata. Andrea sembrava relativamente tranquillo. Le sorrise, persino. «La stavo cercando, Chiara.»

«Anch'io. Li lasceranno andare via per davvero? Li hanno avvertiti che è tutto pronto? E quando usciranno?» Una raffica di interrogativi.

«Il capitano Binelli ha parlato poco fa con loro, per telefono. Sono stati avvertiti e usciranno da un momento all'altro.» Andrea le prese una mano. «Qualunque cosa accada, lei deve rimanere qui. Ferma. Quello che vedrà non sarà certamente bello, ma non si spaventi, non reagisca...»

«Hanno deciso di usare i tiratori scelti?» Chiara chiese, col cuore in gola.

«No. Li faranno andare via come hanno chiesto.»

«E mia figlia? Quando la faranno scendere? In che punto?»

Un'ombra passò nello sguardo di lui. «Chiara, nessuno può rispondere con certezza. La sola cosa certa è che sono state prese le decisioni più opportune. Le uniche possibili per tentare di scongiurare il peggio.»

«Resti vicino a me.» Adesso fu Chiara a prendergli la mano.

«Tornerò tra qualche minuto. Ora non posso.»

Lei fece per seguirlo, ma il silenzio che di colpo scese tutt'intorno la paralizzò. Era come se l'aria si fosse riempita delle vibrazioni della morte. E in quella improvvisa assenza di vita e di suoni ecco il portone della palazzina dischiudersi. La ragazza, Cecilia, uscì barcollando, come se fosse stata buttata fuori con uno spintone, e uno dei malviventi subito la raggiunse. Con una mano l'afferrò per un braccio, e con l'altra sollevò la pistola agitandola davanti alla folla. Pochi istanti dopo uscì il secondo bandito, trascinando Sara giù per la scala come un sacco vuoto. Prima di dirigersi verso l'auto si arrestò e lanciò un'occhiata minacciosa alla folla, puntando la pistola contro la tempia della bambina. Poi riprese il cammino.

Chiara vide sua figlia strisciare a pochi metri da lei e cacciò un urlo disumano. La bambina sollevò gli occhi e la guardò. Poi girò la testa e Chiara urlò di nuovo. E urlò, urlò, urlò, fino a quando riuscì a liberarsi dalla stretta di Bruno Marques e a muoversi. Ma era troppo tardi, l'auto dei rapinatori stava già mettendosi in moto.

Con un balzo Chiara scavalcò la transenna e cominciò a correre dietro alla macchina. Di colpo sentì due braccia afferrarla e frenare la sua corsa. Era Andrea Morello. «Per l'amor di Dio, Chiara, non faccia sciocchezze...»

Sopraggiunse il capitano Binelli, di corsa. «Lei stia qui, non si muova!» le ordinò. E concitatamente, rivolto all'amico: «Forza, seguimi, non c'è tempo da perdere».

Chiara si aggrappò al braccio di Andrea. «Dove state andando? Voglio venire anch'io...»

«Mi lasci. Per favore, Chiara, non ci crei dei problemi...» Lo vide correre dietro al capitano Binelli e gli si incollò accanto incurante di ogni raccomandazione e supplica. Al termine del tratto che fino a venti minuti prima era stato transennato c'era un'auto col motore acceso e una portiera aperta. Andrea Morello vi si infilò dentro, ma Chiara gli balzò addosso aggrappandosi alla portiera. «Volete inseguire i banditi... È pazzesco!» ansimò.

«Chiara, mi lasci.»

«No!» Aveva allargato le braccia sulla portiera e vi aderiva con tutto il corpo.

«Perdio, non capisce che sta mandando all'aria tutto il nostro piano?» Andrea urlò allungando un braccio e spingendola verso l'esterno con tutta la sua forza. Ma lei sembrava come incollata all'auto, quasi il corpo e la portiera fossero diventati una sola cosa.

Fuori di sé, Andrea mise in moto e Chiara cominciò a correre dietro all'auto restandovi aggrappata. Quella pazza si sarebbe fatta uccidere, piuttosto che lasciarlo andare. Soffocando una bestemmia, l'uomo frenò. «Avanti, salga.»

Chiara rotolò su di lui con l'agilità di un gatto e prese posto nel sedile accanto. «Che cosa vuole fare?» ansimò mentre l'auto ripartiva sgommando. «E Binelli dov'è andato?»

«In un'altra macchina. Stia zitta, adesso.»

«Se li inseguite, uccideranno mia figlia!»

«Stia zitta, le ho detto!»

Chiara afferrò il volante e la macchina, ormai lanciata, sbandò paurosamente. L'uomo con una mano raddrizzò il volante e con l'altra la spinse violentemente contro il sedile. «Se ci prova un'altra volta» sibilò «apro la portiera e la sbatto giù.»

Chiara cominciò a piangere silenziosamente mentre iniziava il folle inseguimento. La mano pigiata sul clacson, Andrea passò coi semafori rossi, fece sorpassi spericolati, sfiorò i marciapiedi con le gomme.

«Ma dove stiamo andando?» Chiara proruppe a un tratto. «Non capisce che anche se raggiungiamo i banditi non possiamo fare niente, perché hanno in mano mia figlia?»

«Taccia, per favore.»

«Lei è disumano. Non le importa niente di quello che può succedere a Sara.»

«Coi rapinatori c'è anche mia figlia.»

«È tutta colpa di Cecilia se siamo arrivati a questo punto.»

«Chiara, non è il momento.»

«Io ho il diritto di sapere qual è il vostro piano!» Si interruppe con un gemito spaventato. «Dio, quella è l'auto dei banditi...»

Andrea accelerò. «Forse ce l'abbiamo fatta.»

«La supplico, non li spaventi! Hanno i nervi a pezzi e comincia a fare buio...»

«La vuole smettere? Se li perdo di vista è la fine.»

«Per pietà, mi dica che cosa vuole fare...»

«Farli proseguire nella direzione che porta dritta a un posto di blocco.»

«E se cambiano strada? Se svoltano?»

«Li abbiamo imbottigliati in un rettilineo a senso unico e gli incroci sono pattugliati.»

Per un attimo la tensione si allentò e Chiara, stupita, chiese: «Ma quando avete studiato questo piano?».

«Fu ideato nove anni fa da un poliziotto tedesco durante una rapina in banca. Binelli se n'è ricordato.» Si interruppe e riprese: «Partendo dall'unica certezza, e cioè l'iniziale direzione di marcia della fuga, sono stati resi inagibili tutti i possibili accessi nelle vie laterali.»

«E in che modo?»

«Con transennamenti, pattuglie, simulazione di cantieri in corso.»

«Un lavoro immane.»

«Meno di quel che sembra. Chi fugge si immette sempre nelle strade che consentono la massima velocità. E una volta che lo hai incanalato in una di queste, impedendogli percorsi laterali alternativi, basta predisporre un grande blocco finale.» Andrea Morello parlava lentamente e con piccole pause, sempre concentrato nella guida. «Nel nostro caso è stato necessario intervenire su dodici svincoli.»

«Ma allora» Chiara esclamò «è da stamattina che stavate lavorando a questo piano.»

«Non io, Binelli. E purtroppo soltanto tre ore fa è riuscito a convincere i suoi superiori.»

«Perché *purtroppo?*» Una nota di allarme nella voce di lei.

«Perché tra un paio di chilometri inizia un'altra serie di svincoli che non c'è stato il tempo di bloccare. Possiamo soltanto sperare che i banditi proseguano dritto e...»

«Vada più piano!» Chiara lo interruppe. «Si sta avvicinando troppo, e i banditi si accorgeranno di essere inseguiti!»

«Se ne sono accorti da un pezzo, e sto correndo apposta per fargli prendere velocità e rendergli difficile svoltare!»

«Ma così andranno a schiantarsi da qualche parte!»

Andrea la zittì con un gesto.

«Non era meno pericoloso chiamare via radio qualche pattuglia?»

«Vuole tacere un attimo, Chiara?» L'uomo sembrava teso come una corda.

«No! Io devo sapere che cosa sta succedendo. Dov'è l'auto del capitano Binelli? E perché hanno mandato lei all'inseguimento, invece di un carabiniere o di un poliziotto?»

«Chiuda la bocca, le ho detto!» Rendendosi conto di aver trasceso, l'uomo soggiunse in tono più gentile: «Sono stato io a chiederlo, e in ogni caso non avrebbero potuto impedirmelo. Questa è la mia auto e io sono un libero cittadino sulla libera strada. Al massimo possono fermarmi per eccesso di velocità».

«Il cielo lo volesse! Crede che il bandito al volante sia un campione di Formula Uno? Come pensa che riesca a controllare l'auto, a questa velocità?» Chiara lo aggredì. «Lei è un incosciente, un pazzo!»

«Mi ascolti bene» Andrea replicò secco, gli occhi fissi davanti a sé. «Conosco il rischio che stiamo correndo, ma non c'è altra soluzione. Mia figlia è riuscita ad avvertirci che, una volta in salvo, i due ragazzi hanno deciso di uccidere lei e la bambina.»

Chiara rabbrividì. «Lei pensa... Pensa che sia vero?»

«Sì. La sola preoccupazione di quei due è trovare un posto sicuro in cui restare nascosti per qualche tempo. Gli ostaggi non sono soltanto un peso morto, ma anche il maggiore ostacolo. E inoltre mia figlia è l'unica a conoscere la loro identità: eliminandola, crescono le loro possibilità di restare impuniti. Mi capisce, adesso? Dobbiamo assolutamente bloccarli. Il rischio è enorme, ma l'altra alternativa è la tragedia certa.»

Chiara rabbrividì di nuovo e tacque tenendo lo sguardo

inchiodato sull'auto che li precedeva. Ormai stavano correndo a velocità folle. Sara, figlia mia, la chiamò tra sé. La sua mente si ritrasse dall'orrore. Se solo si fosse soffermata a pensare a ciò che la piccola stava vivendo in quei momenti le si sarebbe spezzato il cuore. Guardò meccanicamente l'orologio: le 19 e 6. Come era possibile che fossero trascorsi soltanto pochi minuti dall'inizio dell'inseguimento? Le sembrava che quell'incubo durasse da ore.

«Dov'è il capitano Binelli?» chiese. Sapere che Binelli era coinvolto nel piano le dava una pur blanda rassicurazione. Non si trattava soltanto dell'autorevolezza del ruolo: in tutti i contatti che aveva avuto con lui durante quella giornata si era ritrovata di fronte a una persona equilibrata, efficiente, capace di reazioni mirate. E quello che stavano facendo adesso non poteva essere pazzesco come le sembrava, se Binelli l'aveva approvato e vi era coinvolto.

«Dov'è il suo amico?» Chiara ripeté.

«Sta raggiungendo il posto di blocco attraverso un'altra strada.»

«E se i rapinatori non si fermassero? Se costringessero le forze dell'ordine a farli passare, tenendo una pistola puntata sulla testa della mia bambina?»

«Contiamo sull'effetto sorpresa» Andrea Morello spiegò. «Fino a questo momento i ragazzi pensano di essere inseguiti soltanto da me, ovvero da un padre che ha perso la testa e...» Si interruppe di colpo spostandosi al centro della strada, per schivare un camioncino che stava uscendo dal parcheggio. Chiara realizzò soltanto in quel momento l'enorme tensione cui l'uomo era sottoposto. Nonostante tutto, si sforzava di spiegare, tranquillizzare... In un empito di gratitudine, allungò una mano verso quella di lui. Lo vide istantaneamente irrigidirsi. «Che cosa fa? Stia ferma!»

«Mi scusi, volevo soltanto...» Si chiuse la faccia tra le mani e scoppiò in singhiozzi.

«Chiara, forse è meglio se la faccio scendere. Questa è una prova disumana, e lei non può...»

«No! È stato soltanto un momento di debolezza, ma le giuro che ce la farò. Mi stava dicendo dell'effetto sorpresa... Continui, la prego.»

«Quei ragazzi credono che l'unico problema sia tenere a distanza me. Non prevedono affatto di trovarsi la strada sbarrata e decine di carabinieri e poliziotti in assetto di guerra... E quando questo accadrà, tra pochi minuti, la loro reazione istintiva sarà quella di tentare di forzare il blocco. Ma non ci riusciranno, perché prima ancora che possano accelerare qualcuno sparerà alle gomme della loro auto. E in pochi secondi si ritroveranno circondati e neutralizzati. Insomma, non dovrebbero avere il tempo per usare gli ostaggi.»

«Perché *non dovrebbero*? Non è sicuro?»

«Lei sa meglio di me che le menti criminali sfuggono alla logica. E i nostri rapinatori hanno dimostrato di avere questa mentalità criminale, purtroppo aggravata dall'inesperienza e dalle sprovvedutezze del dilettantismo. C'è chi non ha escluso neppure che nel corso della giornata abbiano potuto anche tenersi su con qualche droga... Ma sia io sia Binelli su questo punto non siamo d'accordo.»

«Quei due credevano che la rapina si sarebbe conclusa in pochi minuti e senza contrattempi» Chiara osservò. «Perché mai avrebbero dovuto portarsi dietro delle sostanze stupefacenti?»

«È esattamente quel che pensiamo io e Binelli. Ma dobbiamo comunque fare i conti con l'imponderabile.»

Andrea Morello fu purtroppo buon profeta. Aveva appena finito di pronunciare questa frase quando vide uno dei banditi sporgersi fino a metà busto dal finestrino e puntare la pistola verso di loro.

«Si metta giù» disse a Chiara con voce concitata, rallentando leggermente la marcia. Il primo proiettile si conficcò sul lato sinistro del parabrezza, creando una rosa di minuscoli cristalli bianchi che costrinse Andrea a inclinare la testa per vedere la strada. Il secondo proiettile rimbalzò sul cofano e il terzo penetrò nuovamente nel parabrezza, stavolta frantumandolo. L'auto sbandò pericolosamente.

«Stia giù!» Andrea ripeté mentre tentava di raddrizzarla. Ci era appena riuscito, quando arrivarono, uno dietro l'altro, altri tre colpi. L'auto cominciò a zigzagare e lui lanciò un'imprecazione. «Hanno colpito una gomma...»

Chiara emerse dal sedile. «E adesso?» chiese con voce tremante.

«Ci hanno fermati. Siamo a terra.»

«Possiamo cambiare la gomma!»

L'uomo le passò un braccio sulla spalla. «Non servirebbe a niente, perché non possiamo più raggiungerli. Non ci resta che avvertire Binelli e sperare in lui.»

Lo chiamò col cellulare. Binelli volle sapere il posto esatto in cui l'inseguimento si era concluso. «Se hanno proseguito dritto, tra due minuti al massimo dovrebbero raggiungere il posto di blocco» disse congedandosi. «Resta dove sei e non richiamarmi, ti terrò al corrente io.»

Le automobili di passaggio cominciarono a rallentare e a fermarsi, accorsero gli avventori di un bar vicino: in pochi minuti attorno a Chiara e Andrea si formò una piccola ressa di persone che volevano vedere, curiosare, sapere. Che cosa era successo? Stavano bene? Avevano bisogno di aiuto? Quanti colpi erano stati sparati? E da chi? Una donna che aveva visto Chiara in televisione la riconobbe e si fece largo verso di lei per dirle quanto era sconvolta e indignata.

Fortunatamente arrivò una pattuglia dei vigili urbani, ed essi imposero agli automobilisti di ripartire e ai curiosi di disperdersi per non bloccare il traffico. Andrea stava spiegando loro l'accaduto quando sopraggiunse, contromano, un ragazzo in sella a una motocicletta. Uno dei vigili gli fece segno di fermarsi. «Non hai visto che sei in senso vietato?»

«L'altra direzione è bloccata. C'è stato un incidente pauroso... Un macello...» il ragazzo disse.

VII

Di fronte alla rianimazione c'era una piccola stanza dalle pareti verdi, con una poltrona dai braccioli lisi e quattro sedie in ferro smaltate di bianco. Il ramo di un vecchio glicine si incurvava davanti alla finestra creando una specie di arco fiorito. Chiara si alzava ogni mattina con la smania di ritrovarsi in quella stanza. Era la prima a giungervi. Trascinava la poltrona tra la finestra e la vetrata del reparto e vi si sedeva, appoggiando la testa sullo schienale. Senza spostarsi di un millimetro, soltanto muovendo lo sguardo da una parte o dall'altra, poteva vedere il ramo fiorito oppure la grande macchina che racchiudeva il piccolo corpo di Sara.

Entrambe le visioni le davano una sensazione di grande serenità. Coma profondo, era stata la diagnosi dei medici. Due settimane dopo le sembrava impossibile di aver reagito con disperazione e con panico. Anche se la bambina aveva bisogno del respiratore e sembrava non rispondere più ad alcuno stimolo, il tracciato dell'elettroencefalogramma testimoniava che l'attività cerebrale non era sparita. In altre parole, la vita non l'aveva abbandonata. Di fronte a questo miracolo, e ripensando a come era stata estratta dalle lamiere accartocciate di quell'auto maledetta, dubitare della guarigione le sarebbe parso un insulto all'infinita misericordia che Dio aveva dimostrato.

Sara dormiva, isolata in un sonno senza dolore e senza fantasmi. Era il provvisorio schermo che aveva posto tra sé e quanto era accaduto, e Chiara aveva l'intima certezza che la sua piccola mente avrebbe ordinato ai meccanismi vitali di risvegliarsi nel momento in cui si fosse sentita pronta per affrontare la realtà. Il primario le aveva spiegato ciò che lei come psicologa già sapeva, e cioè che in quella fase nessuna parola, nessun suono, nessun "messaggio" potevano raggiungere sua figlia. Ma se non aveva insistito, era proprio perché non voleva forzare i tempi del risveglio obbligando la mente a una decisione che non era ancora pronta per prendere.

In attesa di quel momento, a lei bastava poter liberamente uscire ed entrare nella stanza al di qua del vetro. Terminati gli assalti di giornalisti e telecamere, risposto a tutte le domande degli inquirenti, ripartita l'isterica e urlante madre di Marco con il marito e persuasa anche sua sorella Gio' a ritornare a Milano, Chiara era finalmente riuscita a riorganizzare la propria esistenza conciliando la quotidianità con la degenza di Sara.

Si rifiutava di considerare la rapina e persino l'incidente una tragedia: le avrebbe portato male. E così, con scaramantico puntiglio, quando Bruno Marques aveva riaperto il negozio si era imposta di tornare a lavorare. Inutilmente lui e Gio' avevano tentato di dissuaderla, ritenendo quella sua decisione prematura e traumatizzante. Terribile era stato, questo sì, accompagnare gli inquirenti nel primo sopralluogo. Nel vedere l'amata bambola di Sara abbandonata sul pavimento si era sentita mancare. Ma era accaduto molti giorni prima, quando ancora era in preda a ribellione e panico. Un'altra tragedia si era abbattuta su di lei. Era di nuovo in balìa di quella sofferenza che sapientemente e meticolosamente aveva tentato di tenere lontana dalla propria vita.

È sorprendente, Chiara pensò ora, come la mente umana riesca ad accettare ciò che neppure avrebbe osato sfiorare come ipotesi. E ancor più sorprendente le sembrava l'essere riuscita in così breve tempo a convivere con il dolore. In alcuni momenti le sembrava, addirittura, di non soffrire neppure.

Ogni mattina metteva la sveglia alle sei. Mezz'ora dopo usciva di casa e si recava in ospedale. Restava in quella stanza fino alle 8 e 40 e poi andava in negozio. Alle 12,30 tornava di nuovo da Sara, si sedeva nella poltrona dai braccioli lisi e mangiava il panino o il frutto che aveva comprato al bar di fronte. Alle 15,30 risaliva in macchina per tornare al lavoro, aspettando l'orario di chiusura per l'ultima visita che talvolta si protraeva sino a notte.

Aveva pregato Bruno di non accompagnarla. Non voleva presenze estranee nei rituali di quella provvisoria quotidianità. In attesa del risveglio, lei e Sara erano impegnate in una lotta silenziosa e solenne che non ammetteva interferenze. Unica eccezione, Andrea Morello. Purtroppo le era stato impossibile tagliarlo fuori: dopo l'incidente sua figlia era stata trasportata in quello stesso ospedale e i loro incontri erano inevitabili. Benché le sue condizioni non fossero gravi, Cecilia era ancora ricoverata lì. Una volta dimessa, il giudice minorile avrebbe deciso della sua sorte.

Chiara sperava con tutta se stessa che egli non mostrasse troppa indulgenza: il solo sentimento che riusciva a provare con violenza era il rancore per Cecilia Morello. Una madre cretina e un padre assente non potevano rappresentare una reale attenuante per una ragazza abbastanza grande da capire la gravità di ciò che stava facendo. Non soltanto aveva accettato un ruolo determinante in quella rapina ma, come era emerso dalle indagini, aveva trascorso la notte precedente a casa di uno di quei due balordi mettendo a punto con loro tutti i particolari del piano.

Se Chiara aveva aperto il portone, era stato soltanto perché si era lasciata intenerire dal faccino ansioso di una brava ragazzina, una che aveva fretta di andare a scuola. Cecilia si era calata nella parte con criminale professionalità. Solo che, nel momento di dimostrare i nervi saldi della criminale, la ragazzetta sciocca e viziata aveva avuto il sopravvento e tutto era precipitato. Come poteva non odiarla?

Un'infermiera si era provata a impietosirla descrivendole tutte le sofferenze di quella "povera bambina": non dorme, non vuole mangiare, continua a disperarsi per Sara, a dire che doveva morire anche lei come quei due banditi...

Chiara era grata ad Andrea Morello, che invece non aveva mai osato spendere una parola in difesa della figlia. Anzi, nonostante fosse comprensibilmente angosciato per lei, giudicava con estrema severità ciò che aveva fatto.

Qualche giorno prima le era apparso avvilito e molto

amareggiato: sia lui sia gli inquirenti avevano l'impressione che Cecilia non dicesse tutta la verità e comunque che si ostinasse a nascondere qualcosa. Subito dopo l'incidente aveva parlato di un certo Fabio, ripetendo tra le lacrime che era stato lui a "imbrogliarla" e a coinvolgerla nella rapina. Ma i nomi di battesimo dei due ragazzi morti durante la fuga erano Gianni e Tiziano: dove era finito dunque questo Fabio? Che cosa faceva? In che posto abitava? Pressata dalle domande, Cecilia aveva risposto girando la testa dall'altra parte: «Mi sono sbagliata, volevo dire Tiziano...».

A Chiara quella reticenza appariva una piccola cosa, se rapportata all'enormità di ciò che aveva fatto. E comunque quei particolari non la interessavano. Si era persino rifiutata di approfondire l'esatta meccanica dell'incidente. Quel che sapeva era che dopo aver fermato lei e Morello i due rapinatori avevano proseguito la loro fuga e a un centinaio di metri dal posto di blocco erano andati a schiantarsi contro un platano. Sara non era rimasta uccisa sul colpo, come i soccorritori in un primo momento avevano creduto. Comunque fossero andate le cose ciò che contava era solo questo, che sua figlia fosse sopravvissuta. Le reticenze di Cecilia? Le sue lacrime di coccodrillo? Le indagini per ricostruire ciò che era avvenuto prima e dopo la rapina? Non era minimamente interessata a sapere.

E non condivideva neppure la smania di parlare coi medici che i genitori dei due pazienti in rianimazione con Sara mostravano. I medici fondavano le loro speranze sui dati e sui tracciati via via forniti dalle apparecchiature, lei possedeva la certezza del cuore. Quando fosse stata pronta, Sara sarebbe uscita dal coma. Non si stupiva che la sua gemella e il suo uomo fossero in ansia per lei, ritenendo che si fosse rifugiata in una sicurezza superstiziosa per non vedere la realtà. Le apparenze erano contro di lei e lei stessa si era lucidamente messa in discussione, arrivando alla conclusione che no, non era né fanatica né irrazionale né alienata. Aveva semplicemente fede. E ne accettava il conforto consapevole di aver ricevuto un dono che non si poteva né spiegare né mettere in discussione.

Quando guardò l'orologio Chiara si accorse che mancavano dieci minuti alle nove. Perduta nei propri pensieri, non si era accorta del passare del tempo. Si alzò dalla poltrona, inviò un bacio in punta di dita a Sara, al di là del vetro, e si diresse verso l'ascensore.

Aveva appena svoltato l'angolo del corridoio quando vide una donna uscire dalla saletta d'attesa alla sinistra e dirigersi in gran fretta verso di lei. La riconobbe subito: era Marina Morello, la moglie di Andrea.

«Stavo aspettando lei» Marina disse senza preamboli, in tono quasi sgarbato. «Devo parlarle.»

«Non ora» Chiara rispose nello stesso tono. «Devo andare al lavoro e sono molto in ritardo.»

Fece per rimettersi in cammino, ma la donna l'afferrò per un braccio. «Devo parlarle *adesso*, e non la lascerò andare via fino a quando non mi avrà ascoltato. Mia figlia sta male, ed è tutta colpa sua.»

Chiara la fissò sbalordita. «Colpa mia? Davvero non capisco di che cosa sta...»

«E allora lasci che glielo spieghi» Marina la interruppe. «Mia figlia è ricoverata qui da due settimane e lei non si è degnata di andare una sola volta a trovarla. Così si è messa in mente di avere chissà quali colpe. Avrebbe potuto essere dimessa già da molti giorni, ma i medici la trattengono perché sono molto preoccupati. Devono nutrirla con le fleboclisi, per farla dormire bisogna darle dei calmanti, ieri ha addirittura tentato di...»

Stavolta fu Chiara a interromperla. «Mi dispiace. D'altro canto è normale e perfino consolante che la ragazza abbia questa reazione, dopo quello che ha fatto.»

Marina le lanciò un'occhiata colma di odio. «Ma *che cosa* ha fatto?» urlò. «Una bambinata che purtroppo è andata a finire male, tutto qui. E adesso per questa bambinata Cecilia rischia di finire in un istituto. Intanto le hanno messo accanto una assistente sociale, come si fa coi figli dei disgraziati e dei poveracci!»

Gli occhi di Chiara si strinsero a fessura. «Lei *è* una poveraccia, signora Morello.»

«Ma chi si crede di essere? Il padreterno? Nella sua vita

non ha mai sbagliato, non ha mai fatto una sciocchezza?»

«Di sicuro non ho mai partecipato a una rapina provocando la morte di due persone e facendo rischiare la vita a una bambina di quattro anni e mezzo.»

«Lei è una fanatica. Una... una...» La voce le si strozzò in gola. Inspirò a fondo e disse tutto d'un fiato: «Crede che non lo sappia? Lei è la mantenuta di Bruno Marques, la classica vedova allegra che per salvare le apparenze finge di lavorare. E Sara non è nemmeno sua figlia! Se l'avesse mandata all'asilo o fosse rimasta a casa a badare a lei, come fanno le vere madri, adesso non si troverebbe in questo ospedale!».

Io la ammazzo, Chiara pensò incapace di fermarla. Ma quando Marina tacque, si accorse di essere stata più colpita dalla sua stupida volgarità che non offesa dal senso delle parole. Senza degnarla d'una occhiata proseguì la sua strada verso l'ascensore.

Alle 12,30 Chiara tornò in ospedale. Prima di salire nel reparto si fermò al bar a comperare il solito panino. Stava aspettando l'ascensore quando Andrea Morello sopraggiunse alle sue spalle. «Devo parlarle.»

«Che cos'è, una congiura?» lo aggredì Chiara. «Se è venuto a perorare la causa di...»

«Sono venuto soltanto per chiederle scusa. Mia moglie mi ha riferito del suo incontro con lei, e immagino che sia stato penoso.»

«Lasciamo perdere.» L'ascensore era arrivato e Chiara gli rivolse un sorriso di commiato.

«Posso salire con lei?» Prima che rispondesse, si era già infilato all'interno. «In queste settimane ci siamo visti soltanto di sfuggita e ci sono molte cose che vorrei dirle.»

«A proposito di sua figlia? Sua moglie mi ha già...»

«Cecilia è un problema mio, e lei non c'entra.»

Chiara lo fissò in silenzio, aspettando che aggiungesse qualcosa, e notò che era imbarazzato quanto lei. Erano arrivati al piano, e quando l'ascensore ripartì alle loro spalle il silenzio si fece insopportabile. Al diavolo, Chiara pensò, è lui che ha chiesto di parlarmi e si arrangi. Ma con sorpresa si udì dire: «Se crede, può aspettarmi lì». Gli indicò due divanetti affiancati lungo la parete di fronte. «Vado a dare un'occhiata a Sara, e torno subito.»

Preferiva privarsi di dieci minuti vicino a sua figlia, piuttosto che lasciarlo entrare nella *sua* stanzetta. Depose la borsa e il sacchetto col panino sulla poltrona, si soffermò per qualche istante davanti al vetro e corse da Andrea Morello: prima lo avesse raggiunto, più presto avrebbe potuto congedarsi da lui e far ritorno dalla piccola.

Vide che l'aveva aspettata in piedi. «Come sta Sara?»

«Bene, grazie. Dorme tranquilla.»

Andrea la sogguardò esitante. «Che cosa dice il professor Barni?»

Barni era il primario del reparto rianimazione. Chiara scrollò le spalle. «In questa ultima settimana non l'ho visto. Per la verità non ho più parlato con nessun medico. So che Bruno Marques è in contatto con loro, ma che cosa possono dirgli? Bisogna soltanto aspettare che Sara si risvegli dal coma!»

Andrea fece per dirle qualcosa ma tacque, fissandola di nuovo con quella strana espressione stupita.

«Che cosa voleva dirmi?» lo sollecitò lei.

«Volevo parlarle di quel disgraziato giorno della rapina. Certamente lei avrà continuato a chiedersi perché...»

«Non mi sono più chiesta niente. È il solo modo per dimenticare.»

«Però deve sapere che non esisteva un'altra soluzione possibile. Se il piano è fallito è stato soltanto per una tragica fatalità.»

«Mia figlia è sopravvissuta... e anche la sua. A che cosa serve adesso riparlarne?»

« Chiara, in futuro lei potrebbe porsi tutti gli interrogativi che adesso rifiuta e vorrei che fin da ora ne conoscesse le risposte. Cecilia sentì i due ragazzi mentre discutevano sul modo migliore per eliminare lei e Sara. E dopo aver indagato su di loro il capitano Binelli è arrivato alla convinzione che sarebbero stati capaci di farlo. Il piano per fermarli era molto rischioso, ma come alternativa c'era soltanto la morte certa.»

«Tutto questo me lo ha già detto e ripetuto a suo tempo» Chiara replicò col tono paziente di una madre alle prese con un bambino testardo e insistente.

«Non ero sicuro che avesse capito. Durante l'inseguimento ero troppo teso e angosciato... E voglio scusarmi anche di essere stato tanto aggressivo con lei. In realtà ho ammirato il suo coraggio e il suo autocontrollo. Lei è una donna eccezionale» disse con semplicità.

Chiara si accorse di arrossire. «Adesso devo andare da Sara.» Non si erano nemmeno seduti.

«Volevo anche chiederle scusa per la scenata di mia moglie. La sua unica attenuante è che è molto preoccupata per Cecilia ed è furiosa con me perché mi rifiuto di far pressioni sul giudice minorile. Non è escluso che la ragazza sia affidata a un istituto.»

Chiara si irrigidì. «Adesso deve scusarmi lei: penso che sarebbe un'ottima decisione. Oppure è persuaso che sua figlia abbia commesso una "bambinata", come afferma sua moglie?»

«Ciò che mia figlia ha fatto è gravissimo, lei stessa è la prima a saperlo.» La voce di Andrea Morello era molto triste.

Per una frazione di secondo Chiara provò pena per quella ragazza e per suo padre, entrambi vittime di una donna stupida e rovinosa. Ma il ricordo della scenata di poche ore prima spense quel lampo di compassione. Perché Andrea Morello non si era separato da lei? Peggio ancora, come aveva potuto essere attratto da una donna come quella, al punto da volerla sposare?

«Devo tornare da Sara» gli disse girandogli le spalle.

VIII

Durante gli anni trascorsi in Procura, Andrea Morello aveva avuto parecchie occasioni per venire in contatto con il giudice minorile Francesco Sala. Il caso più clamoroso era stato quello dei gemellini Salaim: nati dalla passione di uno studente libico per una ballerina italiana, mai sfociata nel matrimonio a causa del veto della famiglia di lui, dopo la separazione dei genitori erano diventati oggetto di feroci contese. La cronaca aveva registrato una serie interminabile di rapimenti, fughe, denunce, controdenunce. Fino a quando la "provvida sventura" aveva posto fine alla battaglia: investita da un pirata della strada, la ballerina era morta sul colpo. Il padre dei gemelli aveva un alibi di ferro: al momento dell'incidente si trovava a Bengasi. Non bastasse, il pirata si era spontaneamente costituito alle autorità ammettendo la sua colpa.

La vicenda sembrava avviata all'archiviazione e i gemellini, sottratti ai nonni materni, stavano per essere definitivamente affidati dal Tribunale minorile al genitore superstite. Ma l'istinto diceva ad Andrea che "qualcosa" non andava: quella soluzione perfetta gli appariva improbabile come la quadratura del cerchio. Così aveva chiesto un supplemento d'indagini, pregando nel frattempo il giudice Francesco Sala di soprassedere alla sentenza di affidamento.

«I Salaim scalpitano, e abbiamo ricevuto anche pressioni dal governo libico: non esistono motivi fondati per un rinvio» era stata l'obiezione. Tuttavia, rischiando di persona, aveva accolto la richiesta di Andrea. La collaborazione dell'amico Binelli e un colpo di fortuna erano stati determinanti per arrivare alla verità: si era scoperto che il pirata della strada aveva lavorato fino a un anno prima in Libia, nell'impresa di costruzioni della famiglia Salaim, ed era rimpatriato per gravi ragioni di salute. Il secondo intervento chirurgico, nel corso del quale gli era stato asportato un polmone, risaliva a tre mesi prima del tragico investimento. Esaminando la sua cartella clinica, Binelli aveva scoperto che la prognosi era infausta: il tumore era ormai inarrestabilmente metastatizzato.

Messo alle strette, l'uomo aveva confermato i sospetti di Andrea: i Salaim lo avevano profumatamente pagato per uccidere la ballerina. Non avendo ormai più nulla da perdere, e desiderando assicurare l'avvenire dei tre figli, l'ex operaio si era trasformato in killer. Purtroppo i Salaim erano riusciti a sfuggire alla giustizia italiana: la loro condanna era stata la perdita dei gemellini, che il giudice minorile aveva di nuovo e per sempre affidato ai nonni materni.

Andrea considerava Francesco Sala un magistrato scrupoloso e umano. Ed era stato un sollievo apprendere che il caso di Cecilia era stato affidato a lui: qualunque decisione avesse preso, era certo che sarebbe stata non soltanto la più giusta, ma anche la migliore per sua figlia.

Adesso Sala lo aveva convocato per comunicargliela. Era una fortuna che Marina fosse già uscita per andare in palestra. Benché la pazienza figurasse tra le tante qualità del giudice, Andrea dubitava che sarebbe riuscito a mantenere l'autocontrollo di fronte a una ennesima scenata di sua moglie. Come altrimenti definire le proteste, le intemperanze verbali e gli isterici scoppi di pianto che avevano caratterizzato i precedenti incontri?

Quando lo vide arrivare da solo, anche Sala sembrò sollevato. Lo fece accomodare, pregò un commesso di portare due caffè, si informò del suo lavoro, si complimentò per l'eccellente difesa del carabiniere della legione di Binelli.

«Questo è un incontro informale» disse alla fine. «Prima di ufficializzare i provvedimenti che mi sembrano più opportuni ho ritenuto di sentire anche il tuo parere.»

«Ti ringrazio, ma non era necessario. Sono certo che hai deciso per il meglio.»

«Lo spero. Ho parlato a lungo con Adele Brizzi, l'assistente sociale che sta seguendo Cecilia. E ho voluto sentire anche i suoi insegnanti. È insufficiente in tutte le materie, tranne che in storia, e sarà sicuramente bocciata.»

«Lo prevedevo» annuì Andrea, facendo cenno a Sala di proseguire. Era ansioso di sapere che cosa aspettava Cecilia.

«Questo catastrofico anno scolastico non è purtroppo un segnale d'allarme isolato. E non mi riferisco tanto al coinvolgimento nella rapina, quanto a ciò che l'ha preceduto: l'ingresso di tua figlia in un giro d'amicizie a dir poco inquietanti. Io sono persuaso della sincerità del suo pentimento, ma è evidente che sta nascondendo qualcosa di grave. Di che cosa ha paura, visto che i due rapinatori sono morti? Chi è quel Fabio di cui ha parlato agli inizi e di cui adesso nega l'esistenza? Perché si ostina a coprirlo?»

«Sono interrogativi che mi sono posto anch'io. Purtroppo senza risposta, perché Cecilia non parla nemmeno con me.»

«L'inchiesta è in corso, e speriamo che approdi a qualcosa di concreto. Nel frattempo avrei deciso di mandare Cecilia al *Santa Marcella*. Il giudice per le indagini preliminari è d'accordo.» Fece una breve pausa e soggiunse in tono amichevole e rassicurante: «Come sai, si tratta di un istituto frequentato da ragazze di ottima famiglia. Niente a che vedere con un correzionale, e nemmeno con il solito collegio di religiose. Il *Santa Marcella* è gestito da personale laico e ha un ginnasio-liceo molto qualificato».

Andrea si schiarì la voce. «Pensi di farle frequentare lì il prossimo anno scolastico?»

«Sì, se questa decisione verrà convalidata e ritenuta idonea per il recupero di tua figlia. La ragazza deve essere allontanata dall'abituale giro di amicizie ma, soprattutto, ha bisogno di un supporto psicologico e rieducativo che la famiglia non è in grado di darle.» Lanciò all'ex collega un'occhiata colma di comprensione. «Non ti sto addossando responsabilità o colpe.»

«Non ce n'è bisogno: me le sono addossate da solo.»

«Morello, può succedere ai migliori genitori di vedersi sfuggire i figli di mano.»

«Il fatto è che io e mia moglie apparteniamo alla schiera

dei peggiori. E tu lo sai benissimo, come lo sanno Binelli, l'assistente sociale e quelli che stanno facendo le indagini. Se così non fosse, sarebbe stata affidata a noi e non a un istituto!» Andrea si accorse di aver alzato la voce. «Scusami, me la sto prendendo con te mentre in realtà dovrei prendermela solo con me stesso. Quando avverrà il trasferimento di Cecilia dall'ospedale al *Santa Marcella*?»

«Non appena avrà superato l'attuale crisi depressiva. Il primario parla di otto, dieci giorni. In ogni caso ci risentiremo prestissimo.» Francesco Sala guardò l'orologio. «Mi spiace doverti congedare, ma ho un appuntamento con Chiara Basile e non vorrei farla attendere.»

«Chiara Basile? Dovete sentire anche il suo parere, prima di?...»

Il giudice minorile lo interruppe scuotendo la testa.

«No, il suo caso non ha niente a che vedere con quello di Cecilia. I suoceri della donna hanno presentato un'istanza d'urgenza per ottenere l'affidamento di Sara e minacciano di citarla in giudizio per sottrazione di minore.»

«Ma è un'accusa assurda, insostenibile!»

«La Basile non ha mai ufficialmente chiesto che la bambina le fosse affidata: amandola come se fosse sua, ha ritenuto naturale e scontato continuare a vivere con lei. E invece non era scontato affatto.» Il giudice sospirò. « È una brutta storia che purtroppo si concluderà molto presto risparmiandoci la pena di decidere. Da ieri non esiste più neppure la minima traccia di attività cerebrali: la bambina è praticamente morta.»

«Sua madre non lo sa ancora!» Andrea proruppe. «Ti prego, sii cauto.»

Francesco Sala annuì con tristezza. «Mi ha telefonato Bruno Marques chiedendomi la stessa cosa. Bisognerà che qualcuno trovi il coraggio di dire la verità a quella povera donna.»

Accompagnò l'ex collega. Chiara era in piedi davanti alla porta, in attesa di essere ricevuta. Il cuore di Andrea si strinse di pena: aveva il volto stravolto per la tensione, e due cerchi bluastri le circondavano gli occhi.

Chiara uscì dall'ufficio di Sala una ventina di minuti

dopo, e non parve sorpresa di trovarlo ancora lì. «Scusi se ho interrotto il suo colloquio, può rientrare.»

«Aspettavo lei.» Era incredibile che Marques, il suo uomo, non si fosse preoccupato di starle accanto in un momento tanto penoso.

Quasi gli avesse letto nel pensiero, Chiara disse brusca: «Non me la sento di fare conversazione. In certi momenti preferisco restarmene da sola».

«L'accompagno alla macchina.»

«Sono venuta in taxi.»

«E allora mi permetta di accompagnarla in negozio. O dove è diretta.»

«All'ospedale.» Ebbe come un mancamento, e d'istinto si aggrappò a lui. Andrea la sorresse cingendole la vita. «Si sieda un minuto.»

«Grazie, no. È passata.» Si liberò dalla sua stretta, e lui la prese per un braccio guidandola verso l'uscita.

Come furono in macchina, Chiara cominciò a piangere sommessamente. Andrea si girò verso di lei e rimase a guardarla in silenzio, paralizzato dall'angoscia e dall'impotenza. Non esistevano parole che potessero confortarla. E purtroppo un dolore ancor più grande era in agguato.

«I nonni di Sara vogliono togliermela» lei disse a un tratto, il volto rigato di lacrime.

«Lo so. Ma non potranno riuscirci.» Distolse lo sguardo da Chiara, rabbrividendo per il significato sinistramente profetico di quella rassicurazione.

«Sara non è mia figlia.»

«So anche questo. Ma lei è per Sara la migliore delle madri.»

«Mi è legatissima... E non potrebbe mai separarsi da me. Crede che questo avrà un peso nella decisione dei giudici, quando potranno ascoltarla?»

Andrea si sottrasse alla sua occhiata ansiosa. «Chiara, lei adesso deve pensare soltanto a stare calma. Il giudice Sala mi ha assicurato che nessuno potrà toglierle la sua bambina» mentì.

Gli afferrò le mani. «Mi aiuterà, quando ci sarà la causa?»

«Avrei tanto voluto aiutarla anche quel disgraziato giorno...» Andrea sussurrò, affranto.

«Ma lo ha fatto! Se non avesse inseguito quei due ragazzi a quest'ora mia figlia sarebbe morta!»

Sua figlia è morta, fu sul punto di rispondere, ma si trattenne per tempo. E mise l'auto in moto senza osare neppure pensare a ciò che Chiara avrebbe provato nel momento in cui avrebbe appreso la sconvolgente verità. Probabilmente quel giorno stesso. O, addirittura, non appena lui l'avesse condotta all'ospedale. L'incombere della catastrofe sconvolse lui stesso, e imprecò silenziosamente contro Bruno Marques. Dov'era? Perché non stava accanto alla sua donna? E, soprattutto, come aveva potuto permetterle di rinchiudersi in quella lucida follia? Sperò tra sé che i medici si mettessero in contatto con lui prima di togliere la piccola dalla macchina che per venti giorni l'aveva tenuta aggrappata all'ultimo soffio di vita.

Ma nell'istante stesso in cui provò a immaginare le parole e i gesti con cui Marques avrebbe ricondotto Chiara alla tragica realtà, qualcosa si ribellò in lui. L'istinto gli diceva che quell'uomo non sarebbe stato all'altezza. E gli sembrò ingiusto, anzi insopportabile, che dovesse toccare a lui informarla. Sollevò il piede dall'acceleratore e accostò a destra, nello spazio libero tra due auto parcheggiate. Prima che lei dicesse qualcosa, la prese dolcemente per le spalle. «Darei la vita, se in cambio si potesse cancellare quel giorno...»

Chiara annuì con la testa. «Capisco ciò che prova... Come padre, non poteva vivere un'esperienza più dolorosa.»

«Non penso soltanto a mia figlia, ma anche alla sua.»

«Sara dimenticherà.» Il rifiuto della realtà era totale, e per qualche istante Andrea rimase a fissarla desolato. All'improvviso capì che non esistevano parole più o meno giuste per comunicarle la verità. In qualunque modo fosse giunta oltre quella barriera di difesa, la sofferenza sarebbe stata ugualmente atroce. Per un brevissimo istante fu tentato di tacere, ma di nuovo gli apparve insopportabile, quasi sacrilego, che toccasse a un'altra persona condividere il dolore di Chiara. Si accorse che stava continuando a fissarla. E anche lei lo stava guardando, i grandi occhi verdi fissi sui suoi con una espressione interrogativa e vagamente ansiosa.

«Devi ascoltarmi... Devi essere forte...» le disse quasi con affanno, le mani sempre posate sulle sue spalle.

«No.»

«Chiara, la tua bambina non ce l'ha fatta. Oggi la staccheranno dal respiratore...»

«No.»

C'era una luce di ostinazione quasi allucinata nello sguardo di lei e Andrea, spaventato, perse l'autocontrollo. «Sara è morta» proruppe.

Il suono di quella parola, *morta*, parve raggiungere Chiara come un colpo di pietra. Si strinse le mani contro il petto e per qualche istante rimase col fiato sospeso, gli occhi spalancati in una fissità inorridita. «Sara è morta...» ripeté quasi a se stessa, con una voce arrochita e distorta che sembrava provenire dal profondo delle sue viscere. L'atroce verità era penetrata dentro di lei travolgendo con violenza tutte le barriere di difesa, e la sofferenza aveva invaso ogni fibra del suo corpo. D'un tratto fu scossa da un tremito convulso, e cominciò a gemere come una bestia ferita a morte.

Andrea la prese tra le braccia incapace di parlare. Si sentiva straziato e impotente.

Sara fu sepolta a Milano, accanto ai genitori. Al termine della breve cerimonia funebre Chiara ritornò a Roma. Rifiutò di cercare una nuova casa, impedì alla sorella di sottrarre pietosamente alla sua vista i giocattoli e i vestitini della piccola, annunciò che all'indomani avrebbe ripreso regolarmente il lavoro nel negozio di Marques.

«Questo è masochismo!» Gio' protestò. «Che cosa vuoi fare, lasciarti uccidere dal dolore?»

Questo è impossibile, Chiara le rispose silenziosamente. *Giurin giurino che moriremo insieme, mamma?* Aveva mantenuto la promessa. Non poteva più soffrire, ricordare, amare, odiare per la semplice ragione che era ormai morta.

IX

La mostra degli orologi d'epoca sarebbe stata inaugurata alle 21, con una serata rigorosamente a inviti. Chiara arrivò un'ora prima, per gli ultimi controlli. Bruno Marques l'aveva preceduta. In piedi su uno sgabello, stava correggendo l'inclinazione di un faretto affinché il fascio di luce ricadesse sulla bacheca valorizzando al massimo i tre rari esemplari che vi erano esposti. Come vide Chiara entrare nel salone, scese dallo sgabello e le si fece incontro. «Sei bellissima, tesoro.»

Si era raccolta i capelli in una treccia e indossava una tunichetta nera in velluto e seta col corpino illuminato da un minuscolo *ramage* di perle e pietre dure. Chiara lo indicò sorridendo: «Armani: è un prestito di mia sorella. Non possedevo niente di tanto chic». Poi, dando un'occhiata circolare: «Mi sembra che tutto sia a posto. I camerieri arriveranno tra un quarto d'ora col camioncino per predisporre il rinfresco e il servizio di sorveglianza inizierà alle 20,45».

«Sei stata un'organizzatrice formidabile.»

«Aspetta a dirlo. C'è sempre la brutta sorpresa dell'ultima ora!»

Bruno si batté una mano sulla fronte. «A proposito di sorprese, ne ho una per te.» Estrasse dalla tasca una scatoletta e gliela porse. «È un piccolo segno della mia gratitudine.»

Chiara la aprì. Dalla linguetta di velluto rosso emerse un prezioso orologio-anello liberty col quadrante circondato di diamanti, zaffiri e rubini.

«L'ho levato dalla mostra per darlo a te.» Le prese una mano: «Mi piacerebbe che lo mettessi subito».

Chiara esitò. «Non posso accettarlo. So quello che vale e...» si interruppe, visibilmente a disagio.

«E?...» lui la incoraggiò.

«È un regalo troppo impegnativo, ecco tutto.»

«Non è una fede nuziale, Chiara.»

«Però è un oggetto che si può dare solo a una fidanzata o a una moglie.»

Bruno la fissò con espressione seria. «Tu sei la mia donna.»

Chiara ricambiò l'occhiata. «Non più.» Richiuse la scatolina e gliela porse. «Credevo che tu l'avessi capito... che non ci fosse bisogno di spiegazioni o di discorsi.»

«E invece ti sei sbagliata. In queste settimane non ti ho mai chiesto di uscire o di incontrarci fuori dal negozio soltanto per rispettare il tuo bisogno di solitudine. Non volevo incombere, parlandoti del nostro futuro.»

«Non abbiamo alcun futuro, Bruno. E probabilmente non l'abbiamo mai avuto, perché il nostro rapporto è stato fin dagli inizi più quello di due amici che di due innamorati.»

«È un limite che gli hai imposto tu! Niente amore e niente impegno...»

«Lo ammetto. E oggi più che mai sono paralizzata da questo limite. Non ho più niente da darti, nessuna speranza e nessuno slancio da investire in un rapporto di coppia. Per questo non devi sentirti impegnato con me. Spero che rimarrà tra noi l'amicizia: sei il migliore amico che ho.»

«Dimentichi Andrea Morello» Bruno osservò in tono neutro.

«Che cosa c'entra Andrea Morello?»

«Credevo che il tuo migliore amico fosse lui. È la sola persona che hai accettato di vedere, dopo la morte di Sara.» Ora, c'era una nota di amarezza nella sua voce.

Chiara abbassò la testa. «Andrea è stato colpito da questa tragedia quanto me. Abbiamo condiviso i momenti più orribili, fin dal giorno della rapina... E mi è stato accanto sempre, anche quando hanno staccato Sara dalla macchina...»

«Lo avrei fatto anch'io, se me lo avessi permesso. Ma non devi giustificarti. Io ti sarò sempre amico, anche se mi ero illuso di costruire un legame più profondo.»

«L'amicizia lo è, Bruno.»

«E allora dimostramelo accettando il mio anello.» Le rimise in mano la scatolina. «Se davvero siamo legati da un sentimento profondo, perché mai non potrei farti un regalo prezioso?»

Chiara fece per obiettare qualcosa, ma fu interrotta dal sopraggiungere di Paolo Lenzi. «È arrivato il camioncino con il servizio del rinfresco» annunciò «e stanno cominciando a scaricare.»

Alle 20,45 Lenzi accese tutte le luci e aprì il portone d'ingresso sorvegliato da due poliziotti privati che avrebbero via via controllato gli inviti prima di consentire l'accesso al salone della mostra. Come sempre, sarebbero stati Chiara e Bruno Marques a ricevere gli ospiti e a offrire loro il catalogo. Lenzi invece, affiancato dai collaboratori del negozio, li avrebbe guidati attraverso bacheche e vetrine illustrando a voce le caratteristiche e i prezzi di ciascun esemplare.

La richiesta di inviti per quella inaugurazione era stata fortissima. La stampa, dandone la notizia, non aveva perso l'occasione di sottolineare che la tragica rapina nel negozio di Marques era avvenuta proprio per impossessarsi dei preziosi orologi messi in mostra: cosicché al solito interesse degli amatori e dei festaioli s'era aggiunto l'elemento della curiosità morbosa. Chiara sospettava di rappresentare, lei stessa, una grande attrazione in questo senso: poche ore prima la giornalista di una emittente regionale le aveva chiesto esplicitamente se non le arrecava un dolore insopportabile partecipare a una festa nel posto in cui si era consumata la tragedia della sua bambina.

Si era limitata a rispondere gentilmente che in quel posto lei lavorava e che quella inaugurazione faceva parte del suo lavoro. In verità, Chiara pensò più tardi, mentre i primi invitati cominciavano ad arrivare, nulla può turbarmi o apparirmi insopportabile perché il mio cuore è morto. Io stessa sono morta.

A volte avvertiva una sensazione di totale estraneità dal

suo corpo: era come se le fosse sopravvissuto con una fisicità autonoma. Non era lei a mangiare, dormire, lavarsi, vestirsi, uscire, lavorare, parlare, sorridere: semplicemente, come un robot, eseguiva gli *input* della sopravvivenza.

La voce di Paolo Lenzi: «Chiara... Ehi, bambina, mi senti?».

«Sì, scusami.»

«Prendo io il tuo posto. Dammi i cataloghi e raggiungi la signora Landi. È molto interessata ai lotti 7 e 61, ma prima di decidere esige di parlare con te.»

Franca Landi era una delle loro migliori clienti. «Vado subito.»

«Dalla mia lista risulta che mancano ancora dodici invitati» intervenne Bruno Marques. «Alle 22 chiuderemo comunque il portone, per ragioni di sicurezza. Mi dispiace per Andrea Morello e sua moglie, che non si sono ancora visti.»

«Andrea mi ha accennato a dei problemi con la figlia. Non era sicuro di poter venire» Chiara replicò allontanandosi.

Franca Landi la stava aspettando con due amiche, davanti alla bacheca in cui erano esposti cinque orologi a bracciale, pezzi unici creati nel tardo barocco dal francese Puget su cassa con molla a spirale. «Puget era uno scultore» Chiara spiegò «ed eseguì questi orologi su commissione per gli Orléans, lavorando con le pietre preziose che essi stessi gli diedero. Alla fine dell'Ottocento furono dati in dote alla figlia illegittima di un Orléans, Clémentine Aubrey: ed è stato un suo pronipote, sei mesi fa, ad affidarli a Marques per la loro vendita.»

«I due che io preferisco, il 7 e il 61, costano quasi come un appartamento a Cortina!» la Landi obiettò.

Chiara sorrise: «Qualunque miliardario può comprare un appartamento a Cortina, nel momento in cui lo decide. Questi orologi invece sono un'occasione unica e irripetibile, riservata a pochi privilegiati».

«Dovrebbe spiegarlo a mio marito. Ultimamente non fa che parlare di recessione e crisi!»

Chiara le sorrise con un vago cenno d'assenso, sentendosi d'un tratto stranita e stanca. Luci, suono di voci, presentazioni, saluti, occhi incuriositi fissi su di lei... Che cosa ci faceva, lì? Cercò Bruno Marques con lo sguardo, ma non lo vide. Poco prima si erano detti addio: era l'unico punto fermo di quella serata slegata e irreale. Si accorse che le girava la testa. «Scusatemi» disse alla Landi e alle sue amiche girando le spalle.

Si diresse in gran fretta verso il suo ufficio, chiuse la porta e si sedette davanti alla scrivania prendendosi la testa tra le mani. Se potessi piangere, pensò. Ma non poteva. Non sentiva niente: solo freddo, caldo, fame, stanchezza, sonno. Respirò a fondo e chiuse gli occhi.

Doveva essersi addormentata. Quando riaprì gli occhi vide il capitano Mino Binelli di fronte a lei. «Ho bussato, ma non rispondeva. Sta poco bene?»

«No... Solo un po' di stanchezza» Chiara rispose riscuotendosi. Fece per alzarsi.

«Resti dov'è. Posso sedermi anch'io?» Prima ancora che lei rispondesse, Binelli l'aveva già fatto. «Ho dato un'occhiata alla mostra. È veramente interessante.»

«La ringrazio di essere venuto.»

«Ho appena lasciato Andrea Morello e la moglie. Stamattina la loro figlia è entrata al *Santa Marcella.*»

«Non lo sapevo. Credevo che il giudice avesse cambiato idea affidandola alla custodia dei genitori.»

«È così, infatti. Ma lo psicologo del Tribunale dei minori che segue Cecilia ha ritenuto che per lei fosse meglio essere allontanata dalla famiglia... E soprattutto dalla madre. In queste settimane la ragazza ha dato molti problemi. Le dispiace se gliene parlo, Chiara?»

«No...»

«Cecilia è distrutta dai sensi di colpa. Ciò che ha fatto è indubbiamente grave, ma ha molte attenuanti... E comunque non si può permettere che una ragazzina si autopunisca in modo tanto implacabile e disumano. Continua a rifiutare il cibo. Trascorre le giornate seduta accanto alla finestra. E da quando è morta Sara, non ha più rivolto la parola a nessuno...»

«Andrea non mi ha mai parlato di tutto questo.»

«Per quanto profondamente ami la figlia, non oserebbe riaprire le sue ferite, Chiara, o chiederle di capire, perdonare. È umano che lei abbia del rancore per Cecilia.»

Lei scosse la testa. «Non più...» Era difficile spiegargli che ormai era incapace anche di provare rancore e che quella ragazza le appariva come l'abitante di un altro mondo: estranea, remota.

Si accorse che Binelli la stava fissando con aria interrogativa. «Non la odio più» precisò. «E spero veramente che riesca a risolvere i suoi problemi.»

«Questo dipende anche da lei, Chiara.»

«Da me?»

«Sì. Se è vero che ha smesso di odiarla, deve dirglielo. Solo il suo perdono può spezzare il perverso meccanismo di autodistruzione di quella povera ragazza.»

«Lei mi sta chiedendo troppo» Chiara disse impulsivamente, con voce quasi spaventata.

«Lo so. E so anche che a suo tempo Marina Morello le chiese la stessa cosa, inutilmente. Ma la situazione è peggiorata e ho voluto fare un tentativo anch'io. Se non se la sente, mi creda, capirò.»

Chiara sospirò. Ancora una volta era difficile trovare le parole giuste per esprimere ciò che sentiva. Cecilia aveva bisogno di calore umano, comprensione e rasserenanti parole di conforto e purtroppo lei non sarebbe stata in grado di darle altro all'infuori di un formale perdono. Non la odiava più proprio perché le era diventata indifferente ed estranea. E non esisteva alcun modo di comunicare con lei.

Alzò gli occhi su Binelli. «Non credo di poter aiutare quella ragazza.»

«Se capisse il dramma che sta vivendo forse le sarebbe più...»

Chiara lo interruppe: «Lo capisco, ma non riesco a provare per lei dolore o pena. Cecilia mi è... indifferente» aggiunse con sforzo.

«Dopo i funerali di Sara, ha ritagliato la sua fotografia da un giornale e se l'è messa sotto il cuscino. È stato suo padre ad accorgersene. Da settimane le notti di Cecilia sono popolate di fantasmi e di morte. Non la sconvolge neppure questo?»

«No. Non mi sconvolge più niente.»

«Neppure sapere che chi ha organizzato la rapina è ancora libero e impunito? Lei è forse l'unica persona a cui Cecilia confesserebbe la verità.»

«Sara è morta. Non esistono altre verità.»

Mino Binelli si alzò. «Ma lei è viva. Prima o poi dovrà accettarlo.»

«Che cosa vuol dire?»

La guardò con affetto. «Non può continuare a illudersi di essere morta. Prima o poi dovrà fare i conti col dolore e con tutti i sentimenti che oggi riesce a respingere.»

Quando Chiara tornò nel salone, gli invitati erano assiepati davanti al lungo tavolo del rinfresco. Bruno Marques le andò incontro: «Dov'eri? Ti cercava il capitano Binelli».

«L'ho visto. Come sta andando?»

«Molto bene. La Landi, dopo una telefonata al marito, ha opzionato i due Puget, e Paolo Lenzi ha raccolto una decina di prenotazioni per gli esemplari più costosi. Che cosa voleva il capitano Binelli?»

«Niente di particolare. Salutarmi, fare due chiacchiere...»

«Vieni a mangiare qualcosa, a mezzogiorno hai saltato il pasto.»

«Più tardi, grazie.»

«Sei molto stanca. Hai passato tutta l'estate sgobbando, e adesso dovresti prenderti un paio di settimane di vacanza.»

«Mi basteranno un paio di giorni di riposo.»

In quel momento si avvicinò Paolo Lenzi. Teneva per un braccio una donna sui trentacinque anni, dalla bellezza molto vistosa, che a Chiara parve di riconoscere. Era un'attrice, una cantante?

Lenzi le evitò ulteriori sforzi di memoria. «Ti presento la mia amica Carmen Grandi, la famosa top model. Era smaniosa di conoscerti» rise.

La donna le tese la mano. «Volevo soprattutto complimentarmi. Questa mostra è splendida, e Paolo mi ha detto che lei ne è stata l'organizzatrice.»

«Il merito è tutto di Bruno Marques. Gli sono occorsi due anni di viaggi e di ricerche per raccogliere i pezzi esposti.»

Carmen rivolse a Bruno uno scintillante sorriso. «La sua bravura è fuori discussione. Tre anni fa acquistai da lei un bracciale di Charles Lewis Tiffany, ricorda? Dovetti corteggiarla per due giorni, perché non intendeva assolutamente venderlo.»

Bruno ricambiò il sorriso. «Sono ancora inconsolabile per la perdita di quel bracciale.» Si rivolse a Chiara. «Tiffany figlio l'aveva regalato a mio padre alla metà degli anni Venti. Era un capolavoro dell'art nouveau, ma soprattutto testimoniava il grande rapporto affettivo e di lavoro che univa la mia famiglia a quella del gioielliere statunitense.»

Chiara lo fissò sinceramente sbalordita: «Come hai potuto lasciarti convincere a venderlo?».

Carmen, con una risatella maliziosa: «Lei sottovaluta il mio potere di seduzione!».

«Conoscendo l'attaccamento di Bruno per alcuni oggetti, pensavo che non esistesse potere di seduzione abbastanza forte per spingerlo a darli via. Ma a quanto pare ho davvero sottovalutato il suo.»

Bruno, imbarazzato, tagliò corto: «Non mi pare il caso di farne un dramma!».

Chiara alzò le spalle. «Hai ragione.» Sorrise a Carmen: «Mi scusi. Dopotutto, come ogni cliente di Marques, lei ha mirato a fare un buon affare. Spero che si goda il suo bel bracciale».

La donna sospirò. «Purtroppo non è più mio. Quando la mia migliore amica l'ha visto se ne è innamorata, e suo marito ha fatto fuoco e fiamme perché glielo rivendessi.» Fece una breve pausa. «Sono i coniugi Morello, li conosce anche lei. Andrea stravede per Marina. Poveretti, adesso hanno il problema della figlia... Se non fossero tanto uniti, impazzirebbero.»

Bruno Marques, di nuovo imbarazzato, si affrettò a cambiare discorso. «A proposito di amici, da quanto tempo conosce Paolo Lenzi?»

«Da una decina di giorni. È stato un incontro travolgente: a un semaforo di via Veneto mi è venuto addosso con la sua auto.»

Lenzi rise: «Veramente sei stata tu a frenare bruscamente!».

Chiara, con sarcasmo: «Forse ti aveva adocchiato dallo specchietto retrovisore...».

«Di solito non ricorro a tecniche di adescamento così violente» Carmen replicò nello stesso tono.

Chiara fece per ribattere qualcosa, ma rinunciò. «Se non vi dispiace, vado a raggiungere gli altri ospiti» disse congedandosi. Non erano ancora le 23: mancava più di un'ora alla conclusione di quella tristissima serata e lei non si era mai sentita tanto innervosita e stanca. Era accecata dalla luce dei faretti, assordata dal vocio del salone, e sentiva le tempie pulsare dolorosamente. Decise che all'indomani non sarebbe venuta al lavoro: aveva assolutamente bisogno di qualche giorno di riposo.

Erano quasi le due quando, finalmente, poté infilarsi nel letto. Spense la luce e si raggomitolò su se stessa, un braccio infilato sotto il cuscino. Riudì la voce di Mino Binelli: "*Da settimane le notti di Cecilia sono popolate di fantasmi e di morte... Dorme con una fotografia di Sara sotto il cuscino*". Istintivamente, Chiara ritirò il braccio.

X

Da quando era successo "l'incidente", come definiva ciò che era accaduto a sua figlia, Marina Morello iniziava le sue giornate con un corpo a corpo con i quotidiani. Li sfogliava in gran fretta, scomponendo e accartocciando le pagine alla ricerca di eventuali articoli che parlassero della rapina. E ogni mattina dava la stura al rituale dei lamenti, sempre identici: perché mai i quotidiani dovevano avere quel formato scomodissimo? Che senso aveva continuare a occuparsi del "caso Marques", neanche fosse stato l'assalto a Fort Knox? Visto che i colpevoli erano morti, cosa si aspettava a sospendere le indagini e archiviare il tutto?

«Stanno mettendo in croce nostra figlia!» quella mattina Marina sbottò col marito. Gli sventolò un foglio di giornale davanti agli occhi: «Leggi qui! Lo sapevi che ieri mattina il giudice è andato al *Santa Marcella* e l'ha interrogata per due ore?».

«Binelli mi aveva accennato qualcosa.»

«E tu non hai reagito? Non ti sei opposto?»

«Marina, nostra figlia è stata complice di quella rapina ed esistono fondate ragioni per ritenere che dietro di lei e dei due ragazzi morti ci fosse almeno un'altra persona.»

«Quel fantomatico Fabio? Gesù, non si può fondare un'indagine sul lapsus di una ragazzina impaurita e febbricitante! Cecilia ha ripetuto mille volte che voleva dire Tiziano...»

«Cecilia sta coprendo qualcuno. Ne sono certo anch'io.»

«Tu ti sei fatto bere il cervello dalla "madre affranta"! E lo stesso vale per il tuo amico Binelli e il giudice Sala... Siccome la Basile odia Cecilia, gliela volete porgere su un piatto d'argento come grande colpevole.»

«Chiara Basile, semmai non lo sapessi, ha rifiutato di costituirsi parte civile contro Cecilia e gli eventuali colpevoli.»

«E in che ruolo avrebbe dovuto farlo? Sara non era sua figlia, e quando non deve recitare la parte dell'inconsolabile ad uso dei tuoi amici poliziotti, quella donna si comporta per quel che è. Una estranea che, sparse quattro lacrime di circostanza, ha ricominciato a vivere normalmente. La mia amica Carmen l'ha vista alla mostra degli orologi tutta allegra e pimpante.»

«Sono contento per lei.»

«In tua assenza, la signora si è fiondata sull'amico Binelli. Si sono rinchiusi nel suo ufficio per quasi un'ora.»

«Binelli? E che cosa ci faceva alla mostra?»

«Vedo che la cosa ti interessa. A quanto pare, non hai l'esclusiva del ruolo di consolatore e la cosa ti disturba...»

Andrea lanciò alla moglie un'occhiata di compatimento.

«Sei meschina. E proprio non capisco la tua animosità nei confronti di quella povera donna. Che cosa ti ha fatto?»

«Quella *povera donna* ha rovinato la vita di mia figlia!»

«Purtroppo Cecilia se l'è rovinata da sola. E io e te le abbiamo dato un sontuoso aiuto in questo senso.»

«Lasciami fuori dai tuoi sensi di colpa, caro. Io non ho niente da rimproverarmi come madre. In queste settimane non l'ho lasciata un istante... Ho cercato di farla parlare, l'ho imboccata, l'ho consolata, l'ho...»

«L'hai asfissiata!» Andrea esplose. «Minimizzando le sue responsabilità e trattandola come se fosse una vittima innocente hai ottenuto soltanto di ingigantire i suoi sensi di colpa. Se non fosse entrata in quell'istituto, tu l'avresti distrutta.»

Marina si eresse nelle spalle e gli lanciò un'occhiata di fuoco. «È questo che pensi di me? Ti sei lasciato bere il cervello anche dal giudice Sala e da quell'imbecille dell'assistente sociale?»

«Finiamola qui. Basta.»

«*Basta* lo dico io! Sono stufa di subire, di tacere, di passare per una madre rovinosa e indegna... Mi hanno *proibito* di vedere mia figlia, ti rendi conto? Ma io farò uno scandalo. Smuoverò mezzo mondo...» La voce le si strozzò in gola.

Andrea l'afferrò per le braccia. «Tu non farai niente. Prova soltanto ad avvicinarti a Cecilia e vedrai.»

Marina si divincolò spaventata. «Tu... tu sei pazzo!» esclamò correndo fuori dalla stanza.

Quella sera, quando Andrea rientrò a casa, non trovò la moglie. La domestica filippina riferì che era andata via nel primo pomeriggio con una valigia, dicendo che sarebbe stata fuori città per qualche giorno.

Poco dopo telefonò Carmen Grandi per avvertirlo che Marina era andata da lei. «Domani la porterò a Londra con me. È molto depressa e distrarsi le farà bene. Torneremo la prossima settimana, spero che non ti dispiaccia.»

Non gli dispiaceva affatto. Quanto era accaduto aveva scavato un solco profondo tra loro, mettendo in evidenza una incompatibilità assai vicina al rigetto. Nel momento del dolore, la moglie infantile, irrazionale e svagata che per sedici anni lo aveva al massimo fatto spazientire, si era rivelata una donna insopportabilmente limitata. *Come puoi sposare quella deficiente?* Gli parve di riudire l'esclamazione di sua madre quando le aveva annunciato le nozze con lei. Solo ora, purtroppo, si ritrovava a fare i conti con questa desolante verità. Marina non era intelligente. Le sue reazioni erano epidermiche, i suoi sentimenti superficiali, la sua capacità di introspezione inesistente. Tutto le scivolava addosso senza raggiungerla e senza scalfirla. Abbandonati gli studi, non aveva mai più preso in mano un libro: leggeva soltanto riviste di bellezza e di moda. In compenso, possedeva formidabili antenne per captare ciò che poteva nuocerle. L'amore per se stessa era la sua struttura portante: gli altri esistevano soltanto in virtù di quello che potevano darle o del ruolo che lei via via gli attribuiva, comunque subordinato e depersonalizzante. Cecilia, per sottrarsi al cannibalesco predominio materno, era andata incontro alla rovina.

La lucidità di quella sua analisi lo spaventò. Era come aver aperto un armadio ed essersi ritrovato lo scheletro addosso. Non mentire, si disse con ira. Hai sempre saputo che il tuo matrimonio era un fallimento, ma ti eri abituato a convivere con questa realtà. E i limiti di Marina non si sono rivelati nell'impatto della tragedia, ma nel confronto con una donna eccezionale.

Il pensiero di Chiara accrebbe il suo spavento. Si era perdutamente innamorato di lei, fin dal primo istante che l'aveva vista. Ricordava ancora l'emozione violenta che aveva provato di fronte a quel volto proteso su di lui. Guardarlo era stato come scorgere in uno specchio un'anima bellissima e sconosciuta: il viso di Chiara rifletteva amore, coraggio, dignità, rettitudine. E lui ne era stato abbacinato. In quelle settimane aveva vissuto con la smania di consolarla e di proteggerla. Ma ora capiva che in quella smania c'era anche l'egoistico, disperato bisogno che aveva di guardarla, sentire la sua voce, sfiorare le sue mani.

Non debbo vederla più, si disse. Non ho niente da darle, sono prigioniero di una situazione senza scampo, nel mio futuro c'è posto solamente per Cecilia... Ma nel momento stesso in cui si prospettava un futuro senza Chiara, l'angoscia gli tolse quasi il respiro. Quella stessa casa lo opprimeva. Doveva uscire, respirare una boccata d'aria, calmarsi...

Scese dalle scale senza neppure aspettare l'ascensore. Aveva lasciato la macchina parcheggiata di fronte al portone. Vi salì e mise in moto, riandando di colpo a vent'anni prima: tradito dalla sua prima ragazzina, aveva vagato disperatamente senza meta col suo motorino, fino a quando un vigile non l'aveva fermato per eccesso di velocità.

Purtroppo non era più un adolescente innamorato, ma un adulto che aveva fallito su tutti i fronti. Soprattutto come padre. Cecilia, supplicando di essere ricoverata in quell'istituto, aveva voluto allontanarsi anche da lui, e non soltanto dalla madre. E lo psicologo aveva pregato anche lui, non soltanto Marina, di "lasciare tranquilla" la figlia. In pratica, era stato vietato a entrambi di visitarla: prova evidente che la loro vicinanza era nociva per l'equilibrio di Cecilia.

La frustrazione gli dilagò dentro insieme ai sensi di colpa. Chiara avrebbe dovuto odiare lui, e non Cecilia, perché dietro la rapina che aveva causato la morte di Sara c'era un padre latitante e in malafede. Che cosa altro era stato, delegando una donna irresponsabile come Marina all'educazione della loro figlia? Pensare a Marina accrebbe la sua frustrazione. Anche se la vita con lei si prospettava più arida che mai, la separazione rimaneva una via d'uscita moralmente impraticabile. Non poteva abbandonare una donna soltanto perché il confronto con un'altra gliela aveva resa insopportabile. E inoltre era consapevole che il suo abbandono avrebbe distrutto Marina: si era sposata giovanissima, e il suo matrimonio rappresentava per lei l'identità, lo status sociale, la sicurezza. Aveva svolto il ruolo di moglie coi limiti che lui conosceva sin dall'inizio. Colpa sua se li aveva sottovalutati.

Conosceva bene anche se stesso. Educazione e temperamento avevano fatto di lui un uomo morale: ove il senso del dovere avesse vacillato, sarebbe scattato il meccanismo degli scrupoli e dell'autocensura.

Sono in gabbia, pensò desolato, continuando a guidare senza meta. E che cosa altro sarebbe stata, la sua vita futura, se non un continuo girare a vuoto nel deserto di traguardi e di speranze? Chiara, oh, Chiara!, gemette dentro di sé. La amava con ogni fibra del suo corpo e la consapevolezza di dover rinunciare a lei gli dava un dolore quasi fisico. *Non posso*, pensò. O lo disse ad alta voce?

Il semaforo segnava rosso, e Andrea frenò. Si accorse in quel momento che alla destra dell'incrocio iniziava la strada dove abitava Chiara. Ma non se ne stupì. Il suo girovagare senza meta era stato in realtà un lungo e vanamente contrastato tragitto verso la casa di lei.

Neppure Chiara parve stupita di vederselo di fronte a quell'ora tarda della sera. Gli aprì la porta e lo fece accomodare in soggiorno risparmiandogli prevedibili domande tipo "Cosa fai qui?", "È successo qualcosa?", "Stai bene?".

Quando lui fu seduto, si sedette anche lei nella poltrona di fronte. «Stavo guardando un vecchio film» sorrise indicando il teleschermo.

«Ti ho disturbato?»

«No, affatto.» Spense col telecomando. «La sera non riesco mai a prendere sonno e così tiro tardi davanti alla televisione.»

«Io... Mi sono ritrovato sotto casa tua» Andrea disse stupidamente. «Stavo girando da due ore. L'automobile mi rilassa...»

«Un tempo succedeva anche a me. Hai cenato?»

«Sì... cioè no. Ma non ho fame.»

«Vuoi bere qualcosa?»

«Grazie, sì. Un whisky, se c'è.»

Chiara si alzò per prendere la bottiglia. «Con ghiaccio o senza?»

«Senza, grazie.»

Lei gli riempì il bicchiere e glielo porse.

«E tu non bevi?»

Chiara fece di no con la testa. «Sono astemia.» Tornò a sedersi e lo guardò bere. «Molti anni fa fui ricoverata in una clinica... Avevo perso il figlio che aspettavo e cominciai a bere» confessò inaspettatamente, con voce sommessa.

Andrea depose il bicchiere. «Mi dispiace...»

«Quello fu il primo dolore della mia vita, e non ero ancora capace di affrontarlo... Nemmeno mio marito. Mentre io chiedevo aiuto, Marco cominciò a frequentare un'altra donna e si innamorò di lei. Era Margherita, la madre di Sara.»

«Non devi parlarne, ti fa troppo male» Andrea disse col cuore stretto.

«È passato tanto tempo, ormai.» Lo sguardo di Chiara si perse lontano. «Quando mio marito tornò con Sara capii che tutto aveva avuto un senso... Dal mio dolore e dalla fine del nostro matrimonio era nata lei, la figlia che per anni avevo inutilmente attesa. Sara mi ha ripagata di tutto... ha dato un senso alla mia vita.»

«Sara è morta!» Andrea proruppe quasi spaventato.

Chiara annuì. «Lo so, ma io non l'ho perduta.» Alzò gli occhi su di lui e gli rivolse un piccolo sorriso rassicurante: «Pensare a Sara non mi fa soffrire perché in realtà non ci siamo mai separate... Dovunque sia, e qualunque cosa faccia, la mia bambina è con me».

Andrea la fissò in silenzio, profondamente turbato. Chiara si era di nuovo rifugiata nel rifiuto della realtà oppure aveva reagito con forza sovrumana alla tragedia?

«Non finisci il tuo whisky?» La voce gentile di lei.

Si alzò di scatto. «Devo andare, si è fatto tardi.»

Si alzò anche lei. «Mi ha fatto piacere vederti.»

«Sei stanca, devi andare a dormire.»

«Non ho ancora sonno. E domattina non ho la sveglia: sono in vacanza.»

Erano dritti l'uno di fronte all'altra. «Ti accompagno» Chiara sussurrò.

Lui fece segno di sì, senza muoversi. Provò un desiderio violento di stringerla a sé, e lo sforzo di controllarsi gli fece dolere le braccia. Lei lo stava guardando, visibilmente a disagio e con una espressione interrogativa. *Doveva* andarsene, ma si sentiva come paralizzato.

«Ti accompagno» lei ripeté. Come furono davanti alla porta gli tese la mano. Lui gliela afferrò. «Fammi restare.»

Chiara aprì e chiuse la bocca. Sul suo viso si dipinse un profondo stupore. «Non... Non...» balbettò.

«Ti amo» Andrea disse in un gemito. Protese le braccia verso di lei e se la strinse impetuosamente contro. «Ti amo...» disse ancora. Non si era mai sentito tanto disperato e felice.

Quella notte rimase con lei. Quando furono a letto, Chiara si aggrappò al suo corpo silenziosa e tremante. L'emozione di quel contatto gli tolse il fiato. Le sfiorò teneramente il volto e sentì l'umidore delle sue lacrime tra le ciglia. «Non piangere» la implorò raccogliendola tra le braccia, e cominciando a cullarla e ad accarezzarla come se fosse una bambina. All'improvviso lei smise di tremare e la sentì abbandonata e indifesa tra le sue braccia. Lentamente, cautamente penetrò in lei e subito si fermò. Non voleva impaurirla, ed era terrorizzato all'idea che lo respingesse. Chiara emise un lieve sospiro e si inarcò contro di lui.

Il desiderio esplose con una intensità che gli fece martellare il cuore. Le prese il viso tra le mani e la baciò appassionatamente, cominciando a muoversi dentro di lei. Era come riemergere dal buio primordiale dell'universo. Chiara era vita, luce, estasi e il suo corpo spasimava nella smania di possederla. I movimenti si fecero sempre più forti, sempre più profondi. Non poteva fermarsi più. La serrò contro di sé sentendo il sangue pulsare nelle vene e i muscoli fremere in un languore sempre più struggente. Quando il piacere arrivò, gli parve di dissolversi in lei. Rimase immobile continuando a tenerla serrata tra le braccia. Chiara era la sua donna. Con lei aveva scoperto l'amore, l'estasi.

D'un tratto si accorse che per tutto il tempo era rimasta silenziosa e ferma sotto di lui. La chiamò piano, sollevando il viso sul suo. Aveva gli occhi spalancati e lo guardava.

«Chiara» ripeté più forte, sussultando.

«Sono qui.»

Si spostò su un fianco e subito la cinse per la vita, non sopportando di staccarsi da lei. «Ti amo, Chiara.»

Gli spostò il braccio, bruscamente, e si drizzò sul busto senza rispondere.

«Chiara...» La fissò in preda al panico.

«Non dire "*ti amo*".»

«Ma è la verità! Quello che è successo stasera non è un...»

«Non è successo niente.» Chiara fece per alzarsi dal letto e Andrea la trattenne per un braccio. «Come puoi dire una cosa simile?» protestò.

«Lasciami andare.»

«No. Dobbiamo parlare. Io non posso più perderti... e credevo che anche tu mi amassi...»

Chiara abbassò la testa. «Ti sei sbagliato» disse in un sussurro. «Io non posso più amare.»

«È per Bruno Marques? Sei ancora legata a lui?»

«No. Non sono mai stata realmente...»

«Allora è per tuo marito? Non l'hai ancora dimenticato?» Andrea incalzò, interrogandola.

«Marco è morto. E anche Sara è morta. E io non posso provare più niente... per nessuno. Dentro di me c'è il vuoto.»

«Non è vero! Tu stai ancora soffrendo e io, insensibile e idiota, ti ho...»

«Io non soffro più. E non hai niente da rimproverarti, Andrea. Abbiamo fatto l'amore perché l'ho voluto anch'io.»

«Perché? *Perché* l'hai voluto?»

Si strinse nelle spalle. «Non lo so... È successo...»
«E che cosa hai provato? Che cosa provi per me?»
Chiara sollevò la testa e lo guardò. «Niente» disse piano. Era desolata.

Quando Andrea arrivò a casa erano le tre del mattino. Andò direttamente in cucina, aprì il frigorifero e tirò fuori una bottiglia d'acqua minerale. Bevette a canna, la gola riarsa dalla sete.

È malata. È pazza, pensò con ira. Se l'era ripetuto per tutta la strada, mentre guidava attraverso la città ormai deserta. Ripose la bottiglia nel frigorifero e passò in soggiorno. La spia rossa della segreteria telefonica lampeggiava. Al diavolo, si disse sedendosi e accendendo automaticamente il televisore.

La sera non riesco mai a prendere sonno... Per una sera sono stato l'alternativa al vecchio film, pensò con sarcasmo. Ma sapeva di essere in malafede. E in malafede faceva di tutto per alimentare l'ira, ben sapendo che se quella difesa fosse crollata lui sarebbe stato travolto dalla disperazione.

«Avvocato Morello...» La voce della domestica filippina. Era in camicia da notte, ferma davanti alla porta.

«Mi dica, Maria.»

«Ha ascoltato la segreteria telefonica?»

«No... perché?»

«Ci sono tante telefonate per lei. Io non ho risposto, come vuole la signora... Ma è dalle nove di ieri sera che la stanno cercando.»

Due telefonate erano del capitano Mino Binelli e tre della direttrice del *Santa Marcella.* In tutte, gli si chiedeva di richiamare con urgenza.

XI

Il *Santa Marcella* era un convitto femminile con due corsi di studi superiori, ginnasio-liceo e magistrali, legalmente riconosciuti. La retta, molto alta, ne faceva un istituto selettivo e, d'altro canto, garantiva alle ragazze ospitate ottimi insegnanti, ambiente lussuoso e assistenza ineccepibile. La direttrice aveva esitato a lungo prima di accogliere Cecilia, ma alla fine le pressioni del capitano Binelli, suo vecchio amico, e il prestigioso cognome dei Morello l'avevano persuasa ad accettare un compromesso: Cecilia sarebbe stata ospitata per due mesi, periodo di prova dopo il quale lei avrebbe insindacabilmente deciso se farle terminare l'anno scolastico oppure allontanarla.

La ragazza, ripetente, era stata iscritta in quarta ginnasio. E per consentire allo psicologo e all'assistente sociale di incontrarsi liberamente con lei, era stata sistemata in una stanza singola. Al momento del suo ingresso, l'istituto ospitava trenta studentesse interne, sei delle quali frequentavano la sua stessa classe. Ma Cecilia non aveva ancora familiarizzato con nessuna. Terminate le lezioni, correva a chiudersi nella sua stanza e si intratteneva in refettorio il tempo necessario per consumare i pasti, rispondendo a monosillabi alle domande delle vicine di tavola. Mangiava di malavoglia, a testa bassa, e i primi giorni l'inserviente aveva ritirato i suoi piatti ancora intoccati.

Quella sera Cecilia non era scesa per la cena, accusando un forte mal di testa. L'inserviente le aveva portato un vassoio in camera, e poco più tardi la direttrice era passata a vedere come stesse. Quando se n'era andata erano le 20,40, come avrebbe dichiarato più tardi a Mino Binelli. Non poteva sbagliarsi perché, ritornando al pianterreno, aveva guardato l'orologio e si era recata direttamente nel suo studio per assistere a un film su Raiuno che iniziava proprio a quell'ora.

Nell'intervallo tra il primo e il secondo tempo era uscita dallo studio per andare in bagno e si era ritrovata di fronte Marta Giliberti, la studentessa che occupava la stanza accanto a quella di Cecilia. La ragazza aveva la faccia impaurita e la voce tremante. «Deve essere successo qualcosa alla Morello... Grida... E si lamenta...»

Qualcuno era riuscito a penetrare nella sua camera e l'aveva selvaggiamente picchiata. Soffocando un urlo d'orrore, la direttrice aveva sollevato il microfono e formato il numero dell'amico Binelli.

Quando Andrea arrivò al *Santa Marcella*, cominciava ad albeggiare. Mino Binelli era ancora lì. «È meglio che non entri» gli disse. «Il medico le ha fatto una iniezione di sedativo e finalmente si è addormentata.»

«Ma come sta? Che cosa è successo?»

«Non ci sono lesioni interne e non corre alcun pericolo, tranquillizzati. Quel che è successo non lo so. Cecilia è ancora sotto choc e comunque escludo che si decida a dirci la verità. Posso soltanto avanzare un'ipotesi.»

Andrea lo guardò interrogativamente. «Quale ipotesi?»

«Questa aggressione è stata un avvertimento... un modo per terrorizzarla e spingerla a tacere quanto sa della rapina.»

«Mia figlia è in pericolo. Bisogna portarla immediatamente via di qui.»

Binelli sospirò. «Cecilia sarà in pericolo dovunque, se continuerà a tacere i nomi dei colpevoli.» Fece una pausa. «Non ho ancora denunciato l'aggressione, perché ciò aggraverebbe penalmente le sue responsabilità. Ormai non esiste più alcun dubbio, ammesso che prima ne esistessero, sul fatto che stia coprendo uno o più criminali.»

«L'hai detto tu stesso: Cecilia è terrorizzata. Niente e nessuno potrebbe spingerla a parlare, perché la paura di chi la tiene in pugno è superiore a ogni scrupolo, ogni sentimento, ogni conseguenza.»

Binelli fece segno di no. «Hai dimenticato Chiara Basile. Il rimorso che prova nei suoi confronti è il solo sentimento più devastante della paura, e la Basile è la sola persona in grado di farle dire la verità. Perciò devi andare da lei e portarla da Cecilia.»

«Mai. Questo non posso proprio farlo.»

Binelli lo fissò con gli occhi socchiusi. «L'amore per lei è superiore a quello per tua figlia?»

Andrea sostenne il suo sguardo. «Stanotte sono stato con Chiara. Praticamente l'ho violentata. Non posso farle ancora del male. E lei stessa rifiuterebbe di...»

«Devi provare a convincerla. Subito. Se ti ho aspettato qui fino a ora, è proprio per darti il tempo di fare questo tentativo prima di denunciare l'aggressione. Sai bene che ho l'obbligo di farlo.»

Andrea, ripercorrendo la strada verso la casa di Chiara, sperò vilmente che lei rifiutasse di aprirgli. O, meglio ancora, che una macchina lo investisse prima ancora di giungervi. La consapevolezza che tra pochi minuti si sarebbe ritrovato di fronte a lei per rivolgerle una richiesta così crudele lo umiliava e lo sconvolgeva. Ma era in gioco la salvezza di sua figlia e non poteva sottrarsi a quel tentativo. Binelli aveva parlato d'amore, ma l'amore non c'entrava. Il senso del dovere era talmente radicato in lui da sopraffare ogni paura, ogni sentimento, ogni egoismo. Se al primo momento aveva riluttato, era solo perché anche il salvaguardare la serenità di Chiara gli era parso un dovere. Le decisioni più difficili della sua vita, pensò rallentando davanti alla casa di Chiara, erano state quelle che lo avevano messo di fronte a due doveri contrastanti, costringendolo a scegliere quello prioritario. Stavolta gli erano bastati pochi minuti per capire.

Parcheggiò l'auto alla sinistra del portone e vi si diresse lentamente. Prima di premere il pulsante del citofono guardò l'orologio: erano le cinque e un quarto del mattino.

Chiara rispose dopo pochi istanti e gli aprì senza protestare. Quando lui uscì dall'ascensore, lei lo stava aspettando davanti alla porta d'ingresso. Una parte della sua mente registrò che era vestita di tutto punto, come se stesse per uscire. Nel momento in cui avvertiva un vago senso d'allarme, notò una valigia nell'anticamera.

Chiara seguì il suo sguardo. «Stavo per andare all'aeroporto. Vado a Milano.»

«No!» lui urlò, quasi. «Ti prego, resta. Ho bisogno di te» aggiunse piano.

«Ormai è deciso.»

«Ieri sera, mentre io ero qui, qualcuno si è introdotto nell'istituto dove abbiamo mandato mia figlia e l'ha aggredita con violenza.»

«E adesso come sta?» Nella voce di Chiara non c'erano né orrore né ansia, ma solo gentile interessamento. *Non posso provare più nulla...*

«Pesta e terrorizzata» Andrea rispose brusco. Per qualche istante la odiò. E in quei provvidenziali istanti vuoti di amore e di pietà gli fu facile aggiungere: «Devi venire da lei. Soltanto tu puoi convincerla a dire quello che sa della rapina».

«Io? Perché?» Chiara esclamò, ritraendosi.

«Perché si sente responsabile della morte di Sara e da quel disgraziato giorno della rapina vive nella smania del tuo perdono. Se tu le chiedi di parlare, non ti dirà di no.»

«Io devo partire. Tra due ore ho l'aereo...»

Andrea l'afferrò per un braccio: «Partirai con un altro volo. Adesso vieni con me». L'ascensore era ancora aperto e la trascinò dentro.

Davanti alla macchina, Chiara tentò nuovamente di ritrarsi. «Non puoi costringermi... Io devo partire.»

«Sali» lui ordinò aprendo la portiera e spingendola dentro alla macchina.

Chiara si raggomitolò su se stessa e tacque per tutto il tragitto. A un certo punto lui pensò che si fosse addormentata. Teneva gli occhi chiusi e le mani incrociate sotto al collo. L'ho violentata un'altra volta, lui pensò. L'odio si ritrasse e la pena gli strinse il cuore. Allungò una mano verso di lei. «Perdonami...» Chiara non si mosse. Ma quando furono davanti all'istituto, e lui fece per aiutarla a scendere dalla macchina, respinse il suo braccio con malgarbo. «Non scappo» disse poco dopo rifiutando il suo braccio per salire le scale.

Il capitano Binelli, seduto davanti alla stanza di Cecilia, come li vide arrivare si alzò e andò loro incontro. Non pareva affatto sorpreso che Chiara fosse lì. «Si è svegliata e ti sta aspettando» disse all'amico. Rivolto a lei: «Sarà meglio che Andrea prepari la figlia alla sua visita».

Cecilia si era drizzata sui cuscini e fissava ansiosamente la porta. Come Chiara entrò, si ributtò fulmineamente supina e nascose la faccia sotto il lenzuolo. È ancora una bambina, lei pensò incredula. Avanzò lentamente verso il letto e si curvò su di lei. «Cecilia... Sono la mamma di Sara.» Poiché la ragazza non rispondeva, abbassò il lenzuolo. Due occhi spaventati si spalancarono sui suoi. Il labbro superiore era spaccato e il viso ricoperto di ecchimosi. Chiara soffocò un urlo di orrore. Come avevano potuto ridurla così?

«Mi vergogno tanto...» Cecilia disse con voce tremante. «Dovevo morire io, non Sara...»

«Non doveva morire nessuno. E tu adesso devi guarire, dimenticare.» Si detestò per la banalità di quelle parole. Perché non riusciva a dirne altre?

Cecilia fece disperatamente di no con la testa. «È successo tutto per colpa mia... E fa bene a odiarmi... Ieri sera, quando l'amico di Fabio mi picchiava, speravo che mi ammazzasse... Così sarebbe finito tutto... E lei sarebbe stata contenta...»

L'enormità di quella affermazione colpì Chiara come una pugnalata in mezzo al petto. «Ma io non ti odio!» gridò.

Cecilia la fissò con la bocca spalancata. «Lo dice davvero? Non le dispiace che sia ancora viva?!» Il suo sguardo, colmo di incredulità e di sorpresa, sembrava quello di una bambina che non osa avvicinarsi ai doni lasciati dalla Befana.

Tenerezza, pietà e rimorso dilagarono in Chiara con la violenza di una diga che crolla. Si curvò su Cecilia e la prese tra le braccia. «Come posso odiarti? Sei così piccola anche tu...»

Cecilia sollevò il viso gonfio e livido su di lei. «Lei è buona... Troppo buona con me... So quanto voleva bene a sua figlia e quanto ha sofferto per lei.»

Sto soffrendo soltanto adesso, Chiara pensò posando la guancia sulla testa di Cecilia. Sua figlia era *morta* e soltanto adesso riusciva a capire l'atrocità di questa perdita. Non udirò mai più la sua voce, non le infilerò mai più il pigiamino, non sentirò mai più le sue braccine attorno al collo, non l'accompagnerò mai più all'asilo, non andremo mai più in vacanza. Un singhiozzo le lacerò la gola.

Giurin giurino che moriremo insieme... Non aveva mantenuto la promessa. Sono rimasta, viva, a guardarla mentre quei due criminali la portavano al macello. Rivide l'ultimo sguardo di Sara: rassegnato, deluso, consapevole del destino che l'attendeva. L'aveva subito distolto da lei, come a dirle resta pure lì, me ne vado da sola, lo so che non vuoi aiutarmi...

Si scrollò quasi di dosso Cecilia, sentendo l'antico odio riaffiorare. La ragazza parve capire e la guardò in un modo che la fece rabbrividire: rassegnato, deluso, consapevole di una condanna senza scampo. Lo stesso sguardo di Sara. Mio Dio, no!, pensò. I singhiozzi le squassarono le spalle.

Due braccia la sollevarono. «Vieni via, basta.» La voce di Andrea.

«Io non sapevo che quei due volevano fare una rapina!» La voce disperata di Cecilia. «Fabio mi aveva detto che dovevo aiutarlo a salvare sua sorella... Che sua sorella era finita sul marciapiede e se non dava i soldi al suo protettore avrebbe avuto la vita rovinata per sempre...» La ragazza afferrò una mano di Chiara. «Non se ne vada! Quando ho capito che erano tutte bugie volevo scappare e denunciarli. Ma la notte prima loro mi hanno chiusa a chiave e minacciata... Se non li aiutavo, avrebbero sfregiato la mamma e dato fuoco all'ufficio di papà...»

È una bambina, è una vittima anche lei, Chiara si disse. Come ho potuto odiarla? La sofferenza che si era illusa di poter evitare e scacciare stava di nuovo lì, materializzata in quel corpo smagrito, in quella voce supplice, in quegli occhi desolati e ansiosamente puntati sui suoi. Riconosceva il demone, e Cecilia ne era posseduta. Il ricordo di tutti i bambini e gli adolescenti infelici che aveva avuto in cura quando faceva la psicologa la straziò come allora. Devo aiutare anche lei, è disumano ciò che sta facendo a se stessa, pensò. Le tese le braccia, e nell'istante in cui Cecilia vi si buttò fu come ristabilire il contatto con il dolore, la pietà, l'amore. Non era morta e tutte le sue difese contro la vita erano crollate.

«Ho tanta paura... Mi aiuti» Cecilia disse, il volto affondato sulla sua spalla.

Chiara glielo sollevò con dolcezza. Ecco il primo problema. Ecco la prima lotta: aiutarla. «Posso farlo soltanto se lo vuoi davvero.»

«Io lo voglio!»

Le prese il viso tra le mani. «Allora devi dire tutta la verità sulla rapina. Chi è Fabio?»

«Non posso dirlo, non me lo chieda...» La sentì tremare.

«Cecilia, quel ragazzo è responsabile della morte di Sara, e finché lo copri tu stessa sei in pericolo. È un criminale che deve pagare per ciò che ha fatto e, soprattutto, essere fermato. Potrebbe organizzare un'altra rapina, costringerti di nuovo a diventare sua complice, causare altre tragedie...»

«Io non so niente di lui, solo il nome» Cecilia si schermì, ributtandosi supina e chiudendo gli occhi.

Chiara sospirò. Riconosceva i sintomi. E non poteva permetterle di tornare a rinchiudersi in un irraggiungibile mondo popolato di paure e fantasmi. Alzò gli occhi su Andrea, in piedi alle sue spalle, e vide che anche il capitano Binelli era entrato nella stanza.

L'uomo fece un passo avanti verso il letto di Cecilia. «Se non parli, puoi essere accusata di favoreggiamento. Sai che cosa significa questo? Nella migliore delle ipotesi, un paio d'anni di riformatorio.»

Fece una breve pausa. E poiché la ragazza non dava segni di reagire, aggiunse con voluta durezza: «Mi stai deludendo profondamente. Credevo che il tuo dolore per la morte di Sara fosse sincero e che la smania di incontrare sua madre fosse soprattutto volontà di riparare al tuo comportamento irresponsabile. A quanto pare, invece, la sola cosa che ti importa è proteggere il tuo complice».

«Non è vero!» Si rivolse a Chiara: «Glielo dica lei che non è vero!».

Quella ingenua richiesta sottintendeva una istintiva,

cieca fiducia nella sua comprensione. Lei ne fu intenerita. Non poteva deluderla. E, d'altra parte, doveva riuscire a capire davvero quel che si nascondeva dietro l'incrollabile reticenza di Cecilia. Di una cosa era certa: non si trattava del timore di essere minacciata e pestata di nuovo. E, men che meno, della volontà di proteggere qualcuno.

«Io credo a Cecilia» disse a Mino Binelli.

«Umanamente questo le fa onore, ma temo che non varrà a scagionarla dall'accusa di favoreggiamento.»

«Favoreggiamento *di chi?*» Chiara esplose. «Se gli inquirenti hanno la certezza che un colpevole sia ancora a piede libero, si agitino per trovarlo. È troppo comodo pretendere che una ragazzina gli risolva il caso. Ed è disumano, per non dire peggio, trattare questa ragazzina da colpevole anziché assicurarle protezione e aiuto.»

«Per la legge, Cecilia è la complice di una rapina a mano armata, sequestro di persona e...»

«Lei dimentica, capitano, che Cecilia è stata raggirata... E che lei stessa è stata vittima di un sequestro. O il giudice pensa che abbia seguito quei due pazzi di sua spontanea volontà? Portando scientemente mia figlia al macello?»

«Sarà autorizzato a pensarlo fino a quando Cecilia si comporterà da complice anziché da vittima» Binelli replicò in tono serio, sogguardandola. A Chiara parve di scorgere in quell'occhiata qualcosa che contrastava con quel tono: sollievo? Approvazione? Gratitudine?

Cecilia non le diede il tempo di approfondire. «Grazie» le disse.

«E di che cosa?»

«Di avermi creduta... e di quello che ha detto.»

XII

Zia Egle era un punto fermo nella vita di Chiara. Benché fosse la zia paterna di Marco, e perciò una parente acquisita, l'aveva sempre considerata come una seconda madre. Era stato a casa di zia Egle che, studentessa al primo anno di psicologia, aveva conosciuto Marco. Quando lui l'aveva lasciata per andarsene con Margherita, l'anziana donna aveva continuato ad amarla e a starle vicina. «Ha divorziato lui, non io» era stata la semplice spiegazione. «E l'affetto mica è un rubinetto che puoi aprirlo e chiuderlo quando vuoi...» Soltanto la nascita di Sara l'aveva avvicinata a Margherita: ma con molte riserve perché ai suoi occhi era sempre rimasta "l'altra".

A differenza della svagata ed emotiva madre di Chiara, che esprimeva a punti esclamativi tutta la contrarietà per ciò che non riusciva a capire o ad accettare, zia Egle affrontava ogni situazione con solido buon senso. Quando era avvenuta la tragedia di Sara si trovava ricoverata in clinica per un infarto, e le era stato risparmiato lo strazio di seppellire l'adorata nipotina. Il padre di Marco, suo fratello, le aveva raccontato tutto dopo che era stata dimessa e Chiara non osava nemmeno immaginare l'enormità del suo dolore. Troppo impegnata a difendersi dal proprio, per settimane aveva addirittura rimosso il pensiero di lei. E zia Egle, nella profonda intelligenza del suo cuore, aveva capito. Si era rifatta viva due giorni prima: il telefono aveva squillato quando lei era appena rientrata dal *Santa Marcella* dopo lo sconvolgente incontro con Cecilia.

«Sono io, piccola.» Il contatto si era immediatamente ristabilito senza disagio e senza bisogno di spiegazioni.

Zia Egle si trovava a Orvieto, nella piccola e vecchia casa a ridosso di una torre che gli Zambiasi si tramandavano da tre generazioni. Poiché la madre di Marco la detestava, ritenendola buia e triste, era stata sempre zia Egle a farsene carico. Vi si recava una volta all'anno per controllare che il tetto fosse in ordine, le tubature non perdessero e gli infissi non avessero subìto danni. A differenza della suocera, Chiara adorava quella casa, e vi aveva trascorso molti fine settimana con Marco. Entrando lì, ogni tensione spariva. Era come penetrare in una dimensione essenziale: persino il sole, che filtrava attraverso le finestrelle a bocca di lupo, sembrava perdere il suo abbacinante fulgore per gettare una morbida luce dorata sui muri bianchi e i rossi pavimenti di cotto. Tutto era silenzioso, solido, rasserenante.

«Perché non vieni a trovarmi prima di riprendere il lavoro?» zia Egle le aveva proposto.

Al mattino dopo era salita in macchina e l'aveva raggiunta. Parlare con lei era stato consolante e liberatorio: per la prima volta dopo mesi Chiara riusciva a rievocare quanto era accaduto buttando fuori tutto l'orrore e il dolore per la tragedia di Sara. Spontaneamente, senza reticenze, le aveva parlato anche dell'incontro con Andrea Morello e della notte trascorsa con lui: «A nemmeno due anni dalla morte di Marco ho avuto già due amanti: c'è un preciso aggettivo per indicare le donne come me» era stata l'amara conclusione.

Zia Egle, per nulla turbata: «A Marco hai dato tutto. E per lui hai pianto abbastanza fin da quando ancora era vivo. Perciò non devi sentirti in colpa se ora hai smesso il lutto e cerchi un altro uomo».

«Io non voglio un'altra storia.»

«Però ci sei già dentro fino al collo. Un uomo e sua figlia, come ai tempi di Marco e Sara.»

«Io non sono innamorata di Andrea Morello!»

«Non vorresti esserlo: è diverso. E non potrai lottare contro questo sentimento fino a quando ti rifiuterai di ammetterne l'esistenza.»

Una volta tanto, Chiara pensò al termine di una delle sue tante notti insonni, zia Egle aveva avuto torto. Nel momento stesso in cui si era decisa ad analizzare razionalmente ciò che provava per Andrea aveva capito di essere perduta. Non poteva più illudersi che qualunque uomo le fosse stato accanto, come lui, nei giorni della tragedia avrebbe potuto coinvolgerla emotivamente in quanto ansiosa di appoggio e priva di difese. Ciò era accaduto soltanto con Andrea. In qualunque circostanza l'avesse incontrato, a diciotto come a cinquant'anni, se ne sarebbe innamorata perché era un uomo eccezionale: responsabile, leale, ricco di intelligenza e di calore umano.

Non aveva fatto nulla per incontrarlo, così come ora non poteva fare nulla per scacciarselo dal cuore. Era un sentimento ineluttabile, e finalmente capiva perché non aveva opposto alcuna resistenza alla passione di lui. Di quella notte ricordava soprattutto gli interminabili istanti in cui erano rimasti l'uno di fronte all'altra, incapaci di separarsi. L'ineluttabile era già accaduto. Senza volerlo e senza accorgersene, avevano varcato la soglia del non ritorno.

Poi c'era stata l'aggressione a Cecilia. Sono corsa da lei per amore suo, Chiara pensò. L'ho perdonata perché è sua figlia, ho condiviso la sua sofferenza perché era anche la sofferenza di Andrea. «Un uomo e sua figlia, come ai tempi di Marco e Sara» zia Egle aveva detto. Quanta lucidità, in quell'osservazione.

La verità è che anche gli eventi ci rassomigliano, Chiara si disse scendendo dal letto. Se i dolori e i problemi tendono a ripresentarsi sempre sinistramente simili o identici, è perché ci comportiamo e sbagliamo sempre allo stesso modo. Oppure perché l'istinto ci guida a senso unico verso le medesime situazioni. Un padre infelice, una figlia psicologicamente disturbata e io ci sono ricascata, continuò a pensare.

Ma subito se ne vergognò. Stava compiendo, in malafede, un ultimo tentativo per ridimensionare Andrea e i suoi sentimenti. In realtà egli non aveva nulla in comune con Marco e le loro storie erano del tutto diverse. Marco era stato un geniale pubblicitario dal temperamento irrequieto e creativo. Tutta la sua vita era stata una appassionata rincorsa verso la perfezione. Non sopportava il compromesso, l'immobilità, le malattie, la noia. Quando lei si era sperduta nei meandri dell'infelicità, suo marito era entrato in una crisi profonda, allontanandosi lentamente da lei. E aveva ritrovato la passione con Margherita. Ma l'annuncio di una paternità non programmata aveva trasformato la passione in una gabbia. Era nata Sara. E quando, crescendo, si era rivelata una bambina disturbata e difficile, Marco, che pure l'amava, aveva preso le distanze anche da lei trasformandosi in un genitore latitante e pieno di sensi di colpa.

Andrea Morello era l'opposto. Uomo di legge, viveva quotidianamente a contatto con le miserie e i limiti della natura umana. Nulla lo scandalizzava e nulla poteva spingerlo verso la latitanza o la fuga. Era un uomo morale, con un incrollabile senso del dovere e una straordinaria capacità di compassione umana. Si è innamorato di me per compassione, Chiara pensò. Aveva condiviso con tale profondità e pena la sua tragedia da esserne travolto. Non c'erano stati un suo pensiero, una sua paura, una sua reazione o un suo gesto che gli fossero sfuggiti: e difatti, pensando a lui, la prima cosa che vedeva erano due occhi amorosi e attenti che la scrutavano. Lo aveva fatto anche durante il suo incontro con Cecilia, combattuto tra il desiderio di aiutare la figlia e il timore che per lei, Chiara, fosse un'emozione troppo sconvolgente. *Basta. Vieni via.* La sua voce addolorata, la stretta protettiva di due braccia che la sollevavano.

Si rese conto all'improvviso di essere partita per Orvieto senza neppure fargli una telefonata, incurante dei suoi problemi e del dramma che Cecilia stava vivendo.

Come aveva potuto essere tanto insensibile ed egoista? In che cosa era diversa da Marina Morello? La moglie aveva piantato Andrea per andare in vacanza a Londra, lei per crogiolarsi velleitariamente in se stessa. L'umiliazione la fece avvampare.

Si vestì in fretta e raggiunse in cucina zia Egle. «Devo tornare a Roma. Scusami, ma...»

La donna la interruppe con un sorriso colmo d'affetto. «Non devi scusarti di nulla. Anche vederti per un giorno mi ha reso felice.»

«Tu hai fatto molto di più, zia Egle: mi hai aperto gli occhi.»

Appena arrivò a Roma, Chiara telefonò ad Andrea: in studio le dissero che era a casa, ma a casa non rispondeva. Presa dall'affanno di avere sue notizie e in balìa di orribili presentimenti, chiamò in caserma il capitano Binelli. Non parve stupito della sua telefonata. Le riferì che in quel momento Andrea si trovava dal giudice Sala per parlare di Cecilia. Sì, la ragazza stava bene, ma dopo l'aggressione la direttrice del *Santa Marcella* non intendeva più ospitarla e quel pomeriggio stesso il padre avrebbe dovuto portarla via.

«Ha trovato un altro istituto?» Chiara si informò.

«Non ancora, e questo è il problema. Cecilia non può tornare in famiglia, e d'altro canto occorre trovare un posto idoneo per assisterla psicologicamente e per proteggere la sua incolumità. Chi l'ha aggredita potrebbe farlo di nuovo.»

«Potrei ospitarla io» Chiara disse impulsivamente.

«Lei?»

«Solo per qualche giorno, il tempo di trovare la sistemazione giusta» Chiara precisò quasi timidamente, rendendosi conto che la sua richiesta poteva apparire stravagante e inaccettabile. Mino Binelli tacque per qualche istante e lei che si aspettava un cortese e immediato rifiuto, trovò il coraggio di aggiungere: «Non dimentichi che sono una psicologa e che ho lavorato a lungo in un istituto per...».

«Chiara, la lascio subito per telefonare al giudice Sala. La sua idea mi sembra ottima e spero che anche lui l'approvi. Dove la posso richiamare?»

«Sono a casa mia.»

Il telefono squillò pochi minuti dopo: in linea di massima la sua proposta era stata accettata, ma prima Sala voleva parlare personalmente con lei. Poteva raggiungerlo subito nel suo ufficio? Andrea Morello era ancora lì, e anche lui voleva parlarle.

«C'è qualche problema?» Chiara domandò.

«Uno solo: chi ha aggredito Cecilia sa chi è lei, Chiara, e a quanto pare tiene d'occhio la ragazza. Per ragioni di sicurezza è sconsigliabile che la ospiti a casa sua.»

«Capisco... In pratica, la mia proposta è stata rifiutata.»

«No. C'è un'altra soluzione che il giudice vorrebbe proporle: trasferirsi per qualche giorno con Cecilia lontano da Roma. Le è possibile?»

«Sì. Sono in ferie sino alla fine della prossima settimana. Il dottor Sala ha qualche idea sul posto dove dovremmo andare?»

«Non ancora. E credo che voglia parlarle anche di questo. Per inciso il giudice Sala pensa che Cecilia, standole accanto e familiarizzando con lei, si decida finalmente a dire tutto quello che sa sulla rapina.»

«Non è per questo che ho chiesto di ospitarla!» Chiara protestò. «E le dico subito che non intendo forzare la sua volontà né tanto meno torturarla con il ricordo di quanto è accaduto. Cecilia ha bisogno di ritrovare equilibrio e serenità.»

«Purtroppo le sarà impossibile, fino a quando chi la minaccia e la aggredisce rimarrà a piede libero.»

«Tocca alle forze dell'ordine identificare e neutralizzare questa persona.»

«Ci stiamo provando, ma è come cercare un ago nel pagliaio. In ogni caso, che lei intenda o no collaborare in questo senso, ci ha dato un grosso aiuto facendosi carico di Cecilia. Andrea gliene è profondamente grato: l'unica alternativa possibile era mandarla provvisoriamente nel solito istituto minorile.»

Mentre stava preparandosi per andare dal giudice, Chiara si chiese se avesse già deciso con Andrea dove e come sistemarle: in un albergo? Nella casa di vacanza dei Morello o di una famiglia amica? E quanto lontano da Roma? L'idea le venne nell'istante in cui usciva da casa: Orvieto. Non poteva esistere posto migliore. Tornò indietro per telefonare a zia Egle.

Ventiquattr'ore dopo esserne partita, Chiara faceva ritorno a Orvieto. Il giudice Sala le aveva affidato senza alcuna difficoltà Cecilia. L'unico a opporre qualche resistenza era stato Andrea: sei certa di volerlo fare? Non chiedi troppo a te stessa? Alla fine, più costretto che persuaso, aveva ceduto. Prelevata la figlia dal *Santa Marcella*, era passato a prendere

Chiara e le aveva accompagnate a Orvieto con la sua macchina.

Adesso erano in viaggio. Cecilia, semisdraiata sui sedili posteriori, si era addormentata e Chiara guardava silenziosamente davanti a sé. Le emozioni di quei giorni l'avevano svuotata. Le pareva di essere entrata in una dimensione irreale affollata di fatti e di parole che arrivavano alla sua mente slegati e frammentari. *Cecilia dorme con la fotografia di Sara sotto il cuscino, ti amo, avrei dovuto morire io, non voglio un'altra storia, ci sei dentro fino al collo, so di lasciare Cecilia in ottime mani, troverai le chiavi dal custode...*

«Zia Egle è ripartita, mi spiace che tu non la conosca» Chiara disse d'un tratto ad alta voce, quasi con affanno, smaniosa di ristabilire un contatto con la realtà.

Andrea si girò verso di lei. «Dispiace anche a me. Perché non abbassi il sedile e non cerchi di dormire?»

«Non ho sonno.»

Le prese una mano. «Chiara, non ho parole per...»

«Non devi dirmi niente.»

«Nemmeno che sono commosso, pieno di gratitudine? In questi giorni continuo a domandarmi che cosa ho fatto per meritare il miracolo di incontrare una donna straordinaria come te.»

Chiara si girò a guardare Cecilia e lo zittì scuotendo la testa, un dito di traverso sulle labbra.

Si girò, brevemente, anche Andrea. «Dorme. E comunque non ho detto nulla che non possa sentire. Tu sei stata un miracolo anche per lei.»

«Di sicuro non voglio essere la sua rovina. So che cosa significa un matrimonio che va a rotoli per colpa di un'altra donna» Chiara sussurrò.

«Il mio è naufragato molto prima che ti incontrassi.» Lei lo zittì di nuovo. Reclinò la testa sul sedile e chiuse gli occhi. Quando li riaprì, stavano salendo verso Orvieto.

«Devi girare a destra dopo il secondo semaforo» gli spiegò.

Si era svegliata anche Cecilia. Era ormai notte. Mentre Andrea scaricava le valigie dall'auto, Chiara andò a ritirare le chiavi. Il custode la informò che Egle, prima di partire, aveva preparato la cena per loro. E così era. Chiara trovò un bigliettino con le indicazioni: la zia aveva lasciato dentro al forno, da riscaldare, un rotolo di arrosto con le patatine. L'insalata e i formaggi invece erano nel frigorifero. *Ho preparato per Cecilia anche il budino con gli amaretti*, aveva aggiunto.

Chiara ne fu commossa. Poco dopo, a tavola, parlò di lei con Andrea e Cecilia spiegando quanta importanza aveva avuto nella sua vita. «È una di quelle rare persone che *ci sono* sempre, quando hai bisogno. E non per recriminare, sentenziare, fare cadere dall'alto l'aiuto che ti dà. Si limita ad amarti. E l'amore le dà una straordinaria capacità di capire ciò che è giusto per te e ciò di cui hai bisogno... Ogni volta che mi sono ritrovata a brancolare nella confusione e nel buio, zia Egle mi ha indicato la via di uscita...»

Cecilia emise un profondo sospiro. «Io non ho mai avuto una zia Egle...» Era visibilmente turbata.

Chiara allungò una mano sul tavolo per stringere la sua: «Te la farò conoscere: sono certa che si innamorerà di te».

«Anche se la sua nipotina è morta per colpa mia?»

Chiara ritrasse la mano. «Non voglio mai più sentirtelo dire. La tua sola colpa è stata essere ribelle e incosciente, ma non potrai pentirtene e cambiare fino a quando ti addosserai responsabilità mostruose che non sono tue. Concentrati su quello che hai davvero fatto, invece di svicolare nei rimorsi grandiosi.» Chiara si accorse di essere stata troppo severa, ma non se ne pentì. I sensi di colpa stavano invadendo Cecilia come una cancrena, e occorreva estirparli drasticamente, senza pietà.

La ragazza la guardò con aria smarrita e ansiosa allo stesso tempo. «Io non riesco a credere che lei mi abbia perdonata... Che non mi ritenga responsabile della morte di Sara.»

«Invece è così, e non te lo ripeterò mai più.»

«Posso farle una domanda?»

«Certo.»

«Perché mi ha portata qui? Perché sta facendo tutto questo per me?»

Chiara rifletté qualche istante. «Non credo di poterti rispondere» ammise con franchezza. «Ho seguito un impulso.

Oppure hai risvegliato il mio istinto materno... Quando mi sposai, a vent'anni, sognavo di avere molti figli.»

Più tardi, quando Cecilia andò a dormire, Andrea fece per andarsene. «Devo cercare un albergo.»

Chiara lo invitò a restare. «Nella stanza di Cecilia ci sono due letti, e per una notte ti puoi adattare.»

«Domattina devo ripartire per Roma molto presto, non voglio disturbarti.»

«Nessun disturbo. Al mattino non mi sveglio mai dopo le sei» Chiara sorrise.

Lui tornò a sedersi. «Sono molto mattiniero anch'io. Al contrario di Marina che riesce a dormire fino a mezzogiorno...» Si interruppe lanciandole un'occhiata colma di imbarazzo. «Scusami» aggiunse.

«E di che cosa? Marina è tua moglie, non un tabù.»

«Mi è venuta in mente per una associazione di idee involontaria. Con irritazione e fastidio.»

«L'hai avvisata di quello che è successo a Cecilia?»

«E dove? L'altra sera ha lasciato un messaggio sulla segreteria telefonica per avvertire che si tratterrà a Londra oltre il previsto. Non so neppure se è in albergo o a casa di qualche amico della sua amica Carmen. È partita dopo una lite, e così facendo pensa di tenermi sulla corda, di punirmi.»

«Paolo Lenzi conosce bene Carmen Grandi e forse sa dove rintracciarla.»

Andrea scosse la testa. «Preferisco che resti dov'è. Quando tornerà, il problema della sistemazione di Cecilia sarà stato risolto e ci saremo risparmiati polemiche e scenate.»

«Non deve essere facile, per Cecilia, vivere in una atmosfera simile!»

«Voglio separarmi da sua madre anche per questo.»

XIII

Chiara e Cecilia trascorsero il primo giorno visitando Orvieto. Il timore che la ragazza si annoiasse o si mostrasse interessata soltanto per compiacenza si rivelò subito infondato: Chiara scoprì che Cecilia era avida di vedere, di sapere, di esplorare e che possedeva un connaturato trasporto per la bellezza. Spesso era lei a indicarle il particolare di un quadro, la suggestione di un vecchio portale, il gioco di una voluta.

«Posso darti del tu, Chiara?» le chiese al termine di quella prima giornata insieme. Finita l'esplorazione della città, Chiara prese una macchina a noleggio e cominciarono a visitare i dintorni. Partivano alla mattina alle otto, senza una meta, e tappa dopo tappa allungavano ogni giorno di più i loro tragitti.

A mezzogiorno, dovunque fossero, Cecilia esigeva che lei imboccasse la strada verso un posto dove mangiare. Era di una voracità insaziabile, e golosa come una bambina. Rassicurata dall'interesse e dalla disponibilità di Chiara e liberata dal peso sovrumano dei rimorsi aveva cominciato a comportarsi come una figlia esuberante e possessiva. Fremeva quando lei si soffermava al telefono per parlare con sua madre, con sua sorella o con qualcuno del negozio. Le indicava i vestiti da mettere, scartando con plateale disapprovazione quelli che non le piacevano. La travolgeva con mille domande, esigendo risposte esaurienti.

Eppure, dietro tutti quei comportamenti rasserenanti, Chiara avvertiva zone d'ombra inaccessibili. Cecilia non le aveva mai chiesto dove l'avrebbero mandata al termine di quella settimana a Orvieto né dove si trovasse sua madre.

Un pomeriggio, quando lei si era soffermata davanti a un negozio di gioielli antichi, la ragazza era scappata via e l'aveva ritrovata seduta su un gradino, la faccia pallidissima e le spalle scosse da un tremito nervoso.

La penultima notte Chiara fu svegliata da uno strano rumore. Si sollevò sui cuscini, spaventata, e subito capì che quel rumore erano i singhiozzi di Cecilia. Era seduta in cucina, davanti a un album di fotografie che ritraevano Sara, e lo stava sfogliando con lentezza.

Chiara si avvicinò e glielo tolse dalle mani. «È della zia Egle.»

«L'ho trovato in un cassetto. Stavo cercando una...»

«Qualunque cosa tu stessi cercando, non dovevi prendere questo album. Perché vuoi torturarti a tutti i costi? Io stessa mi proibisco di guardare le fotografie di Sara...» La voce le tremò.

«Chiara, come fai a non odiarmi?» Cecilia chiese, in un gemito.

«Io ti voglio bene, lo vuoi capire?»

Quella notte portò Cecilia nel suo letto. «Anche io ti voglio bene» la ragazza le sussurrò tra le lacrime. La tenne stretta contro di sé fino a quando non sentì il suo respiro farsi regolare, riprovando le stesse emozioni e la stessa tenerezza di quando aveva abbracciato per la prima volta Sara. Ma Cecilia, a differenza di lei, aveva una madre. E fra due giorni l'avrebbe perduta.

Il mattino dopo la ragazza la raggiunse in cucina come se nulla fosse accaduto. Criticò la sua vestaglia, le impose di raccogliersi i capelli in una coda di cavallo, le chiese se amava la musica classica e se preferiva Mozart o Beethoven.

Non posso permettere che si ributti tutto dentro, Chiara pensò decisa. «Preferisco parlare con te» disse ad alta voce, fissandola intenzionalmente.

Cecilia immediatamente si irrigidì. «Non so di che cosa.»

«Per esempio del posto in cui dovrai andare. Tuo padre lo sta cercando col giudice Sala, e non ti sei nemmeno preoccupata di sapere che cosa stanno decidendo, di esprimere eventualmente qualche tuo desiderio in proposito.»

«Un istituto vale l'altro, e io debbo comunque andarci.»

«Parli come una condannata all'ergastolo, Cecilia.»

«Più o meno lo sono. Se non mi mandano in un carcere minorile è soltanto per un riguardo a mio padre.»

«Questo non è vero!» Chiara si ribellò. «Tu sei poco più di una bambina e non hai certo tendenze socialmente pericolose. Sei stata tu, del resto, a volere andare al *Santa Marcella*. Il giudice ti aveva affidato ai tuoi genitori. O sbaglio?»

«Non sbagli. A casa ci stavo troppo male.»

«Hai provato a spiegare perché? A chiedere aiuto ai tuoi genitori?»

Cecilia sogghignò amara. «Tu non conosci mia madre.»

«A modo suo ti ama anche lei.»

«Non dire stronzate. Dov'è adesso? Si preoccupa per me?»

«È a Londra, e non sa che sei stata aggredita...»

«Io, se avessi avuto una figlia al *Santa Marcella*, non me ne sarei partita per una vacanza.»

Chiara si impose di non lasciarsi coinvolgere dalla pena. «Tu la respingevi e il giudice le aveva proibito di venirti a trovare. Non vuoi provare a metterti nei suoi panni? È difficile dare amore a una figlia che rifiuta di essere amata. E ancora più difficile è aiutarla, se tiene tutto dentro di sé. Un genitore non è un mago con la sfera di cristallo, Cecilia.»

Di nuovo quel cinico, straziante sogghigno. «Tu parli di mia madre come se fosse una donna uguale a te. Invece è... Be', lasciamo perdere.»

«E invece no. Ammettiamo pure che sia la più arida ed egoista delle donne. Vale la pena che tu distrugga la tua vita per dimostrarle il tuo disprezzo? Per vendicarti di quello che non ha voluto e saputo darti?»

«Guarda che la vita me l'ha distrutta lei.»

«Nemmeno questo è vero! Sei uscita da una brutta infanzia mantenendo intatta la tua capacità di riflettere, di amare, di scegliere. Non è stata tua madre a spingerti in certi ambienti e tra certe amicizie, non è stata tua madre a fare di te una studentessa inconcludente e svogliata. La vita te la stai distruggendo da sola con una decisione di cui solo tu devi assumerti la responsabilità.»

Cecilia le lanciò un'occhiata di fuoco. «Alludi a quello

che non ho detto sul famoso Fabio? Lo sapevo che prima o poi ci saresti arrivata... Che dietro questa tua stupenda ospitalità si nascondeva uno scopo preciso: carpirmi quel nome.»

Chiara ricambiò la sua occhiata. «Se è questo che pensi, sono molto addolorata per te. Deve essere orribile vivere sospettando e dubitando di tutto.»

«Mi stai accusando di essere meschina e maligna?»

«In questo momento, con me, lo sei.»

Cecilia si alzò di scatto. «Voglio andarmene da qui. Telefona a mio padre di venirmi a prendere, subito.»

Chiara la tirò giù bruscamente, afferrandola per un braccio. «Tu resti qui, invece! Non puoi continuare a fuggire ogni volta che hai dei problemi o ti cacci nei guai, come hai tentato di fare quel maledettissimo giorno della rapina e come stai facendo coi tuoi genitori!»

Le labbra di Cecilia tremarono: «Lo vedi che mi odi?».

«Lo vedi che non capisci niente? Proprio perché *ti amo* voglio che veda chiaro nei tuoi sbagli e ne tragga una lezione, imparando finalmente a vivere da adulta. Ti ho accusato di essere meschina e maligna? Difenditi e dimostrami che sbaglio, invece di scappare e chiedere piagnucolando aiuto a papà.»

Cecilia abbassò la testa. «Io non sono meschina e maligna. E non sopporto che tu pensi questo di me...»

«E io non ti ho ospitato per carpirti un nome, come se tu fossi la cavallina storna. Neppure io sopporto che tu pensi questo di me.»

Cecilia disse con voce tremante: «Non sono abituata a essere amata... Non come mi ami tu... Ecco perché non posso crederci...».

«Ritiro quello che ho detto.»

«Anch'io. Me ne vergogno profondamente.»

«A questo punto» Chiara sorrise «non ci resta che fare una bella colazione e metterci in macchina. Hai un programma, per oggi?»

«Spoleto» Cecilia rispose pronta, tirando su col naso.

La sera dopo Andrea tornò a Orvieto per riprenderle: sarebbero ripartiti per Roma il mattino successivo. Proibì a Chiara di cucinare. «Andiamo al ristorante a festeggiare: ho una bella notizia da dare a Cecilia.»

Il giudice Sala aveva deciso di affidare la ragazza alla nonna paterna. Lo comunicò alla fine della cena, spiegando che si trattava di un affidamento temporaneo concordato con lo psicologo del Tribunale dei minori e con il giudice per le indagini preliminari. «Mia madre è felice di averti con sé» Andrea disse rivolto alla figlia «e spero che anche tu lo sia. Sai quanto la nonna ti è legata.»

Gli occhi di Cecilia brillarono. «È davvero una bella notizia!» Si rivolse a Chiara: «Potrai venirmi a trovare, vero?».

«Sicuro. Non crederai di disfarti così facilmente di me, ora che sei entrata nella mia vita.»

«Vorrei tanto restare con te. Non è che non sia affezionata alla nonna,» si affrettò a precisare «ma con te è un'altra cosa.»

«Ehi!» Andrea interloquì scherzosamente «vedo che tra voi due è nato un idillio...» In realtà era stupito e commosso.

Quando tornarono a casa era quasi mezzanotte. Cecilia era stanca e Chiara decise che avrebbero fatto le valigie al mattino dopo. La accompagnò nella sua stanza, e, dopo averle dato la buonanotte, preparò il letto per Andrea e ritornò in soggiorno.

Lui si era versato un bicchiere di whisky e la stava aspettando. «Spero che questa settimana non sia stata troppo faticosa, per te.»

Chiara scosse la testa. «Mi dispiace che sia finita. Credo di avere risolto soltanto in minima parte i problemi di Cecilia.»

«Non ti ha parlato di quel Fabio?»

«No. Ed era terrorizzata all'idea che potessi farlo...»

«La prossima settimana sarà interrogata ufficialmente. Temo che se non si deciderà a parlare, la sua posizione diventerà problematica.»

«Non esiste la certezza che nasconda qualcosa! Come a suo tempo sostenne tua moglie, quando Cecilia nominò il fantomatico Fabio era terrorizzata e febbricitante...»

Andrea parve scettico. «A Mino Binelli sono arrivate un paio di soffiate... Ma parliamo d'altro, non voglio amareggiarmi questi istanti con te.»

«Non sei ancora riuscito a comunicare con tua moglie?»

«No, e nemmeno lei si è fatta viva. Ma anche Marina è un tema di conversazione che mi amareggia.»

Chiara gli rivolse un sorriso sarcastico. «Per noi iniziare un discorso è come addentrarsi in un terreno disseminato di mine vaganti.»

«Mi prometti di non esplodere, se ti dico che in questi giorni non ho fatto che pensarti?»

«L'hai appena detto.»

«E sei ancora intera.» La fissò con dolcezza.

«Solo apparentemente.» Distolse gli occhi da lui e aggiunse in un sussurro: «Anch'io non ho fatto che pensare a te, in questi giorni».

«È stato così terribile?»

«Mi sento di nuovo spezzata in due: da una parte ho disperatamente bisogno di te, dall'altra mi è insopportabile l'idea di iniziare una relazione con un uomo sposato.»

«Nemmeno io voglio la solita relazione. Per noi è diverso.»

«È sempre *diverso*» Chiara replicò con voce triste. «Conosci una sola coppia dì amanti che pensi di vivere la solita storia trasgressiva e banale?»

«No. Però questo non significa che tutte si illudano: sarebbe come dire che all'infuori di un matrimonio disgraziato esistano solamente avventure e squallore.»

Chiara fece per replicare qualcosa, ma ci ripensò.

«Domattina dobbiamo partire presto. È meglio che andiamo a letto.»

«Per rigirarci infelici e insonni tutta la notte?»

«Andrea, sono troppo confusa per restare qui a parlare.» Si alzò dal divano e lui le si avvicinò. «Ti amo.»

«Anch'io.»

Prima che potesse dire qualcosa, gli girò le spalle e uscì dalla stanza.

Si era appena infilata la camicia da notte quando udì il campanello suonare. Un suono lungo, imperioso. Ebbe un sobbalzo e istintivamente guardò l'orologio: chi poteva essere, all'una e mezza di notte? Corse verso l'ingresso. Andrea l'aveva preceduta. Per qualche istante si guardarono stupiti.

Il campanello suonò di nuovo. Chiara tese una mano verso il citofono, ma lui la precedette. «Chi è?»

«Sono Marina. Apritemi subito.» La voce della moglie di Andrea, deformata e metallica, vibrava di furia. Chiara impallidì e arretrò d'un passo, fissando il citofono come se fosse una pistola puntata su di lei.

Andrea le passò un braccio sulle spalle. «Stai calma, le spiego io.» Si diresse verso la porta e aprì.

Sua moglie irruppe a mo' di valanga, dandogli uno spintone per passare. «Dov'è mia figlia? Sono venuta a prenderla.»

«A quest'ora? Tu sei pazza, Marina.»

«Risparmiamoci gli insulti. Voglio Cecilia.»

«Cecilia dorme, e domattina la porterò da mia madre, come ha stabilito il dottor Sala.»

«Me ne frego di quel giudice ruffiano e amorale.» Si rivolse a Chiara: «Giù le mani da mia figlia. Non le permetterò di distruggerla come ha fatto con la povera Sara».

Andrea le balzò addosso, furibondo. «E io non ti permetto di insultare una persona che si è fatta carico di Cecilia mentre tu eri chissà dove e chissà con chi.»

«Tu invece eri qui... In questo intimo e accogliente nido d'amore...» Si interruppe ansimando, e gettò intorno un'occhiata carica di disgusto. «Quando ieri pomeriggio l'ho saputo, per caso, ho preso il primo aereo e sono venuta direttamente qui dall'aeroporto. Non osavo crederci...»

Lo sguardo di Marina si posò nuovamente su Chiara. «Se vuole intrattenersi con mio marito vada in un motel... Ma lasci fuori mia figlia e la recita della famiglia felice.»

«Basta.» La voce di Andrea, secca come una staffilata.

«Voglio Cecilia. Di tutto il resto parleremo dopo.»

«Cecilia partirà domattina con me. Il giudice ti ha tolto la patria potestà, e se solo ti avvicini a lei chiamo il pronto intervento e ti faccio sbattere in galera per sottrazione di minore. Mi conosci abbastanza bene per sapere che non sto scherzando. E ti conosco abbastanza bene per sapere che il tuo amore materno scompare, di fronte all'eventualità di un simile scandalo.»

Chiara uscì precipitosamente dal soggiorno e corse a rifugiarsi nella sua stanza. Non si era mai sentita tanto umiliata in vita sua, neppure quando Marco le aveva detto che dovevano lasciarsi perché Margherita aspettava un figlio da lui. Lì, pur nella violenza della situazione, c'erano stati scrupoli, sofferenza, fatalità, impotenza... Nell'irruzione di quella notte c'erano soltanto furia e squallore. Si sedette sul bordo del letto incapace di provare qualsiasi altro sentimento che non fosse quella devastante umiliazione e ascoltando le voci urlanti di Andrea e Marina.

D'un tratto le voci tacquero e Chiara sentì le sue tempie pulsare. La porta della stanza si aprì lentamente e Andrea si avvicinò a lei. «Vado in albergo con Marina. Sarò qui domattina alle nove per riportarvi a Roma.»

Chiara fece di sì con la testa, senza rispondere.

«Sono affranto.»

Lei non rispose.

«Domani stesso mi rivolgerò a un collega civilista per le pratiche della separazione.»

«Non è il momento di parlarne, ti prego!»

«Scusami. Sono affranto» ripeté. Uscì dalla stanza in punta di piedi e pochi istanti dopo lei udì la porta d'ingresso richiudersi. Implorò tra sé che Cecilia non fosse stata svegliata dalle urla di sua madre, ma sapeva bene che purtroppo ciò era impossibile. Ne ebbe la conferma poco dopo, quando sentì i passi della ragazza che usciva dalla stanza per andare in cucina. Avrebbe dovuto raggiungerla, giustificarsi, dirle qualcosa: ma che cosa? Era paralizzata dalla vergogna.

Si alzò alle sei. Aprì silenziosamente i cassetti e preparò la sua valigia. Poi andò a farsi un caffè. Dall'abbaino filtrava la prima luce dell'alba. Udì una saracinesca alzarsi, e poi un cane abbaiare in lontananza, e poi il pianto di un neonato. Trattenne il fiato. Di colpo le parve di essere scaraventata indietro nel tempo, alla lontana mattina in cui si era svegliata con la certezza di essere incinta. Gli stessi rumori. La stessa ora. Le mani posate sul seno indolenzito e turgido e la felicità che dilagava in lei: ce l'ho fatta. Dopo tanti anni di frustrante attesa io e Marco avremo finalmente un bambino...

Lo aveva perduto. E aveva perduto Sara. E stava per perdere Cecilia. Un singhiozzo le lacerò la gola.

«Non piangere! Ti prego, non piangere!» La voce supplice di Cecilia, le mani di lei strette attorno al suo collo. Quando si era alzata?

«È passato, va tutto bene» si affrettò a rassicurarla. «Adesso ti preparo la colazione e poi...»

«Stanotte ho sentito tutto, Chiara.»

«Mi dispiace tanto.»

«Odio mia madre.»

«Non devi dirlo. Non devi nemmeno pensarlo!»

«È la verità. Io non voglio più vederla...» La voce le si spezzò. «Io voglio bene a te... La mia vera madre sei tu...»

«Anch'io ti voglio bene, piccolina. Ma la tua vera madre è lei, e non puoi odiarla. È una donna molto infelice.»

«È una donna stupida e malvagia!» Cecilia proruppe.

Andrea arrivò dieci minuti prima delle nove. Era solo, e Chiara lo fissò interrogativamente.

«Marina è ripartita con la macchina che ieri sera ha preso a noleggio all'aeroporto.»

«Entra. Cecilia sta preparando la sua sacca. Vuoi un caffè?»

«Ne ho già presi tre. Poco fa il giudice Sala mi ha chiamato sul cellulare. Vuole parlare con Cecilia prima che la porti da mia madre.»

«Oh, no...» Chiara gemette. «Stanotte ha sentito tutto. È turbata, confusa...»

Pochi minuti dopo essere salita in macchina Cecilia si addormentò. Anche Chiara scivolò in un torpido dormiveglia affollato di voci e di pensieri vaganti. E quando Andrea si fermò sotto casa sua le parve che il viaggio fosse stato brevissimo. Era arrivato il momento del distacco.

Andrea tolse la sua valigia dal bagagliaio e si allontanò per consegnarla al portinaio. Cecilia le si avvicinò a testa bassa. Quando sollevò gli occhi, Chiara vide che erano pieni di lacrime.

«Sono disperata» la ragazza sussurrò con una strana voce rassegnata e spenta.

«Non devi. Tra poco sarai da tua nonna e io verrò a trovarti...» La strinse a sé smaniosa di consolarla.

Cecilia si divincolò lentamente. «Fabio è di Ostia, ma sta a Roma a casa di un amico» disse tutto d'un fiato, ma in tono quasi solenne.

Chiara la fissò incredula.

«L'amico è quello che mi ha picchiato al *Santa Marcella*» Cecilia proseguì. «Abita vicino a Cinecittà, in una casa vecchia dipinta di giallo e con un pezzo di tetto crollato. Non so altro, nemmeno i loro cognomi...»

«Devi dirlo al giudice Sala, Cecilia.»

«No!» Un urlo. «Io l'ho detto solamente a te. E tu devi *giurarmi* che non lo racconterai a nessuno!» Sembrava in preda al panico.

Andrea era tornato e le stava guardando, perplesso. «C'è qualche problema?»

«Nessuno» Chiara rispose. Abbracciò di nuovo Cecilia. «Te lo giuro» le disse piano.

Restò immobile davanti al portone a guardare la macchina che si allontanava. Prima di separarsi da lei, Cecilia aveva voluto farle il massimo dei doni: la sua fiducia incondizionata. Purtroppo, sia pure in parte, lei avrebbe dovuto tradirla. Non appena fu in casa, andò al telefono e chiamò Bruno Marques al negozio. Sì, era tornata. Sì, stava bene e all'indomani avrebbe ripreso il lavoro. Esauriti i convenevoli, Chiara gli chiese: «Conosci un investigatore privato serio e discreto? È probabile che debba servirmi di lui».

XIV

Al termine di quella malinconica e stressante giornata Chiara stava per andare a letto quando Andrea suonò alla sua porta. Non osò mandarlo via. Aveva il volto teso e gli occhi gialli di stanchezza.

«Ho portato Cecilia dal giudice e poi a casa di mia madre. Sono stato con loro fino a mezz'ora fa.»

Si sedette sul divano e tacque. Chiara restò a guardarlo per nulla imbarazzata da quel silenzio. Capiva ciò che provava e poteva seguire tutti i suoi pensieri. Lo amava. Era in sintonia con lui. Aveva la consapevolezza di non essere esclusa da nessuna emozione, da nessun pensiero.

«Cecilia spera che tu vada a trovarla al più presto» lui disse a un tratto.

«Come è andato l'incontro col giudice?»

«Bene. Da Sala c'era anche lo psicologo. Volevano sentire da lei cosa pensava della convivenza con la nonna e spiegarle lo spirito giuridico di questo affidamento. Cecilia dovrà accettare di essere controllata e di rispettare alcune regole.»

«Per esempio?»

«Non può uscire da sola alla sera, non può frequentare persone che non abbiano ottenuto l'approvazione della nonna, deve lasciare sempre detto dove va...» Andrea sospirò. «In pratica, deve imparare a comportarsi come avrebbe dovuto già fare, se io e sua madre avessimo avuto un minimo di autorità e di cervello.»

«Hai visto Marina?»

«No. Mi ha chiamato in macchina, sul cellulare, per avvertirmi che era arrivata da Orvieto e voleva accompagnare Cecilia dalla nonna con me... Cecilia si è inserita urlando di guardarsene bene, che non intendeva vederla. È stato penoso.»

«L'odio è un cordone ombelicale ancora più paralizzante dell'amore. Devi assolutamente aiutare tua figlia a ristabilire un rapporto vivibile con la madre.»

Andrea sembrò di colpo attraversato da una carica di energia. «E a me chi pensa?» tuonò. «Sono sopraffatto dai problemi, vivo col cuore in gola, non ho un attimo di tregua. Sono una *persona*, perdio, ma ho smarrito la mia identità! Mi sento annientato. Non c'è più spazio per i *miei* pensieri, i *miei* desideri, i *miei* progetti.» Si alzò di scatto e tornò a sedersi.

Chiara lo guardò con profonda tristezza, incapace di parlare. Per la prima volta capiva fino in fondo ciò che Andrea aveva patito in quei mesi: l'umiliazione e l'angoscia di scoprire la figlia coinvolta in una rapina, la smania di salvare Sara, lo strazio per la sua fine, i rimorsi, l'aggressione al *Santa Marcella*, gli incontri col giudice minorile, le violenze e l'egoismo di una moglie castrante.

Persino l'amore per me, Chiara pensò affranta, è stato per lui una fonte di problemi. L'ho moralmente costretto a farsi carico di me. L'ho destabilizzato, sottratto ai suoi doveri, spinto alla decisione di separarsi...

«Che cosa stai pensando? Che cosa hai capito?» Andrea chiese brusco, quasi avesse miracolosamente letto nella sua mente. «Se non ci fossi stata tu, sarei impazzito. E se riesco a sopravvivere in questo inferno è perché ti amo. Stasera, venendo qui, ho avuto la ridicola paura che tu fossi un sogno... Non sono abituato a essere felice, Chiara.»

Quella notte, per la prima volta, lo furono. Totalmente. Si amarono con tenerezza, con abbandono e con passione senza bisogno di parlare. I loro corpi si erano riconosciuti in ogni fibra e in ogni cellula, come se in un tempo remoto fossero già stati uniti. E ora si muovevano e vibravano per ricongiungersi di nuovo.

«Ti amo» Andrea disse, con voce d'estasi, quando tutto fu finito. Chiara si raggomitolò contro di lui e si addormentò sentendo la carezza lieve delle sue dita sulla schiena. Quando si svegliò, Andrea, curvo su di lei, la stava fissando con sguardo adorante. «Ti amo» le disse ancora.

Lo so, Chiara gli rispose silenziosamente. Mi ami, dunque devo amarti, aspettarti, capirti, avere fede, perdonarti, lasciarti andare, riprenderti... Sono ricascata nella violenza della passione, pensò. Ma si accorse con stupore di esserne felice.

Passavano le notti insieme. Nell'intervallo del mezzogiorno si ritrovavano a casa di lei e, appena entrati, si abbracciavano con la frenesia di possedersi di nuovo. Per quattro giorni vissero in uno stato di esaltazione che li isolò dal resto del mondo. Un mattino Andrea disse qualcosa e Chiara scoppiò a ridere. Lui la fissò a bocca aperta.

«Ho fatto qualcosa che non va?» chiese, facendosi di colpo seria.

«Hai riso! Mio Dio, è la prima volta da quando ti conosco che ti vedo ridere.»

«Mi stai accusando di essere una lagna?» Chiara scherzò, sollevata.

«No, certo.» La prese tra le braccia. «Mi sto chiedendo per la prima volta quante cose non conosco di te. Sopraffatto dalla tua perfezione, ignoro le tue debolezze, i tuoi difetti. Forse la tua stessa natura...»

Chiara capì che, nonostante il tono, le stava facendo una domanda molto seria. E si concentrò nello sforzo di rispondere sinceramente. «Mia madre dice che ero una bambina molto allegra e con un formidabile senso dell'umorismo. È probabile che gli sbagli e i dolori abbiano frustrato la mia vera natura...»

«Perché non mi parli dei difetti con cui dovrò convivere?» Andrea chiese, evidentemente desideroso di allontanarla dai brutti ricordi.

Gliene fu grata. «Brucio mediamente una caffettiera al mese e dimentico sempre di spegnere il gas quando il latte bolle. Non capisco mai le barzellette e al cinema rido sempre per battute di cui nessun altro ride. Pago sempre le bollette in ritardo, compro i vestiti senza provarli, non ricordo mai dove metto le cose, quando mangio gli spaghetti mi sporco di sugo, faccio tutto all'ultimo minuto, parlo senza riflettere, sono allergica ai buoni consigli e...»

«Sono pazzo di te» lui la interruppe con voce roca.

Al quinto giorno la condusse a trovare Cecilia, a casa di sua madre. «Mi sei mancata tantissimo» la ragazza disse gettando le braccia al collo di Chiara. Cenarono insieme, in una atmosfera allegra e distesa. A un certo punto, mentre parlava, Chiara sentì lo sguardo di Agnese Morello fisso su di lei. Ciò la mise a disagio. Che cosa aveva intuito, oppure sapeva la madre di Andrea? E come la giudicava? Fu in quel momento che realizzò l'amara realtà: era l'amante di un uomo sposato. In quei giorni non avevano mai parlato di Marina e lei ne aveva rimosso il pensiero come se la sua relazione con Andrea ne avesse cancellato l'esistenza.

Invece continuava a esistere. Come aveva reagito alle sparizioni notturne del marito? C'erano state delle scenate tra loro, oppure Andrea l'aveva fatta convocare dal suo amico civilista per iniziare le pratiche della separazione, come si era riproposto?

«Non le piace il mio arrosto?» La voce della madre di Andrea.

Si accorse di non averlo neppure toccato, e si affrettò a tagliarne il primo boccone. «È ottimo.»

Ripresero a parlare del più e del meno. Cecilia disse di essere diventata una esperta di telenovelas, prendendo in giro la nonna che ne andava pazza. «Gli eroi hanno tutti la fronte bassa e il cervello da gallina: qualunque cosa assurda o maligna gli riferiscano sul conto dell'amata, ci cascano come babbei!» rise. Raccontò che il giorno prima, per farsi perdonare, la nonna l'aveva portata al cinema e che avrebbero trascorso il fine settimana nella casa di campagna di un'amica della nonna che aveva due nipoti gemelli della sua età.

Al momento di preparare il caffè, Agnese Morello si alzò da tavola e andò in cucina. Pochi istanti dopo si affacciò sulla porta. «Chiara, può venire un momento con me?»

La raggiunse subito. La donna chiuse la porta e le sorrise: «Volevo soltanto dirle di tenere duro. Lei è una bravissima ragazza e mi piace molto».

Chiara arrossì. «La ringrazio.»

«Sono io che debbo ringraziarla: di quello che ha fatto per mia nipote e di quello che sta facendo per mio figlio. Andrea meritava di incontrare una donna degna, e lei non deve lasciarsi scoraggiare dalle manovre e dai ricatti di Marina.»

Chiara la fissò senza capire, ma non osò chiederle a cosa si stesse riferendo.

La donna le girò le spalle per prendere da un armadietto il vassoio e le tazzine. «Scusi se mi sono intromessa» le disse cercando la zuccheriera. «Purtroppo il tatto non è il mio forte e la mia povera suocera mi ha sempre considerato il grande rebus della sua vita. Non ha mai capito come suo figlio avesse potuto amare e sposare una come me. Vede, lui proveniva da un'ottima famiglia ed era un promettente magistrato, io avevo preso il diploma di segretaria ai corsi serali, lavorando di giorno come cassiera per potermeli pagare. Ma non so nemmeno perché le racconto tutte queste cose. Forse per scusarmi di come sono fatta, o forse per dirle che bisogna sempre lottare e tener duro se si vuole una cosa!»

Mentre Andrea la riaccompagnava a casa, le parlò di sua madre. «Mio padre la chiamava la donna panzer: se vuole una cosa, mira dritto al suo scopo ignorando ogni ostacolo e strategia. Da bambino avevo il terrore dei suoi scatti di collera: non sopportava che dicessi bugie o andassi a scuola senza aver fatto tutti i compiti.»

«Capisco da dove proviene il tuo senso del dovere» Chiara sorrise.

«Guarda che mia madre mi ha inculcato anche il senso della trasgressione! La sua filosofia è che esistono "doveri obbligatori" e doveri inventati. Passava ore a litigare con papà, se le sembrava che lui avesse infranto questa ferrea distinzione.»

«Che rapporto avevano i tuoi genitori?»

«Oserei dire perfetto. Papà la rimproverava di essere asfissiante, impicciona, prepotente, ma in realtà la adorava e pendeva dalle sue labbra. Quando era teso e concentrato su un processo importante, mia madre sdrammatizzava allegramente: "Non capisco dove sta il problema, è chiaro come il sole che l'imputato è colpevole". A suo modo si preparava al processo anche lei, leggendo e ritagliando tutti gli articoli che ne parlavano ed esibendoli a papà come prove a carico o a discarico.»

Chiara sorrise di nuovo, divertita. «Quando mi ha chiamato in cucina, mi ha detto che sono una "bravissima ragazza" e che le piaccio molto.»

«Urrà! Hai superato senza accorgertene l'esame più importante della tua vita» Andrea rise.

Lei tacque qualche istante. «Mi ha accennato anche a qualche problema con tua moglie...»

«Sono problemi miei. Stanne fuori, non riguardano te.»

«Io sono nella tua vita, non sulla luna.»

Andrea sospirò. «Si è rifiutata di andare dall'avvocato e dice che se voglio la separazione devo passare sul suo cadavere. Ovviamente potrò ottenere il divorzio anche senza ricorrere all'omicidio, ma occorreranno tempi assai più lunghi.» Le prese una mano. «Sono mortificato per te. So bene quanto la nostra situazione ti pesa.»

«Non devi preoccuparti. Quello che abbiamo è già tantissimo.»

«Lo dici davvero?»

«Sì. Lo dico davvero.»

Dieci giorni dopo capì di essere stata in malafede. Una signora bionda ed elegante che Chiara non aveva mai visto entrò in negozio e Paolo Lenzi gliela presentò. Era la moglie del famoso giornalista Renzo Gagliardi, e desiderava vedere qualche gioiello antico: poteva mostrarglieli lei?

Chiara la guidò verso la destra del salone, dove si trovavano le bacheche e il bancone dell'oreficeria d'epoca. «Dia un'occhiata. Se qualche pezzo le interessa, lo tiro fuori» le disse gentilmente.

La donna si soffermò a lungo a guardare. Sembrava indecisa e perplessa.

«Aveva qualche idea precisa, venendo qui? Nel caveau abbiamo eventualmente altri gioielli che potrei mostrarle» Chiara propose paziente.

«Per la verità, sì. L'altra sera, a una cena, ho visto uno stupendo bracciale di Tiffany padre addosso a una signora. Mi ha detto che è stato acquistato qui.»

Un campanello d'allarme risuonò nella testa di Chiara.

Cercando di tener ferma la voce, chiese in tono noncurante: «Sta parlando di Marina Morello?».

«Proprio di lei. Ovviamente cerco un bracciale meno impegnativo: quando suo marito mi ha accennato al valore di quel Tiffany, mi è venuto il capogiro! Vorrei qualcosa dello stesso stile, ma dal costo più abbordabile.»

Alla fine di quella giornata, quando Andrea arrivò a casa sua, non gli diede neppure il tempo di salutarla. «Due sere fa sei andato a una festa con tua moglie. Era questo l'*impegno importante* di cui mi hai parlato?»

«Sì, era questo. Una cena organizzata per festeggiare l'arrivo del nuovo questore. E gli inviti erano estesi anche alle mogli.»

«Anche a quelle con cui si hanno rapporti rissosi e incivili?»

«Se vuoi sapere la verità, quando sono tornato a casa per prepararmi ho trovato Marina già truccata e vestita. E mi ha detto che se non l'avessi portata alla cena, ci sarebbe venuta da sola. Parlava sul serio. E ho preferito non correre il rischio di intrusioni plateali con conseguenti spiacevolezze.»

«Perché al mattino dopo non me lo hai detto?»

«Perché sapevo che ti sarebbe dispiaciuto.»

Quella notte Chiara rifiutò di fare l'amore. Il pomeriggio seguente lo pregò di non andare da lei perché aveva bisogno di stare sola. Al terzo giorno si riconciliarono, ma l'incantesimo si era spezzato.

I loro discorsi si fecero circospetti, i loro silenzi sempre più imbarazzanti. Il televisore era la loro ancora di salvezza: fingendo di seguire un documentario o un film, ciascuno poteva inseguire liberamente i propri pensieri. Non osavano neppure guardarsi negli occhi. E se i loro sguardi si incrociavano, per caso, si affrettavano a girare la testa.

Riuscivano a comunicare soltanto con il corpo. Come entravano nel letto e spegnevano le luci, le braccia di lui si protendevano imperiose e tremanti e Chiara vi si raccoglieva con un gemito. Si possedevano con disperazione, con furia, nella smania di rassicurarsi e di dirsi tacitamente ciò che non riuscivano più a dirsi: ho paura, ti amo, sono profondamente infelice, dobbiamo trovare una via d'uscita, ho bisogno di te, senza di te impazzirei... L'acme del piacere coincideva con la consapevolezza che quei taciti messaggi erano stati finalmente ricevuti. E il terrore di ripiombare nella frustrazione e nell'insicurezza li spingeva a possedersi di nuovo. Ancora. E ancora. E ancora.

Talvolta si ritrovavano, all'alba, stremati e sfiancati come due lottatori.

Una sera andò a cena dalla mamma di Andrea e la donna, come la vide, si spaventò. «Che cosa ti è successo? Sei malata?»

In un certo senso lo era. Aveva cominciato a soffrire di spaventose emicranie. Talvolta, in negozio, doveva correre nel suo ufficio, socchiudere le persiane e restarsene con gli occhi chiusi ad aspettare che l'antinevralgico facesse effetto e la crisi passasse. Viveva in un perenne stato di stanchezza e di nausea. Quella situazione la faceva stare fisicamente male. E guardare Andrea le stringeva il cuore: aveva il colorito grigiastro e gli occhi cerchiati da due profonde occhiaie.

All'alba di una delle loro notti di guerra lei emerse da un sonno breve e agitato e lo vide immobile, raggomitolato su un fianco. Lo scosse impaurita e si accorse che aveva gli occhi rossi. Stava piangendo.

«Mio Dio, no!» esclamò. «Che cosa ci stiamo facendo?» Lo abbracciò disperata.

Per la prima volta dopo tanto tempo riuscirono a parlare. «Sono stata meschina e gelosa... Ma ti giuro che d'ora in poi non ti tormenterò più, non ti chiederò più niente. Ti amo troppo per perderti.»

Andrea emise un profondo sospiro di sollievo. «E io credevo di averti già perduta. Non voglio più deluderti, ferirti. Ti ho chiesto troppo, ma adesso cambierà tutto.»

«Non importa, non devi...»

«Finalmente io e Marina siamo riusciti ad avere un colloquio civile. Lei ha accettato di andare dall'avvocato per le pratiche della separazione. Credo che questo aiuterà anche nostra figlia a stabilire un rapporto migliore con me e con sua madre. Non dovrà più vederci come due genitori disamorati e rissosi.»

«Perché non me ne hai parlato prima, Andrea?»

«Perché non parlavamo più. E inoltre io avevo paura di sentirti dire che non te ne importava niente, che ormai era troppo tardi.»

«Ieri ho visto Cecilia. Il giudice Sala ha telefonato a tua madre per chiederle un appuntamento e tua figlia teme di essere tolta a lei per essere trasferita in un istituto.»

«Sala ha convocato per oggi anche me e Marina. So che ha preso delle decisioni per Cecilia, e sono certo che saranno comunque le migliori per lei.»

Quel pomeriggio, in negozio, Chiara ebbe un capogiro. Paolo Lenzi, preoccupato, la fece sdraiare su un divano e restò seduto accanto a lei aspettando che si riprendesse. D'un tratto Chiara si alzò e corse verso il bagno in preda a un violento attacco di nausea.

«Devo andare dal medico, da qualche tempo ho degli strani disturbi» disse quando tornò.

Paolo Lenzi le sorrise: «Sei sicura di non essere incinta?».

La domanda dell'uomo ebbe su Chiara l'effetto di una scarica elettrica. «Incinta?» ripeté, sobbalzando. Ma nel momento stesso in cui si poneva l'interrogativo si era già data la risposta: aveva un ritardo di due mesi e riconosceva i sintomi. Come aveva potuto non accorgersene?

Guardò Paolo Lenzi con aria smarrita: «Credo di sì...».

Lui le sorrise di nuovo. «Devi esserne contenta. Tu sei nata per fare la madre.»

In realtà Chiara non riusciva a provare nulla. Avvertiva, di nuovo, quel senso di alienazione e di irrealtà che la teneva sospesa in un vuoto di pensieri e di emozioni. Aspetto un figlio, aspetto un figlio, aspetto un figlio, ripeté meccanicamente. Ma erano suoni senza senso.

«Ti prego, accompagnami a casa» chiese a Lenzi. Non appena fu arrivata si avvicinò al telefono. Doveva dirlo ad Andrea. Ma rinunciò. Fra tre ore lui sarebbe passato a prenderla per andare a cena insieme e aveva tutto il tempo per dirglielo con calma.

Andò nella sua stanza e si mise a letto. La risvegliò lo squillo del telefono. Alzando la cornetta gettò un'occhiata alla sveglia e si accorse che aveva dormito due ore.

Era Andrea. «Devo parlarti, Chiara.»

«Anch'io. Lo faremo tra poco, al ristorante.»

«Ti dispiace se restiamo a casa?»

«No, certo...»

Solo dopo aver riattaccato si accorse che Andrea aveva una strana voce addolorata e spenta.

XV

Predisposizione alla catastrofe. Per Chiara era una sindrome amaramente nota e quella sera, aspettando l'arrivo di Andrea, ne riconobbe il peggiore dei segni: una crisi di depressione improvvisa e paralizzante. D'un tratto le sembrava che tutto le fosse sfuggito di mano diventando minaccioso e ingovernabile. Era in balìa degli eventi, e gli eventi stavano tramando contro di lei. Qualsiasi cosa avesse detto, o fatto, o deciso per contrastarli, le si sarebbe rivoltata contro. Era disfattismo patologico, lo sapeva, ma la razionalità crollava di fronte alla viscerale certezza che nel caso suo si trattava di premonizione. Sentiva che il peggio stava per arrivare e lo aspettava con tremante rassegnazione, sapendosi già sconfitta.

Guardò l'orologio e si raggomitolò sul divano. Andrea sarebbe arrivato da un momento all'altro. Come avrebbe reagito apprendendo che lei era incinta? La realtà del bambino che attendeva le diede un guizzo di vitalità che subito si spense. Lo renderò infelice, non ho niente da dargli, si è annunciato troppo tardi, pensò con tristezza. La vana attesa di un figlio l'aveva quasi annientata: quante sofferenze e quante umiliazioni le sarebbero state risparmiate, se il miracolo si fosse verificato al momento giusto! E invece il destino l'aveva beffata anche in questo, rendendola madre quando aveva perduto il marito, Sara, la casa amatissima, le radici, gli slanci d'un tempo. Al figlio che stava per nascere non poteva più dare neppure una famiglia, un padre.

Qualcosa in lei si ribellò debolmente: e Andrea? Come puoi scordarti della sua esistenza? Chiara si aggrappò al pensiero di Andrea come il naufrago alla zattera. Mi ama, sta per separarsi, vuole vivere con me. Amerà anche questo figlio e lo cresceremo insieme. Dov'è la beffa del destino? Che motivi ho per starmene qui tremebonda ad aspettare la catastrofe, quando invece avrei tutte le ragioni per sentirmi una miracolata? Ho incontrato un uomo straordinario e sto per diventare madre. Che cosa potevo sperare di più?

Nonostante con la ragione si desse risposte incoraggianti e non riuscisse a scorgere alcuna concreta ragione per sentirsi così male, *sapeva* che l'istinto non la ingannava e aveva una percezione quasi fisica della catastrofe in agguato. Un'oscura angoscia fremeva al centro dello stomaco e si irradiava per tutto il corpo dandole un senso di oppressione e di stordito panico.

Quando Andrea suonò, e lei lo fece entrare, ebbe l'impressione di aver aperto la porta a tutto ciò che aveva temuto. Le sue premonizioni si erano materializzate. E non si stupì di vederlo terreo e teso in volto.

«Devo parlarti, Chiara.»

Lei annuì, sentendosi paradossalmente sollevata. Qualunque cosa le avesse detto, non poteva essere peggiore di quello che si aspettava.

«Domattina Cecilia tornerà a casa. Il capitano Binelli è finalmente riuscito a farle dire tutto quello che sa di quel Fabio e della rapina, e subito dopo il giudice ha avuto un lungo colloquio con lei...»

Chiara annuì di nuovo, aspettando che proseguisse.

«A dispetto di tutto, Cecilia desidera vivere con sua madre e con me. E il giudice Sala, prima di decidere, ha voluto parlare anche con noi. Siamo stati da lui fino a un'ora fa... Io e Marina abbiamo dovuto impegnarci a restare insieme e a ricostruire un ambiente sereno e vivibile per nostra figlia: Sala ce l'ha posto come condizione irrinunciabile per ridarcene la custodia e io *non ho potuto* dire di no. Lo capisci?» La sua voce era disperata e impotente.

«Sì.»

«Questo significa che...»

Chiara alzò gli occhi su di lui. «Non occorre che me lo dica. Per noi non c'è futuro. Ci incontreremo quando potrai, senza più progetti né speranze, attenti a non farci scoprire e paghi di qualche ora rubata.»

«È così bassa l'opinione che hai di me... e di te stessa?» Andrea proruppe con amarezza. «Non potrei mai farti questo, chiederti un compromesso tanto umiliante e squallido!»

«Dillo tu, allora. Che cosa vuoi fare? Che posto intendi riservarmi, nella tua vita?»

«Nessuno. Un legame senza progetti né speranze ci distruggerebbe la vita. E ogni volta che ti dovessi incontrare, io sarei tentato di mandare all'inferno i miei doveri, l'impegno che ho preso con Sala. Non puoi nemmeno immaginare quanto ti amo.»

«*Ti amo!*» Chiara gli rifece sarcasticamente il verso. «Che cos'è, l'estremo commiato dell'eroe? Dovrei sentirmi commossa, travolta, in estasi?»

«So come ti senti.» Un sussurro rauco. E d'un tratto gli occhi gli si riempirono di lacrime.

L'ira di Chiara si ritrasse lasciando il posto a una desolazione senza fine. Il peggio era accaduto. L'aveva perduto. Non ci sarebbero stati più incontri, speranze, discorsi, abbracci. Più *nulla.* La prospettiva di quel vuoto le si spalancò davanti come una voragine. Si sentì girare la testa, mentre una fitta di nausea le torceva lo stomaco.

Voltò le spalle ad Andrea e corse in bagno. Mentre un fiotto acre premeva lacerante alla gola, udì la porta chiudersi lentamente. Andrea se n'era andato per sempre. Curvò la faccia sul water e cominciò a vomitare e a piangere. Poi andò a sdraiarsi sul letto e cadde in un sonno profondo.

Quando il telefono squillò, dalle persiane filtrava la luce del giorno. Chiara allungò una mano verso il ricevitore, annaspando, e rispose con voce ancora impastata.

«Tutto bene, Chiara?» La voce di Paolo Lenzi.

«Sì... Che ore sono?»

«Le dieci e dieci. Non ti ho vista arrivare in negozio e...»

Chiara si drizzò sul letto. «Scusami, ma non ho sentito la sveglia. Arrivo subito.»

«Fa' pure con comodo, volevo soltanto accertarmi che tu stessi bene.»

Tre quarti d'ora dopo, nel varcare la soglia del negozio, Chiara avvertì per la prima volta l'inutilità del lavoro che si era scelta. E a quella sensazione di estraneità e disagio, subito seguì la repulsione per quel posto. Mia sorella ha ragione, pensò, soltanto la voglia di soffrire e di autopunirmi può avermi spinta a riprendere il lavoro nel luogo in cui Sara è rimasta sequestrata e ha vissuto il suo ultimo giorno di vita.

Si diresse stancamente verso il suo ufficio gettando un'occhiata d'odio alle cose antiche esposte nel salone e nelle bacheche. La loro perenne bellezza, che tanto l'aveva incantata, all'improvviso le appariva intimidatoria e raggelante. C'era un che di sinistro nel loro sopravvivere al tempo e alle persone. Gli originari proprietari erano morti ed erano passate di mano in mano, di casa in casa, fino ad arrivare in quel negozio. Sara era morta, lei e i futuri proprietari sarebbero morti e quelle cose avrebbero continuato a vivere.

Paolo Lenzi la raggiunse distogliendola dalle sue cupe riflessioni. «Non vedendoti arrivare, mi sono preoccupato. Quando ti ho portata a casa, ieri sera, non stavi bene.»

«Adesso va meglio.»

L'uomo si raschiò la gola, evidentemente imbarazzato. «Dovresti farti visitare da un ginecologo.»

«Dovrei piantare questo fottuto lavoro e tornarmene a Milano. Subito.»

Lenzi la fissò esterrefatto: «Non dirai sul serio!».

«Ti sembra che abbia voglia di scherzare?»

«No. Però mi sembra che tu non sia nello stato d'animo migliore per prendere delle decisioni così radicali. Vivere a Milano ti era diventato insopportabile, ricordi? E adesso non hai più né la tua casa né il tuo vecchio lavoro. Se davvero sei incinta, credo che tu abbia scelto il momento meno adatto per mollare tutto e andare a rimettere radici altrove.»

«È meglio che restare qui.»

Lenzi si schiarì nuovamente la voce. «E Andrea Morello?»

Chiara realizzò in quel momento che da quando si era svegliata aveva evitato con cura di pensare a lui. E anche al figlio che aspettava, fino a che Lenzi non ne aveva parlato.

«Andrea Morello è tornato con la moglie. Non ci vedremo più.»

«Non è possibile, Carmen mi ha detto che avevano già iniziato le pratiche per la separazione!»

«Se si fossero separati, il giudice minorile avrebbe tolto loro la custodia della figlia.»

«Capisco... Adesso capisco tutto. Ma Morello sa che sei incinta?»

«No!» Chiara esclamò. «Tu sei l'unico a saperlo, e se mi sei davvero amico devi giurarmi che non ne parlerai con nessuno... nemmeno con Bruno.»

«Non lo farò. Ma per quanto tempo credi di poter nascondere il tuo stato?»

«Voglio tornare a Milano anche per questo.»

«Milano non è su un altro pianeta. Al posto tuo, rifletterei bene sul da farsi. La decisione di trasferirti mi sembra soltanto una inutile fuga.»

Su una cosa Lenzi aveva ragione, Chiara pensò quando rimase sola, andandosene da Roma non avrebbe risolto alcun problema. La somma a suo tempo ricavata dalla vendita della casa milanese era stata depositata in un fondo a favore di Sara e dopo la morte della piccola era passata ai nonni Zambiasi. Lei aveva bisogno dello stipendio per vivere, ed era improbabile, per non dire impossibile, che qualcuno assumesse una donna incinta.

Inoltre tornare a Milano significava rientrare nell'orbita di sua madre e di sua sorella. Pur essendo molto legata a entrambe, aveva sempre lottato per sottrarsi al loro amore iperprotettivo, incombente, ansioso. Gio', che era sempre stata la gemella forte, fin da bambina l'aveva gestita con prepotenza, ritenendola incapace di cavarsela da sola.

Il solo immaginare come avrebbero reagito alla notizia della sua gravidanza la faceva fremere: superato lo sbalordimento, sarebbe iniziato il terzo grado con successiva raffica di consigli. E una volta nato il bambino, sarebbe stato fagocitato con lei da quell'amore senza scampo.

No, proprio non poteva tornare a Milano. D'altro canto, rimanendo a Roma, avrebbe dovuto affrontare il problema di Andrea. Era inevitabile che prima o poi lui venisse a sapere di essere diventato padre. E una volta che ciò fosse accaduto, non sarebbe mai stato capace di prendere le distanze da quella paternità. Il bambino lo avrebbe in qualche modo costretto a riavvicinarsi a lei. E pensando con quanta determinazione Andrea aveva fatto violenza ai suoi sentimenti per lasciarla e riavvicinarsi alla moglie, la sua maternità le appariva una specie di arma ricattatoria per imporgli nuove scelte, nuovi doveri.

Si trovava in un vicolo cieco. Come aveva previsto, era caduta in balìa di eventi ingovernabili.

Un esile sollievo tremolò in lei, e vi si aggrappò per non lasciarsi sopraffare dal panico: per il momento era salva. Aveva un paio di mesi di tempo prima che i segni della gravidanza diventassero evidenti e perciò non era costretta a prendere una decisione subito. Per qualche giorno poteva addirittura non pensarci, come se non fosse successo niente. Il sollievo dilagò allargandole i polmoni in un profondo sospiro, ma dopo pochi istanti si ritrasse lasciandola svuotata e triste. Aveva perduto Andrea ed era rimasta sola ad aspettare un figlio che non riusciva a trasmetterle emozione, gioia, slanci. Per dieci anni era stata come superesposta alla vita, e nulla, nel bene e nel male, le era stato risparmiato. Tranne la maternità: era davvero una beffa che si fosse annunciata adesso, quando ormai il suo cuore era diventato sterile.

Chiara andò dal ginecologo tre giorni dopo ed ebbe la conferma di ciò che ormai sapeva con certezza: era entrata nel terzo mese di gravidanza. Al termine della visita, il ginecologo le prescrisse le analisi di routine e le disse che tutto procedeva nel migliore dei modi. Non aveva mai dubitato neppure di quello.

Alla sera sua sorella Gio' le telefonò chiedendole se per le feste di Natale sarebbe andata a Milano a trascorrere almeno un paio di giorni a casa sua. «È da quest'estate che la mamma non ti vede» aggiunse in tono di sottinteso rimprovero.

«Non ti sembra presto per pensare alle feste di Natale?» Chiara replicò, senza raccogliere.

«Mancano soltanto dieci giorni!»

Chiara ebbe un sussulto di sorpresa: non soltanto aveva perso la nozione del tempo che passava, ma si era estraniata anche da ciò che la circondava. Da venti giorni nelle strade erano apparsi i primi addobbi natalizi e nello stesso negozio campeggiava un abete adornato con vecchie decorazioni. Come aveva potuto non accorgersene?

«Chiara, non dirmi che non hai fatto ancora dei progetti per le feste» sua sorella incalzò insospettita dal suo silenzio.

«E invece è proprio così. Mi sembrava che mancasse ancora un sacco di tempo a...»

«Hai qualche problema? C'è qualcosa che non va?»

Le formidabili antenne della vigile, amorosa gemella. Tanto valeva dirle subito la verità. «Aspetto un bambino.»

Gli attimi di silenzio che seguirono furono per Chiara più eloquenti di mille interrogativi: da quanto tempo? Chi è il padre? Perché non me l'hai detto subito? Va tutto bene?

«Mi sembra una bella notizia» Gio' si limitò a dire ad alta voce, in tono circospetto, evidentemente timorosa di esporsi con un commento o una domanda sbagliata. Poiché lei non rispondeva, aggiunse: «Ne sei sicura? Sei stata dal ginecologo?».

«Sì, ci sono stata stamattina.» Sospirò. «Non so se è una bella notizia. Ormai non pensavo più di avere un figlio, e ci sono molti problemi da...»

«Il padre cosa dice?»

«Il padre è Andrea Morello e non lo sa. Non dovrà mai saperlo.»

«Chiara, che storia è questa?» Nella voce di Gio' vibrarono apprensione e stupore.

«Io e Andrea ci siamo lasciati la scorsa settimana: il giudice minorile non avrebbe rimandato Cecilia a casa, se lui e la moglie si fossero separati.»

«Vuoi dire che è tornato con quella orribile donna?»

«Ha dovuto, per il bene di sua figlia.»

«Ma adesso sta per avere un altro figlio, e ha dei doveri anche verso di lui!»

«Il bambino che aspetto è un problema mio. Lui ne ha già abbastanza per buttargliene addosso un altro.»

«Mio Dio, no! Siamo ancora all'eroismo melodrammatico e sacrificale? Ma quando ti deciderai a diventare una normale donna coi piedi per terra?» La voce della gemella, adesso, era sconsolata e furiosa.

«Stanne fuori, Gio'.»

«Ecco un'altra bella frase! Sei dentro ai guai fino al collo, e io dovrei *starne fuori*? Lasciarti distruggere dal tuo stramaledettissimo orgoglio senza muovere un dito?»

«Questa volta l'orgoglio non c'entra. Se coinvolgessi Andrea nei doveri di una nuova famiglia, è la vita di Cecilia che distruggerei. In un modo o nell'altro, io ce la farò. E comunque tutto è meglio che vivere accanto a un uomo colpevolizzato e spezzato in due. Se vuoi aiutarmi, fallo. Ne ho bisogno. Ma smettila di trattarmi come se fossi un'irresponsabile o la gemella scema da tenere sotto tutela.»

«Sei scema davvero, se pensi questo di me. Ma non ho voglia di litigare. Se non puoi venire a Milano per le feste, nei prossimi giorni farò io una scappata da te. Credo proprio che tu abbia bisogno di auguri.»

XVI

Chiara ripartì da Milano il 27 dicembre e il giorno dopo riprese il lavoro. Benché i quattro giorni di festa trascorsi in famiglia fossero stati molto rasserenanti, e sua madre e sua sorella avessero dato prova di grande tatto e sensibilità, lei aveva gentilmente ma fermamente declinato l'invito a prolungare il soggiorno. In negozio c'era bisogno di lei: insieme con i giorni delle aste monografiche, quelli delle festività di fine anno erano il periodo di maggior attività per la Casa Antiquaria Marques, e in alcune ore i saloni erano affollati come un grande magazzino. Il reparto dei gioielli d'epoca, uno dei più battuti dai cacciatori di strenne, era praticamente in mano sua e lo stesso Lenzi aveva qualche difficoltà nel mettervi mano.

Ma al di là di questi doverosi scrupoli, a un certo punto le era presa la smania di ripartire. Quel breve soggiorno a Milano le era servito anche per capire che mai avrebbe potuto tornare a stabilirvisi. Troppi brutti ricordi. Troppi legami con un passato che tanto faticosamente si era lasciata alle spalle. Per la stessa ragione, aveva capito anche questo, non avrebbe potuto neppure rimanere a Roma. Al di là dell'esigenza di allontanarsi da Andrea, c'era quella di tagliare i ponti con un'altra infelicissima parte della sua vita. Doveva trovare un posto nuovo dove far nascere suo figlio e ricominciare.

Purtroppo stava per terminare il terzo mese di gravidanza e non poteva rimandare una decisione ancora per molto. Si diede una scadenza: la fine di gennaio. Un altro mese di pace, e poi avrebbe via via affrontato con realismo e determinazione tutti i problemi che l'aspettavano al varco: il trasferimento, la casa, un nuovo lavoro, una persona fidata a cui lasciare il bambino mentre lei era occupata...

Il 31 dicembre, ultimo giorno dell'anno, il negozio restò aperto solamente al mattino. Gli ultimi clienti, una giovane coppia di americani in viaggio di nozze, uscirono alle 12,35 e Paolo Lenzi stava chiudendo il portone quando entrò Bruno Marques. Negli ultimi tempi era stato quasi sempre in viaggio e Chiara, dopo la sera in cui si erano lasciati, non aveva più avuto occasione di intrattenersi con lui: soltanto qualche incontro al volo, in negozio, e sempre alla presenza di altre persone.

Lenzi aveva organizzato nel suo ufficio un piccolo brindisi per scambiare gli auguri di fine anno con il personale. Si aggregò anche Marques, e tra un sorso e l'altro preannunciò di aver offerto a un antiquario francese i locali e la collaborazione logistica per organizzare un'asta di bambole antiche.

Si rivolse a Chiara: «Ti dispiace fermarti con me per una mezz'oretta? Vorrei illustrarti meglio questa iniziativa, visto che sarai coinvolta in prima persona».

Chiara esitò qualche istante, in preda a un improvviso sconforto. Era costretta a dirgli che purtroppo non avrebbe potuto contare su di lei, affrontando un discorso che non era ancora pronta per fare.

Fraintendendo il suo silenzio, Marques le sorrise incoraggiante. «Non preoccuparti, avrai tutto l'aiuto che sarà necessario: anche da parte mia.»

Non appena rimasero soli, Bruno le disse che l'asta avrebbe avuto luogo dieci giorni dopo. La tensione di Chiara si allentò istantaneamente: poteva rimandare il suo discorso ad asta finita.

«Dieci giorni basteranno per organizzare ogni cosa?» gli chiese per fugare gli ultimi dubbi.

«Faremo del nostro meglio e comunque sarà un'asta minore, senza inviti. Ci limiteremo ad annunciarla sui quotidiani romani. Allieu, l'antiquario, per ragioni contabili ci ha imposto questa scadenza. Le bambole arriveranno tra due giorni da Lione e approfitteremo di questa asta per mettere in mostra anche quei sette o otto esemplari nostri che sono sempre rimasti invenduti.»

Un flash esplose nella memoria di Chiara. «Tra le nostre bambole c'è quella con cui Sara giocava il giorno della rapina. Non so come ho potuto dimenticarmene... Se non ti spiace, vorrei acquistarla io.»

«È tua fin d'ora. E considerala un regalo, se così si può definire un cimelio tanto triste...» L'uomo la guardò negli occhi. «Non va molto bene, vero?»

«No, non molto.»

«Hai dei programmi per stasera?»

Chiara sorrise. «Starò davanti al televisore col vassoio della cena guardando i vip folleggiare in attesa della mezzanotte e poi...» Si interruppe arrossendo. Accidenti a me, si disse, adesso Bruno penserà che sto mendicando un invito e magari si sentirà moralmente obbligato a rimorchiarmi.

Ma Bruno evidentemente non raccolse. «Ti invidio. Non so perché io mi sono lasciato coinvolgere nella festa che Carmen Grandi dà a casa sua. Sono stanchissimo, e a parte lei e Lenzi non conosco nessuno.»

Al sollievo per la scampata figuraccia subentrò in Chiara un sottile senso di delusione. Non soltanto Bruno non aveva fatto caso alle sue parole, ma non lo aveva nemmeno sfiorato il pensiero che lei potesse sentirsi depressa e immalinconita nel trascorrere da sola l'ultima notte di quell'orribile anno.

Accorgendosi che lui la stava di nuovo fissando, distolse il suo sguardo abbassandolo sull'orologio. «Si è fatto tardi, vogliamo andare?» chiese.

Bruno chiuse il portone e l'accompagnò fino alla sua macchina. Le tese la mano. «Ti faccio tanti auguri, Chiara. Spero davvero che il prossimo anno sia migliore di questo.»

Peggiore non potrà certamente essere, lei pensò mettendo in moto. Quando arrivò a casa, il telefono stava squillando. Corse a rispondere: era la sua gemella. Voleva accertarsi che stesse bene e avesse un programma per aspettare il Capodanno in compagnia. Chiara la rassicurò, e poiché Gio' sembrava non accontentarsi di una risposta generica, mentì dicendole che era stata invitata da Paolo Lenzi a una festa in casa di amici. «Purtroppo non so chi sono esattamente e perciò non posso lasciarti il numero di telefono» si affrettò ad aggiungere, nell'eventualità che lei pensasse di chiamarla a mezzanotte per farle gli auguri.

«Vuol dire che ti saluterò adesso. Cerca di rilassarti e di passare una buona serata. Ci risentiremo domattina» Gio' si congedò.

Chiara abbassò il ricevitore e andò in camera da letto a svestirsi. Infilò una tuta e si diresse in cucina. Nonostante l'ora di pranzo fosse passata da un pezzo, non aveva fame. Poco male, i vestiti cominciavano a tirare da tutte le parti e saltare un pasto non le avrebbe fatto certamente male. Si limitò a bere un bicchiere di latte, intingendovi un paio di biscotti. Non erano ancora le tre del pomeriggio. E l'indomani era Capodanno. La prospettiva di dover trascorrere ancora tante ore di totale solitudine, rinchiusa in casa, d'un tratto le parve insopportabile. Ma dove andare? E da chi? A Roma non conosceva nessuno, tranne le poche persone che aveva frequentato con Bruno Marques le rare volte in cui era uscita con lui. Le serate e i giorni liberi erano sempre stati riservati a Sara. Nulla l'aveva resa felice come stare con lei.

Andò in soggiorno e accese il televisore sperando che trasmettessero un film interessante. Ma dopo averlo inutilmente cercato col telecomando, si sintonizzò su una rete qualsiasi, tanto per sentire un suono di voci, e si distese sul divano gettandosi un plaid sulle ginocchia.

Quando si svegliò erano le diciannove e stavano trasmettendo un'asta di gioielli. Si accorse di avere fame. Andò in cucina e si preparò un panino col formaggio che divorò a grandi morsi, quasi famelicamente. Poi ne preparò un secondo, imbottendolo con una cotoletta che era rimasta dal giorno prima. Essendo finito il pane, e non sentendosi ancora sazia, aprì un vecchio pacchetto di pancarré e riuscì a recuperare tre fettine risparmiate dalla ragnatela grigioverde della muffa. Ne mise due ad abbrustolire nel tostapane e, nell'attesa, si mangiò la terza. Come le fettine furono pronte, vi spremette sopra mezzo tubetto di maionese. Adorava la maionese, e si trasferì nuovamente in soggiorno, davanti al televisore, portando con sé il tubetto da succhiare come un biberon.

L'asta dei gioielli era terminata e adesso era iniziata una

televendita di tappetini per idromassaggio. Chiara schiacciò il telecomando e si sintonizzò su Raidue aspettando il telegiornale. Una coppia di giovani comici stava invitando i telespettatori a seguire il grande spettacolo della serata, una diretta con i locali notturni più famosi in attesa del brindisi di mezzanotte.

Si vietò di pensare ad Andrea e a ciò che avrebbe fatto aspettando la mezzanotte. Di certo non era solo, costretto come lei a tenere il televisore acceso per non impazzire di silenzio.

Lo squillo improvviso del telefono la aiutò a distogliersi dal pensiero di Andrea. Certamente era Gio' che la chiamava per controllare se davvero era uscita. Be', le avrebbe detto che stava per farlo e, terminata quella telefonata, avrebbe staccato la spina per evitarsi di rispondere ai successivi controlli.

«Mi hai trovato per miracolo!» disse gioiosamente senza neppure chiedere chi fosse.

Un attimo di pausa. «Mi scusi, la lascio andare subito.»

«Chi parla?»

«Sono Mino Binelli, Chiara. Due minuti soltanto, per farle gli auguri e per dirle...»

«Non c'è alcuna fretta. In realtà non sto affatto uscendo, capitano. Era una bugia per tranquillizzare la mia apprensiva gemella.»

«È rimasta a casa da sola?»

«È una notte come tutte le altre, nemmeno da ragazza ero portata per i festeggiamenti e il chiasso. Che cosa voleva dirmi?»

«Il 5 gennaio, tra quattro giorni, dovrebbe fare un salto da me e ho preferito comunicarglielo di persona. Grazie a Cecilia Morello siamo riusciti a raggiungere il famigerato Fabio, ma non abbiamo uno straccio di prova per collegarlo alla rapina.»

«Non c'è la testimonianza di Cecilia?»

«Il Garoppi, e cioè quel Fabio, ha un alibi di ferro per la notte che, secondo Cecilia, avrebbe trascorso studiando i particolari dell'assalto alla palazzina Marques. Secondo il ragazzo, Cecilia ha inventato tutto per vendicarsi di essere stata piantata. Non bastasse, afferma di poter dimostrare che Cecilia era "spinellata e fuori di testa". Parole sue.»

«È orribile! Deve esistere un modo per smascherarlo.»

«Tra le tante, abbiamo preso in considerazione anche l'ipotesi che nei giorni precedenti la rapina lui sia venuto personalmente nel negozio per dare un'occhiata all'ambiente. Il 5 gennaio ho convocato anche il Garoppi e vorrei che lei lo guardasse bene. Se la nostra ipotesi fosse giusta, e si arrivasse a un riconoscimento da parte sua, avremmo già una prova a suo carico. Il ragazzo giura che prima della tragedia ignorava persino l'esistenza della Casa Antiquaria Marques.»

«Verrò senz'altro, capitano.»

«Ne ero certo.»

«Cecilia... come sta?»

«È molto spaventata. Tra l'altro si è messa in testa che Fabio possa fare del male a lei, Chiara.»

«A me? E per quale ragione?»

«Non è facile razionalizzare le paure di una adolescente sotto choc. Lei l'ha portata a Orvieto e le è stata molto vicina: forse Cecilia teme che ciò l'abbia esposta troppo e che Fabio la ritenga responsabile di averla persuasa a dire tutto.»

«Se potessi parlare con Cecilia, cercherei di rassicurarla. Le dica di telefonarmi, la prego... È da molti giorni che non si fa più viva con me.»

«Rifiuta di farlo. Non vuole avere più alcun rapporto con lei per timore di comprometterla ancor più.»

«Ma questo è ridicolo! Parli con suo padre, io debbo assolutamente mettermi in contatto con Cecilia e forse lui può persuaderla.»

«Andrea è d'accordo con la figlia.» Una breve pausa e poi, con voce grave: «Per lui sarebbe troppo doloroso rivederla, Chiara».

Il sapore acido della maionese le salì alla gola, seguito dal familiare crampo di nausea. «Mi scusi... Sto poco bene...» Chiara disse in fretta, lasciando cadere il ricevitore. Si precipitò in bagno e vomitò tutto ciò che aveva mangiato poco prima, con una tale violenza che gli occhi le si riempirono di lacrime. A ogni nuovo conato, aveva l'impressione che le si spaccassero i polmoni.

Quando tutto fu finito, si sciacquò la faccia e rimase per qualche istante aggrappata al lavabo, respirando a fondo. Tornò lentamente in soggiorno e si accorse di aver lasciato staccata la cornetta. Non fece in tempo a rimetterla sulla forcella che il telefono squillò di nuovo.

Era Binelli. «Chiara, sta bene? Cominciavo a spaventarmi.»

«Non si preoccupi, è passato. Grazie per avermi chiamata e molti auguri.»

«Se ha bisogno di qualcosa, può trovarmi in caserma. Sarò qui fino a domattina.»

«La notte di San Silvestro?» Chiara chiese stupita.

«È in corso un'importante operazione che prevede una retata e molti fermi. Avrei dovuto raggiungere mia moglie e i miei figli in montagna, ma purtroppo non mi è stato possibile.»

«Mi dispiace... Auguri anche per la sua operazione, allora.»

«Auguri anche a lei. Se non ci sentiamo prima, ci rivedremo tra cinque giorni per quel riconoscimento.»

Al termine della telefonata, Chiara staccò la spina e cercò di concentrarsi sul teleschermo, ma si sentiva irrequieta, incapace di star ferma. E inoltre le dolevano tutti i muscoli dello stomaco. Tornò in cucina per farsi una camomilla. Nel sollevarsi sulle punte, protendendo un braccio per prendere la scatola dei filtri dall'armadietto, avvertì una specie di ronzio all'orecchio e poi una strana sensazione di immobilità. Era come se il tempo l'avesse cristallizzata in quel gesto, come se lei avesse trascorso tutta la vita col braccio proteso verso un armadietto lottando invano per muoversi.

Trattenne il fiato, riconoscendo tutte le sofferenze di quell'incubo: impotenza, angoscia, ribellione, dolore. E d'un tratto *ricordò*, riandando indietro alla lontana mattina in cui aveva perduto il figlio che aspettava. Si era alzata dal letto ed era andata in cucina a preparare la colazione per Marco. Sollevandosi per prendere il vasetto del caffè, aveva sentito un fiotto caldo scenderle tra le gambe. E poi una fitta lancinante. Aveva urlato, urlato, e urlato...

Abbassò il braccio e fissò cautamente il pavimento, terrorizzata all'idea di scorgervi quella orribile macchia di sangue. Stai calma, respira a fondo, va tutto bene, si ordinò. Il pavimento era pulito. Raccolse le mani e le incrociò sul ventre. Era la prima volta che lo toccava, e lo sentì arrotondato e teso. C'è mio figlio, pensò. Nonostante io lo abbia trascurato e ignorato per tante settimane, lui si sta impegnando per crescere e venire al mondo.

Si sentì struggere di tenerezza. Allargò le dita e le passò delicatamente sul ventre. Ce la faremo, piccolino. Adesso anche la tua mamma è con te e non sei più solo. Le lacrime le punsero gli occhi. Non sono più sola neppure io... Dovunque Dio fosse, si era finalmente accorto di lei e le aveva dato questo grandioso segno di misericordia.

Non piangerò più, non mi lamenterò più, non oserò mai più ribellarmi e imprecare, si disse. Credevo che con la morte di Sara la mia vita si fosse spezzata e invece ho avuto il miracolo di un altro figlio...

Il nuovo anno si prospettava il più felice della sua vita. Chiara tornò a sedersi in soggiorno per aspettarne l'inizio. Quella sarebbe stata una notte di festa indimenticabile.

XVII

Sì, mamma, va bene mamma, come vuoi tu mamma... Da quando era tornata a casa Cecilia non l'aveva contraddetta una sola volta, ma quei modi docili e garbatini facevano infuriare Marina più delle solite rispostacce. Dietro c'era la provocazione, la sfida: qualunque cosa tu dica, non me ne importa più niente. A volte, quando stava nella stessa stanza con la figlia, Marina avvertiva fisicamente le cariche di ostilità che emanavano da lei. Perché mai avesse chiesto al giudice di poter ritornare in famiglia proprio non lo capiva. Non che a lei fosse dispiaciuto, per carità.

Anche se Cecilia aveva un caratteraccio, come madre non poteva non volerle bene, e in ogni caso si sarebbe vergognata come una ladra se l'avessero lasciata con la nonna o internata in un istituto. Al loro livello sociale era una situazione imbarazzante, anomala. Lo stesso valeva per l'improvvisa separazione decisa da Andrea. Il ritorno a casa di Cecilia l'aveva costretto a fare marcia indietro, e anche questo era un aspetto positivo.

Lei non era ancora pronta per separarsi, anche se in prospettiva il divorzio rientrava nei suoi piani. La vita con Andrea era diventata insopportabile: noiosissima e del tutto priva di gratificazioni. Andrea stesso, col passare degli anni, si era rivelato una delusione. Così ligio, solitario, asociale. Che senso aveva essere la moglie di un famoso avvocato, se tutti gli inviti venivano cestinati e non se ne poteva godere alcun vantaggio? Tanto valeva aver sposato un impiegatuccio o un usciere. Ma adesso cambierà tutto, finalmente ho imparato a difendermi, Marina pensò con torva soddisfazione dirigendosi verso il guardaroba per scegliere l'abito da indossare quella sera. Lungo: Carmen era stata perentoria, ma lei si sarebbe comunque vestita così perché il lungo la assottigliava e le nascondeva le gambe, l'unica parte del suo corpo che non le piaceva.

Andrea voleva fare l'eremita? Liberissimo. Ma visto che lei non condivideva, doveva essere altrettanto libera di vivere a modo suo. E il nuovo corso sarebbe iniziato proprio quella sera, alla vigilia del nuovo anno. Suo marito stesse pure in casa con l'adorata figlioletta, visto che l'invito di Carmen non lo interessava: lei alla festa ci sarebbe andata da sola. Tra l'altro, con la prospettiva di divertirsi molto di più.

Il pensiero di Cecilia le causò un altro rigurgito di rabbia. Aveva rifiutato di andare ad aspettare la mezzanotte a casa dell'amica Michela, aveva respinto l'offerta di sua nonna di venire a farle compagnia. Tutto per crearmi dei problemi e rendermi la vita difficile, Marina pensò. Ma io, a differenza di suo padre, non casco nella rete dei suoi ricatti né mi lascio colpevolizzare. In coscienza, ce la stava mettendo tutta per aiutarla: le aveva comperato un sacco di vestiti nuovi, aveva passato ore intere con lei cercando di distrarla, di minimizzare quel che era successo, di accattivarsi la sua fiducia. Tutto inutile.

A volte aveva l'impressione che Cecilia la detestasse. Di certo, come lei si avvicinava, sua figlia tirava fuori gli aculei o si rinchiudeva in un silenzio dispettoso e ostile. Che senso aveva starsene seduta in soggiorno a mo' di bella statuina, zitta e attenta perché ogni parola suscitava occhiate di disapprovazione o battute ironiche? Io non sono né una masochista né una santa, Marina si disse. E se Cecilia vuole restarsene nel suo brodo, lo faccia. Non posso mettermi in lutto stretto perché lei e suo padre hanno deciso di trasformare questa casa in un teatro di tragedia, neanche fosse successo chissà che cosa. Ma adesso al diavolo i pensieri neri, è l'ultimo dell'anno e mi merito finalmente una serata diversa.

Marina estrasse l'abito dall'armadio e se lo fece aderire contro il corpo riflettendo sul girocollo e gli orecchini con cui abbinarlo: la parure di perle e brillanti era scicchissima e rischiarava il viso.

Andò in bagno e fece scorrere l'acqua nella vasca. Nel

frattempo, si applicò sul viso una maschera tonificante e rassodante. Aveva appena cominciato a truccarsi quando sentì suonare alla porta d'ingresso e udì la voce di Andrea che rientrava a casa. Decise di continuare a prepararsi. Terminato il maquillage, tolse la cuffia dai capelli e li rimise in piega con qualche piccolo colpo di spazzola. Poi passò a vestirsi. Alle 20 era pronta: la festa iniziava alle 21 e 30 e lei era notevolmente in anticipo, ma sarebbe andata comunque da Carmen. Restare a casa aspettando l'ora giusta voleva dire soltanto guastarsi l'umore coi musi lunghi di Cecilia e Andrea. Tolse la pelliccia dall'armadio e se la infilò, tanto perché capissero che stava andando troppo di fretta per ascoltare eventuali rimbrotti o commenti.

Aprì la porta della sua stanza e si ritrovò davanti suo marito. Ebbe un breve sobbalzo. «Oddio, che spavento!» esclamò con una risatella nervosa.

«A quanto pare non scherzavi. Stai davvero andando alla festa.»

Voce grave e aria da tragedia: come volevasi dimostrare, Marina sbuffò tra sé. «Vado semplicemente a casa di un'amica. Eri invitato anche tu.»

«E Cecilia?»

«Cecilia ha preannunciato da giorni che per lei questa è una sera come un'altra, vale a dire che alle dieci si ritirerà nella sua stanza.»

«E questo non ti sembra preoccupante? Non pensi che avresti dovuto fare qualcosa per farle cambiare idea?»

«Tua figlia è come te, scorbutica e asociale. E io ho rinunciato da un pezzo a lottare contro il vostro caratteraccio.»

«È così che nascondi la testa sotto la sabbia per non vedere i giganteschi problemi di Cecilia? Convincendoti che dipendano dal suo *caratteraccio*?» Andrea era furibondo.

«Se pensi di avere una figlia tenera, docile e gentile, sei tu che...»

«Marina, non ho voglia di litigare. Adesso vieni con me da Cecilia, e insieme cerchiamo di convincerla a trascorrere una serata decente. Avrei pensato di portarla a cena fuori e poi a un cinema.»

«Non essere patetico! Ha rifiutato di andare a casa della sua amica, tra ragazzi della sua età, e pensi che dica sì a noi? E poi, ti sembra *decente* un fine d'anno trascorso con mamma e papà?»

«Ma che razza di madre sei? Non riesci proprio a capire che in questo momento Cecilia ha bisogno soltanto di noi?»

«Io sono sempre disponibile, anche a essere svillaneggiata e ignorata. Ma non *stasera*. Stasera vado a casa di Carmen. Punto e basta.»

«E invece uscirai con me e con tua figlia.»

«Altrimenti?...» Marina lo sfidò.

«Altrimenti non rimetterai più piede in questa casa.»

«Non credo che il giudice Sala sarebbe d'accordo. Ci siamo impegnati a restare insieme, non dimenticarlo.»

Andrea fissò la moglie scuotendo la testa. «Sei proprio una piccola donna. Vai pure a quella festa o dove diavolo ti pare.» Si fece da un lato per farla passare.

Marina fu la prima ad arrivare a casa di Carmen. «Ho giusto il tempo per ritrovare la calma e rilassarmi» sospirò allungandosi sul divano. Raccontò all'amica la sgradevole scenata che era stata costretta a subire. «I musi lunghi e le provocazioni di mia figlia non bastano, adesso ci si mette anche Andrea a complicarmi la vita!»

«Devi soltanto aspettare che gli passi la sbandata per Chiara Basile. Il giudice gli ha portato via il bel giocattolo proprio quando stava per prenderselo: ovvio che pesti i piedi e faccia i capricci!»

«Parli come se io fossi una moglie affranta o smaniosa di riconquistare il traditore. Delle sbandate di Andrea non mi importa niente, quello che voglio è vivere tranquilla fino a quando non sarà arrivato il momento di divorziare.»

«Tu sei pazza!» l'amica sbottò. «Dai mariti come il tuo non si divorzia *mai*: sarebbe come buttare dalla finestra il biglietto vincente di una lotteria. Dove lo trovi, un altro come lui? Andrea ti dà benessere, prestigio sociale, sicurezza. Non bastasse, è anche uno splendido uomo...»

«Però Andrea non mi dà molte altre cose altrettanto importanti, cara Carmen.»

«E tu prenditele fuori dal matrimonio! Ma non comportarti come un'adolescente romantica o una irresponsabile, mettendo in gioco quello che hai.»

«Io voglio rischiare quello che ho per avere ancora di più» Marina disse quasi solennemente.

Carmen la guardò dritto negli occhi. «Se pensi a Bruno Marques, stai prendendo la più colossale cantonata della tua vita.»

«Che cosa ne sai di lui?» Marina reagì, irritata.

«Quello che dicono le sue ex fiamme: è l'uomo del genere "scopa e scappa" nel senso più stretto: sono pochissime quelle che sono riuscite a portargli il caffè a letto. Di norma, dopo il trattamento di grande passione, torna a dormire a casa sua e si rifà vivo per il trattamento successivo. A passione esaurita, sparisce per sempre.»

«Prima o poi troverà pure quella con cui fermarsi.»

«Questo è sicuro: fra una quindicina d'anni, quando avrà voglia di un piccolo antiquario per perpetuare il commercio dei Marques e il fisico non reggerà più alle notti interrotte dal cambio di letto, sposerà una splendida ventenne e si fermerà.»

«E se si innamorasse prima? Potrebbe succedere anche questo.»

Carmen la guardò quasi con commiserazione. «Se non è successo con la Basile, non succederà certamente con te. Quella Chiara è la tipica vedova onesta, bella e dolente che scatena la smania di protezione e gli istinti migliori. Eppure, a quanto risulta, Marques l'ha mollata e lei è di nuovo sulla piazza.»

«Quella Chiara è semplicemente una pizza. Nessun uomo normale può reggerla.»

«Marina, se posso darti un consiglio, continua a tenerla lontana da Andrea. Vivi pure la tua storiella con Marques, ma non perdere di vista tuo marito e sii prudente. Soprattutto non farti illusioni.»

«Bruno sembra molto interessato a me.»

«Lo è di certo, nessun uomo inizia un'avventura con una donna che non gli interessa.»

Marina fece per replicare qualcosa, ma Carmen si alzò dal divano per andare a ricevere una coppia di amici. Nel giro di venti minuti, il soggiorno si affollò di persone. Marina riconobbe alcuni fotografi di moda, un paio di giornalisti, una presentatrice televisiva e una ex indossatrice inglese che era stata al top molti anni prima, nello stesso periodo della Grandi. Ma non conosceva nessuno degli ospiti, se non di vista, e cominciò ad aggirarsi innervosita e a disagio tra i gruppetti che si erano andati via via formando. E se Bruno all'ultimo momento avesse deciso di non venire?

Il dubbio stava diventando certezza quando lo vide varcare la soglia del salone insieme con Paolo Lenzi. Frenò l'impulso di corrergli incontro e, con un pretesto, si introdusse goffamente nel discorso di una coppia che era a pochi passi da lei. Non voleva far capire a Bruno Marques di aver atteso il suo arrivo sola e come un'anima in pena. Con la coda dell'occhio lo vide dare la mano a Carmen, fare gesti di saluto a persone che evidentemente conosceva e, finalmente, muoversi verso il centro della stanza.

Fu fermato da una donna non più giovane, evidentemente una cliente del suo negozio, e poi dalla ex top model di origine inglese: una vecchia fiamma? Infine, quando ormai Marina cominciava a fremere d'impazienza, Bruno lanciò un'occhiata circolare e la vide. Lei si congedò con enfasi dalla coppia, imponendosi di indugiare qualche istante. Poi, molto lentamente gli andò incontro. «Sei arrivato da molto?» gli chiese, in tono leggero.

«Pochi minuti fa. Sei bellissima.»

Furono interrotti dalla voce alta di Carmen che invitava gli ospiti a trasferirsi nella saletta accanto, dove era stato predisposto il tavolo buffet per la cena. «Servitevi da soli, ma ricordate che tra un'ora arriva il disc-jockey e daremo il via alle danze!» concluse allegramente.

Bruno Marques fece una faccia terrorizzata. «Carmen ci ha scambiato per ragazzini...»

Marina, sorridendo: «Non siamo poi tanto vecchi!».

«Il fatto è che detesto in egual misura cenare in piedi e ballare. Che cosa ne diresti di tagliare la corda?»

«Carmen ci resterebbe malissimo... E poi l'ultima notte dell'anno troveremmo chiasso e danze ovunque!»

«Non a casa mia.»

Quell'invito così esplicito, dopo appena due volte che si vedevano da soli, la gettò sull'orlo del panico. Bruno non era l'uomo da accettare rifiuti, d'altra parte era imbarazzante dover acconsentire immediatamente, scavalcando tutta la fase dei preliminari e delle schermaglie.

«Allora, vieni via con me o rimani?» La voce impaziente di Bruno.

«A una certa ora debbo rientrare... Forse sarebbe meglio che rimand...»

«Non ti ho chiesto di venire a convivere con me. A una certa ora chiameremo un taxi e tornerai a casa tua.»

«D'accordo. Vado a salutare Carmen.»

La prese per un braccio. «Non si accorgerà nemmeno che ce ne siamo andati.»

Con grande sollievo di Marina, come Bruno la fece entrare in casa istantaneamente si trasformò. I modi bruschi lasciarono il posto a una cortesia squisita e sparì ogni traccia dell'imbarazzante frettolosità dell'approccio.

L'uomo la aiutò a sfilare la pelliccia e la condusse in soggiorno, invitandola a sedersi e a rilassarsi mentre lui andava in cucina a vedere di organizzare qualcosa per la cena. Rifiutò il suo aiuto. E la sorprese quando pochi minuti dopo tornò con un vassoio di tartine assortite ricoperte di caviale e salmone.

Mangiarono senza fretta e conversarono come due vecchi amici. Quando lui le cinse le spalle e la guidò verso la stanza da letto, era ormai completamente rilassata e rassicurata. Le parve naturale spogliarsi e vederlo fare altrettanto. E più tardi capì perché le donne facevano pazzie per lui: Bruno era un amante appassionato, ma senza fretta. Era eccitante sentire le sue dita percorrere tutto il corpo indugiando curiose e carezzevoli nelle zone più segrete... Quando finalmente entrò in lei, lo accolse con un gemito liberatorio. Nessuno l'aveva mai posseduta con tanta frenesia e tanta sapienza. Io voglio questo uomo, pensò quando lui si sollevò dal suo corpo e si sdraiò al suo fianco. All'improvviso capiva di volerlo non soltanto perché accanto a lui avrebbe potuto finalmente condurre una vita divertente e appagante. L'avesse anche tenuta rinchiusa in una stanza, non le sarebbe importato nulla purché ogni sera fosse rientrato per amarla in quello stesso modo esaltante. Con Bruno aveva scoperto l'orgoglio di avere un corpo capace di dare e ricevere piacere. Per la prima volta si sentiva femmina.

«Vuoi bere qualcosa?» lui disse a un tratto.

«No, grazie. Che ore sono?»

Bruno guardò l'orologio. «Le due. Forse è l'ora che tu...»

«Buon anno, amore.»

«Anche a te.» Si infilò una vestaglia e scese dal letto. «Vado a bere un bicchier d'acqua. Se hai bisogno del bagno, è dietro quella porta a destra.»

Marina fece una rapida doccia e si rivestì.

Bruno la stava aspettando in soggiorno, la testa reclinata sul divano e un bicchiere d'acqua minerale in mano. «Vuoi che ti chiami un taxi? Spero che non ti dispiaccia se non ti accompagno...»

«Posso fermarmi ancora un po', sono soltanto le due e mezza.» Si sedette accanto a lui. «È stato il fine anno più eccitante della mia vita...» sussurrò sfiorandogli un braccio.

«Diciamo che l'abbiamo trascorso nel migliore dei modi possibili. Non sopporto le feste obbligatorie.»

«E che cos'altro non sopporti?» Il tono di Marina era intimo e confidenziale.

«A che vale parlarne? Si tratta di idiosincrasie inoffensive, visto che sono sempre riuscito ad aggirarle o neutralizzarle.»

«Allora giriamo la domanda: che cosa ti entusiasma e ti coinvolge di più?»

«Niente di prestabilito. Sono un fruitore di emozioni e di entusiasmi casuali, nel senso che mi appassiono quando capita.»

«Questo nostro incontro è frutto del caso?» Marina chiese con malizia.

Bruno Marques le rivolse un breve sorriso. «Ho accettato l'invito di Carmen soltanto per poterti prelevare e portare qui. Il caso mi ha fatto conoscere una bella signora e io ho deciso di andare oltre.»

Marina arrossì di soddisfazione. «In quindici anni di matrimonio, questa è la terza volta che tradisco mio marito» tenne subito a precisare. «Di regola, non mi lascio coinvolgere con tanta facilità.»

«Chi erano gli altri due?»

Marina si strinse nelle spalle. «Nemmeno me ne ricordo, sono state storie brevi senza importanza. Il mio matrimonio non è mai stato gratificante e felice.»

«Nessun matrimonio lo è, una volta che la passione se n'è andata.»

«Purtroppo tra me e Andrea è mancata anche quella. Ci siamo sposati perché ero incinta.»

«Capisco.» Guardò l'orologio. «Non si sta facendo troppo tardi per te?»

«Parlami di Chiara Basile» Marina disse, senza alcun nesso.

Bruno la fissò stupito. «Che c'entra Chiara?»

«Hai avuto una lunga relazione con lei. E mio marito era addirittura deciso a divorziare per amor suo. È normale che io sia curiosa. È brava a letto? Che cosa la rende tanto irresistibile? E tu, perché l'hai lasciata?»

«È stata lei a lasciarmi.»

Marina rimase letteralmente a bocca aperta. «Non è possibile!» Tacque qualche istante. «Ne hai sofferto molto?»

«Al contrario, ho provato molto sollievo. Stavo rischiando di legarmi troppo a lei. Che cosa la renda "irresistibile", come dici tu, non lo so. Forse l'essere del tutto priva di seduzione consapevole. Insomma, non fa nulla per piacere a un uomo, ed è assolutamente indifferente alle reazioni che suscita.»

«È una strategia vecchia come il mondo» Marina osservò acidamente. Era bastato portare il discorso su quella donna perché Bruno subito diventasse discorsivo e loquace. D'un tratto ebbe paura di quello che avrebbe potuto aggiungere, se lei avesse proseguito a fargli domande sulla Basile. E a quel punto non sapeva di che cosa altro parlare, per vederlo ugualmente interessato. Decise che la cosa più saggia era andarsene. Guardò l'orologio. «Forse è arrivato il momento di chiamare un taxi.»

Bruno assentì. «In effetti si è fatto tardi. Avremo altre occasioni per stare insieme.»

Marina evitò con cura di sollecitare un impegno meno generico. Gli piacevano le donne controllate e sfuggenti? Lei si sarebbe adeguata.

XVIII

La mattina di Capodanno Chiara si svegliò, per la prima volta, senza la solita fitta di nausea che la costringeva a correre in bagno. Aprì le finestre e vide che era una bellissima giornata. Decise di uscire per fare due passi. Nel suo stato, un po' di moto e di aria ossigenata erano salutari e di lì in avanti si sarebbe imposta come regola una breve passeggiata quotidiana. Scese le scale a piedi e fece per due volte il giro dell'isolato, inspirando a pieni polmoni. Vide che il bar di fronte era aperto e attraversò il marciapiede per raggiungerlo. Era rimasto un tavolino all'aperto: vi si sedette e ordinò un cappuccino con una brioche.

Quando tornò a casa, la segreteria telefonica indicava tre chiamate. Premette il tasto dell'ascolto. Mino Binelli voleva sapere come stava e l'avvertiva che anche quel giorno sarebbe rimasto di servizio. Paolo Lenzi, dopo averle fatto gli auguri, la pregava di arrivare all'indomani in negozio un'ora prima dell'orario di apertura per coordinare la mostra delle bambole.

La terza telefonata era di Cecilia Morello: «Mi manchi, ti voglio bene e ti faccio tantissimi auguri di buon anno». Cecilia aveva parlato sottovoce e in fretta, come se avesse avuto paura di essere ascoltata o sorpresa mentre lasciava quel messaggio. Anch'io ti voglio tanto bene e sento la tua mancanza, Chiara pensò. Prese carta e penna e le scrisse due righe per ringraziarla, riproponendosi di dare la busta al capitano Binelli perché gliela consegnasse di persona.

A mezzogiorno si preparò una bistecca con dell'insalata e, messo il piatto su un vassoio, andò a mangiare davanti al televisore. Il suo senso di solitudine era svanito, era con suo figlio, finalmente. E ne avvertiva la presenza. Si sentiva serena, in armonia con se stessa. Nel pomeriggio decise di fare un po' di ordine in casa, incominciando dalla libreria. Ne avrebbe approfittato per scartare e mettere da una parte tutti i libri e gli oggetti che non avrebbe portato con sé al momento di trasferirsi. Raccolse i capelli sotto un foulard, infilò un grembiule e si mise pazientemente all'opera, via via sempre più sorpresa per la quantità di cose inutili che si erano ammucchiate in neppure due anni.

Il suono del campanello la costrinse a interrompersi. Chi poteva essere, il pomeriggio di Capodanno? Attraverso lo spioncino scorse il viso di Bruno Marques. «Che sorpresa» disse, aprendogli la porta.

Bruno le porse una bottiglia di champagne. «Vuoi metterla in fresco? Spero che non sia troppo tardi per un brindisi.»

«No, certo.» Con una mano prese la bottiglia e con l'altra si sfilò il foulard. «Scusa, stavo facendo le pulizie. Accomodati, conosci la strada...»

Andò in cucina a mettere lo champagne nel frigorifero e lo raggiunse. «Paolo Lenzi mi ha già avvertita di arrivare prima, domattina.»

«Non sono qui per parlare di lavoro. Avevo voglia di stare un po' con te, ecco tutto.»

Chiara gli sorrise, per nulla imbarazzata. Qualsiasi altra donna lo sarebbe stata, Marques pensò: soprattutto di fronte a un uomo che non sapeva che cosa dire e se ne stava lì a guardarla come lui faceva in quel momento. Si sentì vagamente ridicolo. «Che cosa hai fatto ieri sera?» le chiese tanto per dire qualcosa.

«Sono rimasta a casa a guardare la televisione.»

«Mi dispiace. Avrei dovuto...»

«Guarda che non volevo farmi compiangere. Tutt'altro. Trascinata prima da mia sorella e poi da mio marito, ho sperimentato tutti i modi possibili per aspettare l'anno nuovo: ballando, cenando, giocando a tombola o a carte, andando in montagna. E persino facendo l'amore. Purtroppo niente ha mai funzionato: il 31 dicembre mi assale una tristezza paralizzante. Così invasiva che me la sento persino dentro le ossa.»

«Starsene soli a casa è peggio!» Bruno osservò.

«Tutt'altro. Per me il supplizio si abbrevia perché posso andare a letto presto e risparmiarmi il momento più orribile: il brindisi di mezzanotte. In mezzo alla gente che ride e fa festa, mi sento un'aliena. Mentre tutti inneggiano all'anno nuovo, io dico tristemente addio a quello vecchio. Unica a seppellirlo con affetto e nostalgia...»

«Sei buffa...»

«No, sono una frana.»

«Ti prometto che l'anno prossimo verrò qui e faremo un funerale come si deve al povero vecchietto. Io e te soli...»

«Chissà dove sarò, l'anno prossimo.»

«E dove vuoi essere?» rise lui. Si accorse che Chiara aveva una espressione strana, come sfuggente. «Hai qualche progetto di cui non mi hai ancora parlato, oppure è una frase tanto per dire?» chiese, facendosi di colpo serio.

Chiara esitò qualche istante. Poi, sollevando gli occhi: «Ho deciso di andarmene da Roma. Molto presto».

«Per andare dove? E perché?» l'aggredì, quasi.

«Per il momento non posso spiegarti. E vorrei che non mi facessi domande.»

«Hai preso questa decisione senza dirmi niente? E che cosa aspettavi a parlarmene?»

«Lo avrei fatto dopo la mostra delle bambole.»

«Credevo di essere il tuo migliore amico. Così, almeno, mi avevi assicurato la famosa sera in cui mi lasciasti.»

«E difatti lo sei.»

«Gli amici servono per confidarsi, chiedere aiuto, avere dei buoni consigli!» Bruno replicò in tono offeso.

Chiara sorrise: «Non quelli occupatissimi e sempre assenti. Negli ultimi tempi abbiamo avuto ben poche occasioni per parlare».

«Hai ragione. Ma adesso sono qui e puoi farlo.»

«È un discorso lungo e difficile. E non mi sento ancora pronta per farlo.»

Bruno strinse gli occhi. «Forse non è necessario. Dietro la tua decisione c'è Andrea Morello, vero?»

«Ti ho pregato di non farmi domande...»

«D'accordo. In ogni modo, sappi che non ti permetterò di fare un colpo di testa o un salto nel buio soltanto per sfuggire a un uomo sposato. Il matrimonio di Morello non può durare ancora molto a lungo, e se proprio lo ami non ti resta che avere un po' di pazienza.»

«Bruno, non voglio parlare di lui. E di nessun argomento personale in genere.»

«Dimmi almeno quando vorresti trasferirti.»

«Entro gennaio.»

Bruno sobbalzò. «Così presto?»

«Sì. Credo che lo champagne si sia ghiacciato abbastanza. Vogliamo fare il famoso brindisi?»

Al mattino successivo Chiara arrivò in negozio alle 8 e 15 e, insieme con Lenzi, trovò anche Bruno. Le bambole da esporre erano già state fotografate in Francia, dal loro proprietario, e Bruno le mostrò le immagini. «Ho avuto anche i negativi: ne faremo stampare più copie e le distribuiremo in sostituzione del catalogo, incollando sul retro una fascetta con tutte le indicazioni necessarie.»

«Mancano le fotografie delle nostre bambole e quelle che hai detto di voler aggiungere e mettere all'asta.»

«Occupatene tu. Dovresti contattare anche qualcuno del *Messaggero*: un articolino sulle bambole e sulla mostra ci aiuterebbe molto.»

Bruno si stava comportando come se avesse dimenticato l'incontro del giorno prima. E anche in quelli che seguirono i suoi contatti con Chiara furono rigorosamente professionali.

Il 5 gennaio, come d'accordo con il capitano Binelli, Chiara andò in caserma per il tentato riconoscimento di Fabio Garoppi. E Bruno volle accompagnarla. Chiara non avrebbe mai dimenticato quell'orribile ragazzo: labbra sottili, sguardo sfrontato e sorriso irridente, le sembrò il ritratto del male. Era istintivamente, visceralmente certa della sua colpevolezza, ma purtroppo non l'aveva mai visto prima di quella volta. E dovette onestamente dirlo a Binelli.

Il giorno prima che l'asta avesse inizio Bruno le mostrò una rara e stupenda icona russa in oro zecchino e platino.

«Tra sei mesi vorrei riuscire a organizzare una mostra antologica di icone: preparati a un lavoro enorme» le disse.

«Hai dimenticato che tra sei mesi io non sarò più qui» Chiara osservò, calma.

«Non dire sciocchezze. Io e te dobbiamo ancora parlare.»

Stava per ribattere qualcosa, quando vide avanzare verso di loro Paolo Lenzi, accompagnato da Marina Morello. La vista della moglie di Andrea le causò un turbamento spropositato, e notò che anche Bruno sembrava curiosamente infastidito. Di certo era a disagio per causa sua. Chiara si impose di stare calma e, come la donna le fu vicina, le rivolse il sorriso più cordiale che poté. Poi, in tono naturale: «Io devo tornare al mio lavoro, Bruno».

«Non mi abbandoni, la prego!» Marina la fermò. «Cercavo proprio lei. Domani è il compleanno di mia suocera e Andrea mi ha pregato di scegliere qualcosa da regalarle.»

«Posso aiutarla io» Bruno intervenne pronto.

Marina si rivolse a Chiara: «Preferisco che mi consigli lei. Le assicuro che non le farò perdere molto tempo».

«Va bene, mi segua.» Accorgendosi di essere stata quasi sgarbata, aggiunse gentilmente: «Faccia pure con calma. Ha un'idea precisa sull'oggetto da regalare?».

«Purtroppo no. So che lei ha conosciuto mia suocera, e certamente avrà capito che è una donna ipercritica e viziata.»

Chiara preferì non rispondere. «Alle donne anziane piacciono molto le spille. Vuole che gliene mostri qualcuna?»

«Non ha qualche idea alternativa, un po' più... originale?»

«Non conosco abbastanza sua suocera per sapere che gusti ha.»

Marina non sembrò raccogliere la nota polemica. «Giusto» replicò con un sorriso. «La madre di mio marito ama molto la casa e i soprammobili in genere.»

«Allora potrei farle vedere qualche bel cuscino foderato con pezzi intatti di vecchi tappeti caucasici. Oppure una mini collezione di elefantini in argento e pietre dure. Oppure una deliziosa abat-jour stile liberty di Tiffany. Oppure...»

«Lei è di una pazienza encomiabile» Marina la interruppe rivolgendole un altro sorriso. «La ringrazio davvero. Prosegua pure l'elenco.»

«Se sua suocera ama i soprammobili in avorio, ne abbiamo di molto belli. Ci sono anche dei vecchi ventagli. Oppure posso mostrarle delle scatole portagioie in lacca con intarsi di madreperla.»

«Bruno Marques è davvero fortunato: lei è una collaboratrice eccezionale. Vada pure avanti.»

Chiara stava per riprendere l'elenco, facendo appello a tutta la sua capacità di autocontrollo, quando Paolo Lenzi intervenne provvidenzialmente. «Ti chiamano al telefono nell'ufficio di Bruno. Alla signora penso io.»

Chiara si congedò dalla moglie di Andrea e si allontanò in gran fretta. Come entrò nell'ufficio di Bruno, lui le indicò una sedia. «Rilassati, non c'è nessuna telefonata in arrivo. Immaginando che tu fossi in difficoltà, ho mandato Paolo Lenzi a chiamarti con una scusa.»

«Ti sei meritato la mia eterna gratitudine. Altri due minuti, e sarei crollata.» Nonostante il tono scherzoso, Chiara era stata davvero disturbata da quell'incontro: sentiva le tempie pulsare e uno strano tremolio per tutto il corpo.

Bruno Marques parve accorgersene. «Vuoi che usciamo a prendere una boccata d'aria?»

Lei fece di no con la testa. «No,» disse poi ad alta voce «preferisco stare seduta qui.» Le tremò la voce e gli occhi le si riempirono di lacrime.

«Chiara, che cosa c'è? Quella idiota ti ha offeso? Ti ha detto qualcosa che ti ha preoccupato, addolorato?»

«No, no. Lei non c'entra.»

«Chiara, sono giorni che ti osservo. Tu hai qualcosa che non vuoi dirmi, qualcosa di grave che ti preoccupa...»

Lei gli sorrise tra le lacrime. «Perché mai non mi sono innamorata di te?»

«È quello che mi chiedo anch'io. Ma in questo momento c'è una risposta che mi sta ancora più a cuore: che cosa ti è successo, Chiara?»

«Sono incinta.» Finalmente l'aveva detto.

«Oh, Cristo... Inutile chiederti chi è il padre.»

«Già. A questo punto è inutile anche chiedermi perché

devo assolutamente cambiare città. Andrea Morello non sa nulla e non voglio che venga a saperlo. Mai.»

«Lo stimi così poco?» Bruno aveva ritrovato il controllo.

«Al contrario. Proprio perché so quanto è responsabile e onesto non voglio spezzargli il cuore costringendolo a scegliere tra due figli.»

«E così decidi tu per lui, portandogliene via uno. Peggio ancora, tenendogli nascosta la sua esistenza. Non ti sembra disonesto?»

«Mai come dirgli tutto. Sapendo quanto mi ama, e quanto si preoccupa per me, equivarrebbe metterlo con le spalle al muro. Sicuramente si separerebbe dalla moglie e Cecilia ne farebbe le spese.»

«Chiara, te l'ho già detto: il matrimonio dei Morello ha comunque i giorni contati.»

«Sbagli! Per amore di sua figlia lui è disposto a subire qualsiasi infelicità, qualsiasi violenza. Soltanto io so quanto gli è costato rinunciare a un nostro futuro insieme. Eppure non ha esitato a farlo.»

«Se avesse saputo che aspetti un bambino, non lo avrebbe mai fatto. Gli sarebbe parsa l'unica violenza inaccettabile.»

«Bruno, io ho la certezza di aver scelto nel modo migliore per tutti.»

«Ma non per te! Quel che vuoi fare è pazzesco: trasferirti chissà dove, senza una casa né un lavoro, ad aspettare che nasca il bambino. Io te lo impedirò, Chiara.»

«Non puoi.»

«Sì che posso, invece. Prova soltanto ad andartene, e io corro da Morello a dirgli tutto.»

«Ti rendi conto che questo è un ricatto?»

«Perfettamente. E sono lieto che tu l'abbia capito.»

«Se tu soltanto osi dire ad Andrea o a qualsiasi altra persona quello che ti ho confidato, ti giuro che...»

«Tacerò soltanto se rimarrai qui.»

«Ma come faccio? Tra un mese al massimo non potrò più nascondere il mio stato... E fatalmente Andrea verrà a sapere che aspetto un figlio suo!» Quello di Chiara era quasi un urlo di dolore.

Bruno la guardò in uno strano modo. «Verrà a sapere soltanto che aspetti un figlio: non necessariamente *suo*.»

«Andrea sa bene che non potrebbe essere altrimenti.»

«È sufficiente che tu gli tolga questa certezza.»

Chiara impiegò parecchi istanti per afferrare il senso di ciò che Bruno le stava proponendo, e quando ciò avvenne sul suo volto si dipinsero incredulità e orrore. «In pratica dovrei fargli credere che mentre stavo con lui e facevamo progetti per il nostro futuro andavo anche con altri uomini!»

«Non essere così grandiosa» Bruno sdrammatizzò con un sorriso. «Basta un uomo solo.»

«Chi è il pazzo, tra noi due? Non riuscirei a fare una cosa simile neppure se...»

«Neppure se fosse l'unico modo per tenere Morello lontano da te e per evitare di buttarti allo sbaraglio insieme col bambino che aspetti?»

Chiara scosse la testa. «Non crederà mai che io abbia potuto tradirlo.»

«Qui sbagli tu. Il grande amore rende gli uomini imbecilli e insicuri. Insomma, più un maschio ama e più sono le nefandezze che riesce a ritenere compatibili con la donna amata.»

«Andrea non ha una mente tanto tortuosa! E soprattutto non è un imbecille» Chiara protestò con veemenza.

«Prova a dirgli, nel caso si rivelasse necessario, che il padre del bambino sono io. Scommettiamo che ci crede?»

«Impossibile. Sa bene che ti avevo lasciato molto prima di...» si interruppe di colpo. «Tu ti presteresti a questa messa in scena? Spacciandoti per il padre di un figlio non tuo?»

«Non credo che la mia reputazione ne uscirebbe distrutta.»

«Rispondimi sinceramente: perché sei disposto a fare tutto questo per me?» Chiara chiese guardandolo negli occhi.

«Perché sei la donna migliore che ho conosciuto e non sopporto di vederti soffrire ancora.»

«Che cosa non ha funzionato tra noi, Bruno?» Chiara sospirò.

«La paura. Tu eri troppo impegnativa per me, io troppo inaffidabile per te. È stato un brutto colpo per il mio orgoglio di maschio l'essere lasciato, ma in cuor mio ho provato il sollievo dello scampato pericolo: se mi fossi innamorato di te sino al punto di sposarti, avrei vissuto con un castrante senso di inadeguatezza. E tu ti saresti scoperta infelice e delusa. Ho impiegato molto tempo per chiarire tutto questo e alla fine sono arrivato alla conclusione illuminante: ti voglio un bene dell'anima. Sei il migliore amico che abbia mai avuto.»

«Lo stesso vale per me. Anch'io ti voglio un bene dell'anima.»

«Allora non chiedermi più perché farei *di tutto* pur di aiutarti.»

Chiara si ritrovò di nuovo con gli occhi pieni di lacrime. «Sono diventata molto fragile... Cerca di non darmi più emozioni tanto forti» tentò di scherzare.

Bruno si alzò. «Vieni, per oggi basta anche lavoro. Ti accompagno a casa.»

«Ho ancora tre bambole da catalogare e fascettare, e inoltre...»

«Se fai la cattiva, chiamo Marina Morello e ti faccio mangiare!» Bruno la minacciò.

Quella sera il capitano Binelli le telefonò per dirle che Fabio Garoppi era stato prosciolto in istruttoria e che era caduto ogni provvedimento restrittivo o di custodia nei confronti di Cecilia, in quanto considerata vittima plagiata e raggirata dei rapinatori. La sua testimonianza contro Fabio di conseguenza non aveva potuto trovare credito, non essendovi stata una sua partecipazione complice nel piano criminoso. I due colpevoli certi erano morti tragicamente, e il caso era considerato chiuso.

Chiara ringraziò Binelli per averla informata. Non riusciva a sentirsi né amareggiata né triste: il processo non le avrebbe mai restituito Sara. E un risvolto positivo esisteva comunque: finalmente Cecilia avrebbe potuto riprendere un'esistenza normale.

Al mattino seguente Chiara si svegliò avvertendo delle dolorose fitte al basso ventre. Nonostante fosse molto presto, telefonò al ginecologo. Era terrorizzata. Il ginecologo le fissò un appuntamento per le dieci. Alle nove Chiara telefonò in negozio per avvertire che sarebbe arrivata in ritardo e si preparò a quell'appuntamento col cuore stretto dall'angoscia, pregando silenziosamente Dio che non si trattasse di una minaccia d'aborto.

Il ginecologo, dopo averla visitata, la tranquillizzò: tutto procedeva nel migliore dei modi, quelle fitte erano causate da una lieve contrazione uterina che rientrava nei normali disturbi della gravidanza. Le prescrisse alcune gocce e una giornata di riposo. Chiara richiamò il negozio e spiegò a Bruno, mortificata, che non avrebbe potuto far conto su di lei per tutto il giorno. Ci sarebbe stata soltanto per l'asta di quella sera.

«Non preoccuparti, ce la caveremo ugualmente. Hai organizzato tutto talmente bene che quella di oggi sarà una passeggiata!» Bruno le disse gentilmente. La chiamò a mezzogiorno per sapere come stava. Alle 18 la chiamò di nuovo: metà delle bambole esposte erano state vendute nel corso della giornata, e l'asta si preannunciava affollatissima.

Chiara ricordò in quel momento che il giorno prima, turbata dall'incontro con Marina Morello e costretta da Bruno a lasciare in gran fretta il negozio, aveva dimenticato di portare via la vecchia bambola che lui le aveva regalato. L'ultimo giocattolo di Sara. «Deve essere ancora nel tuo ufficio» Chiara gli spiegò ansiosamente. «Mettila subito via, se non l'hai ancora fatto.»

Un improvviso silenzio dall'altro capo del filo.

«Bruno, mi hai sentito?»

«Sì. Temo che sia successo un maledetto pasticcio...»

«Di quale pasticcio parli?»

«Non vedo più la tua bambola. E non vorrei che qualcuno del personale, per sbaglio, l'avesse catalogata e messa in vendita.»

«Accertati subito che non sia così! Fai delle ricerche!»

«Puoi contarci» Bruno rispose riattaccando.

XIX

Marina Morello talvolta aveva la convinzione di essere dotata di poteri paranormali. Di certo possedeva un fiuto infallibile per captare, subodorare, vedere dietro. E anche quando non era cosciente, l'istinto lavorava per lei. Che cosa altro era stato, se non un provvido istinto, a farle mettere le mani sulla vecchia bambola posata sulla scrivania di Bruno Marques? Dopo aver girato per tutto il negozio, prima con la Basile e poi con Paolo Lenzi, era entrata nel suo ufficio per salutarlo. Bruno se n'era andato. Ma durante quella brevissima sosta l'occhio le era caduto per l'appunto su quella bamboletta.

«È in vendita?» aveva chiesto a Lenzi.

«Non so. Probabilmente ha qualche difetto e non è stata messa all'asta. Oppure deve essere ancora catalogata...»

«Vorrei comprarla io. È possibile?»

«Certo, tutto quello che è nel negozio è in vendita. Solo che devi aspettare: ignoro il prezzo e l'origine di questa...»

«Vorrei averla subito.» Oh, ineffabile fiuto...

Paolo aveva preso in mano la bamboletta, perplesso. «Non è facile fare una valutazione precisa, sui due piedi.»

«Avrai pure in catalogo bambole simili. Basta vedere che prezzo hanno...»

Nel firmare un assegno per due milioni si era sentita una cretina, o una pazza. Tornata a casa, aveva rinchiuso quella inutile pupattola in un cassetto e se n'era dimenticata.

Adesso, da due ore, la pupattola sembrava diventata un affare di stato. Quando Paolo Lenzi le aveva fatto la prima telefonata, dicendole che c'era stato uno sbaglio e sarebbe passato subito da lei a restituirle l'assegno e a riprendersi la bambola, era stata sul punto di dire sì. Persino sollevata dal poter riparare a un acquisto tanto dissennato. Ma *qualcosa* l'aveva trattenuta. «Ci penserò» aveva risposto, tenendosi sul vago.

Paolo aveva richiamato dopo un quarto d'ora. E poi dopo mezz'ora. E poi era subentrata Carmen a fare da mediatrice. Fino a quando, poco prima, era intervenuto Bruno Marques in persona. Da giorni la snobbava e si negava al telefono: Dio, la sottile gioia nel sentirlo quasi implorare!

Purtroppo Bruno aveva commesso un errore: dirle sinceramente che quella bambola rappresentava il più prezioso ricordo per Chiara Basile e che avrebbe sofferto enormemente se non l'avesse riavuta.

Il rifiuto per dispetto e per puntiglio di colpo aveva assunto una motivazione grandiosa: farla pagare a quella ladra di mariti. «L'ho pagata e non intendo restituirla per nessuna ragione» aveva detto riattaccando, senza nemmeno salutare.

Il telefono ricominciò a squillare. «Non alzi!» ordinò a Maria, la domestica. Smise di squillare nel momento in cui Andrea, appena rientrato dallo studio, stava per correre a rispondere. «Non hai sentito il telefono?» la apostrofò.

«Sì. È da un'ora che stanno sbagliando numero e...»

«Cecilia è fuori casa, potrebbe essere lei a chiamare, aver bisogno di qualcosa.»

«Cecilia è a casa di tua madre. Coccolata, al sicuro, con il pigiama, lo spazzolino da denti e un cambio di biancheria. Di che cosa d'altro dovrebbe avere bisogno?» rispose con sarcasmo.

Si erano appena seduti a tavola per la cena quando il telefono squillò di nuovo. Pochi istanti dopo Maria si avvicinò porgendo ad Andrea l'apparecchio portatile. «Cercano di lei. È urgente.»

«Sì, pronto?» Andrea disse.

Marina lo vide dapprima stupito e poi attentissimo. D'un tratto suo marito si alzò da tavola e andò a proseguire la conversazione in un'altra stanza. Evidentemente si trattava di una chiamata di lavoro, pensò sollevata.

Andrea tornò cinque minuti dopo, dirigendosi verso di

lei con il volto contratto dalla furia. «Vai subito a prendere la bambola» ringhiò.

«Di che cosa stai parlando? Di che cosa t'impicci?»

«Bruno Marques mi ha appena spiegato quello che è successo. Vai a prendere la bambola» ripeté con voce terribile.

L'istinto stavolta ordinò a Marina di eseguire immediatamente, senza osare aprire bocca.

Tornò un minuto dopo con la bambola tra le mani. «Eccola» disse lanciandola con malgarbo verso di lui.

Andrea afferrò la bambola al volo e le girò le spalle. Sua moglie lo rincorse. «Dove stai andando?»

«Da Bruno Marques a riportargliela.»

«La bambola l'ho comprata io. Gliela riporterò io.»

Andrea strinse le labbra. «Non ci penso nemmeno. Sei talmente meschina che uscita di qui la butteresti nel primo cassonetto simulando una aggressione o un furto.»

«Allora guida tu.»

Chiara si preparò per andare all'asta col cuore pieno di tristezza. Per quanto poco prima Bruno fosse stato rassicurante, conosceva troppo bene il morboso innamoramento e il senso di possesso dei collezionisti per sperare di riavere la bambola di Sara. Non rientrava tra quelle da vendere all'asta, perciò era stata esposta per tutto il giorno. Chiunque l'avesse apprezzata e acquistata, molto difficilmente se ne sarebbe separato. La sola speranza era che si trattasse di un cliente affezionato e amico.

Per l'ennesima volta in quel giorno si rimproverò di non averla messa al sicuro subito. Ma in coscienza sapeva di avere delle attenuanti. Quando Sara era in coma, l'ultimo dei pensieri era stato per la sua bambola. E in seguito gli eventi l'avevano deconcentrata e travolta. La sua colpa era stata scordarsi di portarla via dall'ufficio di Bruno dopo avergliela mostrata. Ma l'odiosa incursione in negozio di Marina Morello, e il difficile colloquio che era seguito con Bruno stesso, ancora una volta le avevano fatto dimenticare la bambola. E questo non riusciva a perdonarselo. Perdere l'ultimo giocattolo di Sara era come ripudiarla, cancellarla, buttarla fuori dalla sua nuova vita.

Quando Chiara arrivò in negozio, mancavano pochi minuti all'inizio dell'asta e il salone, come previsto, era affollatissimo.

Bruno stava conversando con l'antiquario francese e Paolo Lenzi era già sul palchetto, pronto a battere il primo esemplare. Chiara andò direttamente nel suo ufficio. Non se la sentiva di assistere all'avvio dell'asta, e d'altro canto ciò non era indispensabile. Il suo compito iniziava alla fine, e cioè al momento di concordare coi clienti la consegna degli oggetti aggiudicati con relative garanzie e incassare l'importo di quelli che venivano ritirati subito. Una assistente le recava via via l'elenco aggiornato delle aggiudicazioni col nome degli acquirenti e la cifra battuta: e lei, dopo aver trascritto il tutto in un apposito registro, passava a sua volta l'elenco a un impiegato per predisporre le fatturazioni.

Un tempo quel compito, apparentemente arido, l'aveva entusiasmata. Era eccitante toccare con mano l'alto gradimento di esemplari che aveva provveduto personalmente a fotografare, descrivere, mettere in mostra. Ma adesso il senso di estraneità dal lavoro che si era scelta si andava facendo giorno dopo giorno più alienante. Purtroppo non aveva altre alternative, almeno per i prossimi anni. Era stata insensata pensando di poter lasciare Roma: sarebbe equivalso davvero ad andare allo sbaraglio.

Dal salone le giunse la voce di Bruno che dava il benvenuto al pubblico e presentava l'antiquario Allieu, proprietario delle preziose bambole che stavano per essere offerte. Dopo qualche minuto le voci le arrivavano come suoni di cui non afferrò più il senso. Si isolò in un raccoglimento senza pensieri, pervasa da una malinconia così sottile e struggente che a un certo punto se ne sentì angosciata. *Doveva* reagire, se non l'avesse fatto immediatamente quella malinconia l'avrebbe inghiottita per sempre. Muoviti, vai nel salone, parla con qualcuno, si impose.

Si alzò di scatto dalla sedia e lo vide. Andrea. Era fermo a pochi passi da lei e la stava guardando.

Chiara chiuse gli occhi e inspirò a fondo. Quando li riaprì, Andrea stava venendo verso di lei. «Ti ho riportato la bambola di Sara» disse quando le fu di fronte.

Gliela porse. «Era stata venduta a Marina per sbaglio e... Non importa, quello che conta è che tu l'abbia di nuovo.» Parlava con voce sommessa, incapace di staccare gli occhi da lei.

Chiara prese la bambola e se la strinse contro il petto. «Grazie. Sei stato molto gentile.»

«Non faccio che pensare a te.»

«Non devi.»

«Chiara...»

«Non dirmi niente. Per piacere.»

«Scusami... Come stai?»

«Bene. E Cecilia come sta?»

«Bene... Cecilia sta bene.»

Chiara serrò le dita contro la bambola. «Adesso devi andare.»

«Soltanto un momento.»

Tacquero entrambi, l'uno di fronte all'altra, guardandosi con disperazione.

«Non era possibile, Andrea» lei mormorò abbassando gli occhi.

«Già. Il nostro senso del dovere» lui disse amaro.

«Io non sarei mai stata capace di...»

«Nemmeno io!» Andrea la interruppe, alzando la voce. «Passo notti insonni pensando a tutte le cose che non sono stato capace di fare perché un gigantesco senso del dovere mi ha paralizzato rendendomi rinunciatario, fragile e tremebondo. È come vivere dietro un muro e non osare fare un salto per andare a vedere che cosa c'è al di là... Forse compromessi giusti, diritti sacrosanti, altri doveri di cui non hai mai preso coscienza! Ma io non lo saprò mai. È questo che mi tormenta. Forse, oltre il muro, esisteva anche una possibilità onesta per noi due.»

Chiara lo guardò con tristezza. «Tua figlia sta da questa parte. Scavalcando il muro, l'avresti perduta.»

«Cecilia sta diventando donna in una casa dove non esistono rispetto e amore. È un bene per lei?»

«Questo è l'alibi di tutti i genitori che si separano. Il giudice Sala ha chiesto a te e a tua moglie di restare insieme perché ha capito che il vostro amore per Cecilia è più forte dei rancori che vi dividono. Una casa non è mai un deserto o un inferno, se esistono dei buoni sentimenti per i figli.»

«Cecilia odia sua madre» Andrea obiettò, torvo.

«Forse la disapprova, non le piace, non si sente capita. Ma nel momento più difficile della sua vita ha chiesto di tornare con lei e con te. Si è aggrappata alla sua famiglia. Se noi due gliela avessimo tolta, sarebbe andata alla deriva.»

«Ho tentato di volare e mi hai riportato coi piedi per terra» Andrea disse, la voce piena di sofferenza.

«Adesso vai, ti prego.» Si sentiva all'improvviso svuotata di ogni energia. Era stato terribile: aveva dovuto convincerlo a seppellirla.

Andrea allungò cautamente una mano verso di lei. «Se non ti tocco, impazzisco.»

«Oh, Dio...»

«Chiara, aiutami. Sono disperato.»

Si ritrovarono stretti in un abbraccio convulso. D'un tratto udirono due colpetti alla porta. Chiara si disciolse lentamente: «È l'assistente di Bruno. Devo lavorare... E tu devi andare».

«Che cosa altro *dobbiamo?*» lui proruppe con amaro sarcasmo.

Sopravvivere a questo distacco, rassegnarci, cercare di dimenticare, lei gli rispose silenziosamente. Poi, ad alta voce: «Avanti, entri pure Carla».

L'obbligo di concentrarsi nella trascrizione esatta di nomi, cifre, numeri di codice e di registrazione fu provvidenziale perché impedì a Chiara di pensare. Di tanto in tanto alzava gli occhi verso la bambola di Sara e il vederla lì, miracolosamente ritrovata, alleviava il suo senso di perdita.

Le aggiudicazioni si stavano susseguendo velocemente, e per alcune bambole a cifre enormemente superiori alla base d'asta. Alle 23,30 fu battuto l'ultimo esemplare e pochi minuti dopo Paolo Lenzi entrò nel suo ufficio. «Bruno ti aspetta nel salone per presentarti ad Allieu e poi riaccompagnarti a casa. Resterò qui io a darti il cambio.»

Chiara si infilò il cappotto e prese la bambola. «Grazie, buon lavoro!»

L'antiquario Allieu era un uomo sulla settantina dal volto abbronzato e solcato di rughe. A Chiara sembrò un vecchio lupo di mare: dai suoi occhi sprizzavano curiosità, gaiezza, simpatia. Le diede una vigorosa stretta di mano. «I miei complimenti, madame! Lei è stata *formidable*, un'organizzatrice eccezionale!»

Bruno intervenne ridendo: «Se non avessi potuto contare sull'aiuto di madame, avrei senz'altro respinto la tua proposta di questa vendita improvvisata e al volo!».

Chiara stava per dire qualcosa, quando vide Marina Morello avvicinarsi a loro. Anche Bruno la vide e si affrettò ad andarle incontro, quasi volesse fermarla. Ma Marina avanzò decisa verso Chiara. «Vedo che mio marito le ha già restituito la sua bambola» disse indicandogliela.

«Sì. E la ringrazio molto. So che l'aveva acquistata lei e...»

Bruno rivolse a Marina un sorriso. «La ringrazio anch'io. È stata davvero comprensiva e gentile.»

«Dovrebbe ricambiare la gentilezza dandomi un passaggio a casa. Mio marito è andato via e io sono senza macchina.»

Bruno esitò qualche istante. «Veramente dovrei parlare con il mio amico Allieu... A proposito, non ho ancora fatto le presentazioni.»

Marina strinse la mano dell'antiquario. «Molto lieta.» Poi, rivolgendosi nuovamente a Bruno: «Abito poco distante, dieci minuti e potrà essere di ritorno qui».

Come li vide allontanarsi, Chiara si chiese perché mai Marina avesse insistito tanto, e soprattutto perché a Bruno non fosse venuta in mente la soluzione più ovvia: chiamare un taxi. C'era qualcosa di strano nel suo modo di comportarsi con Marina.

Allieu la prese per un braccio: «Mentre aspettiamo il nostro amico, vogliamo sederci a parlare un poco?».

Quando Bruno tornò, un'ora dopo, l'antiquario le aveva praticamente fatto la storia di tutta la sua vita. Più tardi, dopo che lo ebbero riaccompagnato in albergo e risalirono in macchina, Bruno si scusò per il suo ritardo. «Quella Morello è una logorroica... Ci siamo fermati a parlare di antiquariato sotto casa sua e non sapevo come liberarmi di lei.»

«L'importante è che ci sia riuscito.»

«Ehi, che tono grave!»

«Bruno, sarebbe ignobile se mirassi a portartela a letto.»

«Ma come ti viene in mente una cosa del genere?»

«So quanto sei attratto dalle belle donne. Andrea sta disperatamente cercando di rimettere in piedi il suo matrimonio. Non rendere tutto più difficile.»

«Non so nemmeno perché mi fai questo discorso.»

«Non lo so nemmeno io.»

«Sono felice che la tua bambola sia stata ritrovata, Chiara...»

«Anch'io. Non sai quanto. Ma come era finita in mano di Marina Morello?»

«Paolo Lenzi credeva che fosse in vendita e gliel'ha data. Per fortuna se ne è ricordato e abbiamo potuto rimediare.»

XX

L'ultima mattina di febbraio Chiara capì che il suo stato di gravidanza era ormai evidente. Un signore anziano, in autobus, si alzò per cederle il posto e prima di scendere le fece gli auguri. Era arrivato il momento più critico: confermare che aspettava un figlio e affrontare la silenziosa curiosità o gli espliciti interrogativi sull'identità del padre. Dopo essersi offerto di assumere ufficialmente la paternità del bambino, Bruno non era più tornato sull'argomento: dava per scontato che Chiara fosse d'accordo, ma in realtà lei continuava a tormentarsi nell'incertezza. Era più che mai decisa a non sconvolgere l'esistenza di Andrea, ma la umiliava profondamente lasciargli credere di averlo tradito con Marques. E le era insopportabile pensare a come lui avrebbe reagito: con sbalordimento, con rabbia, detestandola e soffrendo. E Marina? Le pareva di sentirla, mentre lanciava battutine sarcastiche al marito.

Anche il capitano Binelli sarebbe stato amareggiato e deluso. E l'eventualità di perdere l'amicizia di una persona che le era stata vicina con tanta sensibilità e calore umano le dava un grande senso di vuoto.

Ma era davanti a un bivio e doveva decidere.

Paolo Lenzi le fece capire anche che avrebbe dovuto farlo con urgenza. «Ieri sera sono stato a cena con Carmen Grandi» le disse, quando arrivò al lavoro, «e mi ha chiesto se sei incinta. Io ho finto di cascare dalle nuvole, ma non credo che tu possa continuare a nascondere il tuo stato. Il personale del negozio parla apertamente della tua gravidanza.»

Ma quella stessa mattina accadde qualcosa che la deconcentrò dal suo problema: la madre di Andrea le telefonò per salutarla e per chiederle come stava. E alla fine le disse di essere molto preoccupata per sua nipote: Cecilia aveva trascorso con lei il fine settimana e l'aveva sorpresa mentre faceva una strana telefonata. Le era sembrata sfuggente e tesa. «E l'istinto mi dice che sta di nuovo cacciandosi nei guai» aveva concluso. Pregandola di cercare di indagare e di fare qualcosa, visto che era la persona che esercitava la maggior influenza su Cecilia.

Quella telefonata fece passare Chiara dall'incredulità alla preoccupazione lasciandola in balìa dello sconforto: in che modo intervenire? Benché Cecilia di tanto in tanto la chiamasse al telefono, il loro rapporto si era interrotto ed era purtroppo impossibile riallacciarlo. D'altra parte, si sentiva troppo allarmata e coinvolta per lavarsene le mani. Dopo aver riflettuto a lungo, decise che alle 13 si sarebbe fatta trovare da Cecilia davanti alla scuola, come se fosse stata per caso nelle vicinanze, e l'avrebbe invitata a mangiare un boccone con lei. Non era molto, ma quanto bastava per sondare il terreno e capire se davvero le preoccupazioni della madre di Andrea erano fondate.

Alle 12,30, avendo l'auto in carrozzeria, Chiara chiamò un taxi e diede l'indirizzo della scuola. Una volta arrivati davanti all'edificio, rimase a bordo pregando il tassista di attendere per qualche minuto. Se Cecilia per qualche ragione fosse stata assente, lei si sarebbe fatta ricondurre direttamente a casa. Abbassò il finestrino e tenne attentamente d'occhio l'uscita.

D'un tratto vide una moto arrivare a tutta velocità e fermare a pochi metri da lei. Il guidatore tolse il casco e si lisciò i capelli, poi si voltò dandosi un'occhiata intorno.

Chiara lo riconobbe immediatamente e per qualche istante restò a fissarlo paralizzata dallo stupore: era Fabio Garoppi, il farabutto che era riuscito a farla franca. Che cosa ci faceva, davanti alla scuola di Cecilia? E che cosa voleva ancora da lei? Doveva portare via la ragazza, subito, prima che la avvicinasse.

Stava aprendo la portiera per andarle incontro, quando la scorse uscire dal portone insieme con le compagne di classe. Fece per chiamarla ma, di nuovo, si paralizzò. Cecilia si era staccata dal gruppo e si stava dirigendo quasi di corsa verso quel Fabio. Esterrefatta, Chiara la vide montare sul sedile posteriore della moto e partire a gran velocità con il ragazzo. Chiara ritrovò subito lucidità e controllo. «Per favore,» disse in tono concitato al tassista «può seguire quei due ragazzi sulla motocicletta?»

L'uomo si voltò guardandola con un'aria tra la commiserazione e il sarcasmo. «Con questo traffico? Signora mia, quelli volano e noi dobbiamo andare a passo di lumaca!»

«Almeno ci provi! La prego, parta subito.»

Percorsi un centinaio di metri, si ritrovarono in coda davanti a un semaforo. Il tassista si spostò sulla sinistra superando una decina di auto, ma anche la seconda fila era lunghissima. «Signora, sto facendo del mio meglio ma la moto l'abbiamo persa.»

«Non importa, prosegua come può. Le indicherò io la strada...» La mattina del tentato riconoscimento, Mino Binelli aveva dettato a qualcuno, per telefono, le generalità di Fabio e l'indirizzo dell'amico romano presso cui risiedeva. Chiara ricordava bene quell'indirizzo e l'istinto le diceva che Fabio stava recandosi con Cecilia proprio lì.

Mentre il tassista si esibiva in sorpassi azzardati e colpi di clacson, Chiara si chiese se non fosse il caso di avvertire Mino Binelli. Ma accantonò subito l'idea. Binelli era pur sempre un carabiniere, e nella sciagurata ipotesi che Cecilia si fosse davvero cacciata nei pasticci, non avrebbe certamente potuto chiudere un occhio.

«Siamo quasi arrivati» disse il tassista. «Ho fatto una bella corsa, ma a quest'ora chissà la moto dove è arrivata...»

La moto era parcheggiata proprio davanti al numero civico della casa dell'amico di Fabio, messa per lungo alla destra del portoncino d'ingresso. Chiara la riconobbe subito. Pagò la corsa e come il taxi si allontanò rimase ferma per qualche istante, indecisa sul da farsi. Scartò l'idea di suonare e salire direttamente per portarsi via Cecilia: c'era il rischio che quel Fabio non le aprisse o che nascondesse la ragazza in un'altra stanza negando che fosse lì o, peggio ancora, che reagisse in modo violento e inconsulto alla sua irruzione.

Molto meglio aspettare che Cecilia uscisse per affrontarla direttamente: sul fatto che fosse lì non aveva, purtroppo, alcun dubbio. Chiara si guardò intorno alla ricerca di un posto dove sedersi per tener d'occhio il portone. Scorse un piccolo bar all'angolo della strada. Vi si diresse in fretta ed ebbe la fortuna di trovare l'unico tavolino libero proprio di fronte alla vetrata che dava verso l'esterno.

Guardò l'orologio: le 13,25. Non aveva ancora pranzato, e ordinò una spremuta d'arancia e un toast. Lo sbocconcellò con lo sguardo rivolto verso il portone.

Quando Cecilia uscì mancavano pochi minuti alle 17. Le ore trascorse in uno stato di continua tensione e di forzata immobilità avevano ridotto Chiara un fascio di nervi. Come vide la ragazza, si alzò di scatto dalla sedia e uscì precipitosamente dal locale. «Cecilia!» la chiamò forte, timorosa che potesse sfuggirle.

La vide arrestarsi un istante e poi tornare precipitosamente sui suoi passi. Chiara riuscì a raggiungerla proprio mentre stava per sparire nuovamente dentro al portone. «Vieni con me» ordinò.

«Che cosa vuoi? Che cosa fai qui?» Cecilia protestò tentando di divincolarsi.

«Sono io che lo chiedo a te» Chiara replicò senza mollare la presa. «Andiamo via da qui e non fare storie.» Riuscì a portarla quasi di peso verso il bar, girandosi di tanto in tanto per accertarsi che Fabio non stesse uscendo e non assistesse alla scena. Dovevano allontanarsi al più presto da lì.

Sempre tenendo la ragazza per un braccio, aprì la porta del bar e, senza entrare, chiese al cameriere che stava dietro al banco se poteva chiamarle subito un taxi. «Ci provo,» il cameriere disse «ma a quest'ora non è facile.»

Cecilia tentò nuovamente di divincolarsi. «Dove vuoi portarmi? Che cosa vuoi da me?»

«Soltanto la verità. E devi dirmela.»

«Io non ho niente da dire» Cecilia rispose, rigida e sulle difensive.

«Avevo fiducia in te. Credevo che tu fossi estranea alla rapina.»

«Ma è così!» Urlò, quasi.

«E allora che cosa ci fai con Fabio? Come puoi continuare a frequentare uno sciagurato che ha provocato la morte di una bambina innocente e ti ha fatto picchiare a sangue?» Chiara esplose.

Cecilia strinse le labbra. «Fabio è stato prosciolto. Non c'è nessuna prova di quel che stai...»

«Quel disgraziato ti ricatta? Ti sta minacciando di qualcosa? Oppure ti passa della roba per drogarti?»

«Io non sono una drogata!»

«E allora che cosa sei? Una vittima, oppure una delinquente che ci ha imbrogliati tutti? Io penso ai tuoi genitori... A quel galantuomo di tuo padre...» La voce le tremò per l'ira. «Come puoi fargli questo?»

Cecilia la fissò torva. «Sono fatti miei.»

Chiara le mollò uno schiaffo in pieno viso. Immediatamente ritrasse la mano, vergognandosi. «Scusami» mormorò sconsolata. «Volevo aiutarti, proteggerti e invece sono stata capace soltanto di aggredirti.»

Cecilia scoppiò in lacrime. «Ti voglio tanto bene... E sono io che devo chiederti scusa...»

Chiara le circondò le spalle. «Adesso ti porto con me e parliamo. Devi dirmi tutto.»

Cecilia si scostò improvvisamente. «Non posso.»

Una moto stava frenando davanti a loro. «Qualcosa non va, Cecilia?» La voce di Fabio.

«Niente che la riguardi» Chiara rispose per lei, gelida.

«Questo lo devo decidere io, bella signora.» Si sporse dalla moto e prese la ragazza per un braccio. «Salta su.»

Chiara fece un balzo in avanti. «Giù le mani, se non vuole che chiami la polizia. Cecilia sta venendo a casa con me.»

Fabio parve non sentirla. «Ho capito bene, Cecilia?» chiese con strisciante dolcezza. «Te ne stai andando davvero con la signora?»

Prima che Chiara potesse far qualsiasi cosa, Cecilia balzò sulla moto. «No, no, vengo con te.»

L'angoscia travolse l'incredulità. Come i due si allontanarono, Chiara spalancò la porta del bar. «Il taxi, l'ha trovato?» chiese al cameriere.

«Proprio adesso. Arriva tra due minuti.»

Fu Marina Morello ad aprirle la porta. «È proprio lei! Quando l'ho sentita al citofono, non osavo credere alle mie orecchie.» Si fece da un lato per farla passare e le indicò con plateale gentilezza il soggiorno. Vedendo che Chiara esitava, guardando avanti a sé, Marina aggiunse quasi gaiamente: «Se cerca il suo uomo, è fuori Roma da ieri».

«Bruno Marques non è più il mio uomo» Chiara replicò meccanicamente.

Marina fece una risatella sarcastica. «Questo lo so! Io sto parlando di mio marito Andrea.» Si interruppe per osservare l'effetto delle sue parole. «Non sia così a disagio, crede che io non sappia? La sua relazione con mio marito mi è nota sin dall'inizio.»

«Allora dovrebbe sapere che è finita per sempre...»

Marina rise di nuovo: «Per essere l'onesta e timorata donna che tutti descrivono, mi sembra che la sua vita sia un po' troppo affollata di ex amanti!».

Chiara riemerse d'un tratto dall'umiliazione e dal disagio in cui era sprofondata. «Non sono venuta qui per parlare della mia vita, ma di Cecilia. E Dio sa quanto mi è costato» disse fieramente.

«Cecilia? E che c'entra mia figlia?»

Chiara respirò a fondo. «Sua figlia è in pericolo, signora Morello. Lei sa dove si trova in questo momento? Con Fabio Garoppi, il farabutto che...»

«Credo che lei sia pazza» Marina la interruppe astiosamente. «Mia figlia è a fare i compiti a casa di Michela, la sua migliore amica.»

«La prego, deve credermi. L'ho lasciata mezz'ora fa. L'ho vista coi miei occhi salire in moto con quel Fabio. Se il giudice minorile sapesse che continua a frequentare certa gentaglia, potrebbe...»

Marina la interruppe di nuovo, con un gesto irato. «Lei sta farneticando, e io mi rifiuto di ascoltarla!»

«Perché non controlla? Le do l'indirizzo del ragazzo. Posso accompagnarla là io. Mi creda, la prego.»

Marina la fissò con gli occhi socchiusi a fessura. «Per crederle, dovrei arrendermi a due ipotesi pazzesche e inaccettabili: la prima, che mia figlia frequenti davvero certe compagnie. La seconda, che lei sia un'anima nobile...»

«Signora Morello, pensi quello che vuole ma avverta subito suo marito. Bisogna fare qualcosa. Cecilia è in pericolo e ha bisogno di aiuto.»

La donna la fissò scuotendo la testa. «Non capisco davvero perché si agita tanto. Ho appena saputo che lei è incinta e a quanto vedo non è lontana dal parto. Se Cecilia venisse tolta alla nostra custodia e finisse in un riformatorio, lei avrebbe tutto da guadagnare. Andrea sarebbe libero di correre da lei e dedicarsi a tempo pieno alla nuova famigliola.»

Chiara la fissò con inorridita furia: «Ma lei che cos'ha, al posto del cuore? Come può essere così cinica e maligna?» urlò.

«Sono andata a scuola dalla vita. E ho preso anche parecchie lezioni private» Marina replicò con una insospettata nota di amarezza. «Lei sa che cosa significa ritrovarsi a vent'anni legate mani e piedi ai doveri, e trascorrere tre quarti della giovinezza accanto a un uomo che non ti stima, non ti ama e si deve imporre ogni giorno di non buttarti via? O impazzisci e finisci per considerarti una nullità, oppure infili una robusta corazza sopra i buoni sentimenti e vai a cercarti le cose che ti spettano di diritto.»

«Avrebbe dovuto pretenderle da suo marito. Dimostrargli che lei era meritevole di amore e di stima» Chiara osservò, suo malgrado colpita da quel tono disarmato.

Ma Marina rimise immediatamente la corazza. «Conosco i miei limiti e da mio marito ho preteso cose che mi interessavano più della sua stima e del suo amore.»

«Mi dispiace per lei, Marina.»

«La smetta con questo tono grondante umanità e comprensione. I miei sentimenti per lei sono tutt'altro che amichevoli e perciò non si aspetti che mi faccia da una parte per consentirle di vivere felice e contenta con mio marito e il suo marmocchio.»

«Io non mi aspetto affatto che...»

«Questa gravidanza l'ha messa definitivamente fuori gioco. Ci pensa a come reagirà mio marito, quando saprà di essere stato tradito con Bruno Marques?»

Chiara si irrigidì. «Non capisco perché parla di Bruno Marques.»

«Mi risulta che si sia offerto come padre. O sbaglio?»
«Stia fuori dalla mia vita, signora Morello.»
«E anche lei da quella mia e di Cecilia!»

Dopo aver chiuso la porta alle spalle di Chiara, Marina entrò in cucina. «Puoi uscire, se n'è andata.»

Bruno Marques era furioso. «Ho sentito tutto. C'era proprio bisogno di essere tanto impietosa e brutale?»

«Ha parlato il re degli onesti!»

«Non ho mai goduto nel ferire e umiliare la gente.»

«Però fino a poco fa hai goduto nel letto di mio marito. Chi è più cinico di noi due?»

«Sei profondamente volgare.»

«E che altro? Noiosa, castrante e rompiscatole, come una sera hai definito la Basile?»

«Non voglio scendere ai tuoi livelli.»

«E io non posso risponderti come dovrei. Stanno per rientrare i domestici, è meglio che tu te ne vada e rimandiamo il discorso a un'altra volta.»

Bruno la guardò negli occhi. «Non ci sarà un'altra volta, Marina.»

XXI

Quando Chiara uscì da casa Morello, dovette appoggiarsi al portone e rimanere ferma per qualche minuto. Le gambe non la reggevano ed era cosciente di essere in uno stato confusionale. *Doveva* allontanarsi da lì, ma come in un orribile incubo non riusciva a coordinare i pensieri e i gesti. Guardava davanti a sé smarrita. Dove sono? Che cosa faccio adesso? Ricordò di essere arrivata lì in taxi e capì che doveva trovarne un altro per tornare a casa. Ciò le parve di enorme difficoltà, ma si impose di muoversi. Il primo passo era staccarsi da quel portone.

Cominciò a camminare alla cieca, le gambe rigide e tremanti. Era come essersi rialzata da terra dopo un violento corpo a corpo. Si sentiva spossata e pesta. Un parcheggio di taxi le si parò di fronte. Mio Dio, grazie, pensò sforzandosi di accelerare il passo. Come fu a bordo, la schiena indolenzita appoggiata al sedile, riuscì finalmente a dare un senso agli avvenimenti che si erano susseguiti in quelle ultime ore. Su tutto prevaleva la preoccupazione per Cecilia e ripensando all'abominevole reazione di sua madre, più che ferita si sentiva affranta. La ragazza era in balìa di se stessa. Peggio ancora, nelle mani di un farabutto che la stava soggiogando e manipolando impunemente. A quel punto, non restava che dire tutto al capitano Binelli. Soltanto lui poteva avere l'autorità e i mezzi per intervenire.

Fu quanto fece appena arrivò a casa. Cercò sull'agenda il suo numero diretto e lo chiamò in caserma. Mino Binelli la lasciò parlare senza interromperla e alla fine ebbe la curiosa impressione che lui non fosse stupito, o almeno non come lei si sarebbe aspettata, di quanto gli aveva riferito.

«Lasci fare a me, Chiara» le disse riagganciando. «E grazie per avermi chiamato.»

Stava andando nella sua stanza a cambiarsi quando il telefono squillò di nuovo. Era Paolo Lenzi, preoccupato di non averla vista rientrare in negozio quel pomeriggio. L'inseguimento di Cecilia, le ore trascorse al bar aspettandola e lo scontro con Marina le avevano fatto completamente scordare il lavoro. Chiara si scusò, con un pretesto. E mentre assicurava che all'indomani sarebbe arrivata puntualmente, avvertì una profonda repulsione all'idea di rimettere piede nel negozio. Accantonata la preoccupazione per Cecilia, era emerso in lei il disgusto per la seconda, sconvolgente scoperta di quel giorno: Bruno Marques aveva una relazione con Marina Morello. E la sua intimità con lei era tale da averle parlato della sua gravidanza. Bruno non soltanto aveva tradito la sua fiducia rivelandosi cinico e amorale, ma si era comportato con inaudita irresponsabilità. Per colpa sua, adesso lei era nelle mani di Marina. E qualunque cosa avesse deciso di fare, quella donna avrebbe potuto ostacolarla, ricattarla, farla vivere col cuore sospeso.

Odiò Bruno. E il desiderio di buttargli in faccia tutto quello che pensava di lui era talmente grande che a un certo punto fu tentata di correre in negozio subito, prima della chiusura, per parlargli. Ma desistette. Nello stato d'animo in cui era, le sue rimostranze sarebbero apparse quelle di una donnetta esagitata e urlante, mentre lei voleva spiegarsi con calma facendogli capire sino in fondo l'enormità di ciò che aveva fatto.

Al mattino dopo, quando arrivò in negozio, si diresse direttamente nell'ufficio di Bruno sperando che fosse già arrivato. Non soltanto era lì, ma come la vide entrare si alzò e la prevenne. «So che mi devi parlare e ho qualcosa da dirti anch'io.»

«Come ti sei permesso di dire a Marina Morello che sono incinta?» Chiara urlò. Si rese subito conto di aver esordito in modo sbagliato, ma la furia della sera prima non era passata affatto, e lei non riusciva a controllarsi. «È ignobile che tu abbia una relazione con quella donna, ma a quanto pare siete degni uno dell'altra!» proseguì strillando. «Quello che non ti perdono è avere trasformato la mia gravidanza in un pettegolezzo da alcova... Hai messo in mano alla tua amante l'arma più micidiale contro di me!» Le mancò il fiato.

Bruno, dopo averla ascoltata in silenzio e con un'aria imperturbabile, quasi di assenso, disse calmo: «Marina ha saputo che eri incinta dalla sua amica Carmen. Non appena me l'ha detto sono corso da lei proprio per toglierle questa arma dalle mani: ma il mio tentativo di farmi credere il padre è fallito nonostante non avessi risparmiato particolari sul nostro ritorno di fiamma... Marina prima si è messa a ridere e poi mi ha aggredito come hai appena fatto tu, urlandomi di non trattarla da cretina. Purtroppo non lo è».

«Scusami» Chiara disse asciutta. «Adesso vado a lavorare.»

«Aspetta. So che la mia relazione con Marina è imperdonabile, e l'unica attenuante che posso avanzare è molto squallida: quella donna sa come usare il proprio corpo.»

«Quella donna è la moglie di un uomo perbene, ma evidentemente rispetto e scrupoli morali non sono valsi a frenare i tuoi ardori.»

«Te l'ho detto, sono imperdonabile... Però adesso è finita.»

Nei due giorni che seguirono Bruno rimase a lavorare a tempo pieno in negozio e l'ostilità di Chiara nei suoi confronti andò via via scemando sino a sparire. Bruno apparteneva a quella schiera di maschi incapaci di resistere alla seduzione femminile. Per quanto riluttasse ad ammetterlo, era una debolezza fatale, qualcosa di congenito come la statura o il colore degli occhi. E in ogni caso resistere a una donna come Marina non doveva essere facile, soprattutto per Bruno: era ingiusto che lei si stupisse e si indignasse, dal momento che conosceva da sempre la superficialità sentimentale di lui. Ma questo non poteva impedirle di apprezzare la disponibilità e l'affetto dell'amico.

Il burrascoso chiarimento giovò alla loro amicizia. Non più costretto a mentire, Bruno le parlò del suo rapporto con Marina Morello confessandole che si era lasciato convincere a vederla ancora. «Sarà l'ultima volta» precisò. «Nessuna donna mi aveva mai fisicamente attratto come lei, ma evidentemente non sono amorale come credi perché i nostri incontri hanno cominciato a causarmi un grande disagio. Deve capire che adesso è finita.»

Chiara confidò a Bruno tutte le sue preoccupazioni. La prima era per Cecilia. Quel che non osò confessargli era il suo sottile risentimento nei confronti di Andrea. Possibile che avesse nuovamente delegato a sua moglie l'educazione della figlia? E come poteva non essersi accorto di quanto essa fosse indegna di credito e di amore?

Un altro argomento che Chiara considerava tabù erano l'insicurezza e i dubbi che la stavano tormentando in quei giorni. In quale momento e in che modo Marina avrebbe deciso di parlare al marito della sua gravidanza? E come avrebbe reagito Andrea? Da quando lei aveva toccato con mano la volgarità e la cattiveria di quella donna, la tentazione di dire tutta la verità diventava sempre più forte. Insomma, non era più certa di aver fatto il bene di Cecilia salvando una famiglia che di fatto non esisteva né le dava ciò di cui aveva bisogno.

Ma Mino Binelli la costrinse a ricredersi. Quattro giorni dopo che lei lo aveva chiamato coinvolgendolo nei problemi di Cecilia, fu lui a telefonarle: poteva fare un salto a casa sua, quella sera? Aveva una cosa importante da dirle. «Qualcosa che le farà molto piacere» tenne a precisare.

Chiara acconsentì senza esitazione. Soltanto dopo la telefonata realizzò che quell'incontro con il capitano Binelli sarebbe stato imbarazzante e difficile. Che cosa avrebbe pensato nel vedersela di fronte in stato di ormai avanzata gravidanza? Si sarebbe controllato, limitandosi a disistimarla in silenzio, oppure le avrebbe rivolto delle domande? E quali risposte dargli, per non perdere la sua stima?

Decise di non pensarci, concentrandosi invece sulla notizia importante e piacevole che le aveva preannunciato. Certamente riguardava Cecilia. Che quel Fabio fosse stato smascherato e arrestato?

Il capitano Binelli arrivò alle 21,30. Dopo averlo fatto accomodare, Chiara rimase in piedi di fronte a lui sentendosi come quando da bambina compiva una marachella e sperava che sua madre se ne accorgesse immediatamente per liberarsi dalla paura della sgridata. Anche adesso pregò tra sé che Binelli notasse subito il suo stato e affrontasse l'argomento mettendo fine alla ansiosa attesa delle sue reazioni. «Vuole un caffè?» gli chiese per rompere il silenzio.

«Grazie, l'ho preso prima di venire qui.»

Chiara fu costretta a sedersi, pena l'apparirgli maleducata. Gli lanciò un'occhiata al volo, cercando di capire se aveva visto il suo pancione, ma nel volto di lui non c'erano né perplessità né stupore.

«La sua telefonata di qualche giorno fa è stata provvidenziale, perché mi ha permesso di evitare a Cecilia una grossa sciocchezza» Binelli esordì in tono amichevole e gentile.

Cecilia. Come aveva potuto dimenticarsi di lei, sia pure per pochi minuti? «Nel vederla con Fabio Garoppi ho subito pensato il peggio,» disse «spero di essermi sbagliata.»

Binelli annuì sorridendo. «La sua reazione è stata più quella di una madre apprensiva che di una psicologa. Questo le fa umanamente onore, Chiara, ma le ha impedito di analizzare i fatti con razionalità. Era impossibile che Cecilia, dopo tutto quello che ha sofferto e subito, fosse tornata spontaneamente in certi giri.»

«Proprio per questo mi sono preoccupata, pensando a minacce e ricatti.»

«Niente di tutto questo. Denunciare Fabio Garoppi è stato il primo gesto adulto di Cecilia. Ai suoi occhi, lui era il lupo cattivo, e le è occorso uno sforzo enorme vincere il terrore... Quando Fabio è stato prosciolto, Cecilia si è sentita sconvolta e tradita: nel mondo degli adulti non esistevano morale, giustizia, valori... Ho trascorso una mattina intera tentando di farle capire che senza prove era impossibile condannare Fabio e che la giustizia vera deve correre il rischio di lasciare libero un colpevole pur di non condannare un innocente.»

«E Cecilia?»

«Avendo visto e sentito Fabio all'opera la notte precedente la rapina, non poteva avere dubbi sulla sua colpevolezza. E le sembrava il massimo dell'ingiustizia che la parola di un criminale trovasse più credito della sua... Così, con incoscienza e fervore, ha deciso di partire alla ricerca delle famigerate prove: mappe, disegni, ritagli di giornale con appunti scritti a mano dal Garoppi. Quando me l'ha detto, l'ho dissuasa con forza. Le ho spiegato che lui non era certamente così ingenuo da aver lasciato in giro delle prove importanti. Le ho fatto capire i rischi che correva. Mi sembrava di averla convinta. Quel che non sapevo, e lei non aveva detto a nessuno, è che Fabio continuava a minacciarla e a impaurirla. Aveva minacciato di farla pagare anche a lei, Chiara, conoscendo la sua influenza sulla ragazza.»

«Mi sta dicendo che nonostante tutto questo Cecilia ha ripreso a frequentare quel criminale *per incastrarlo*?» Chiara chiese allibita.

«Proprio così. L'ho capito dopo la sua telefonata, e ho mandato immediatamente due carabinieri a prelevare il Garoppi. Purtroppo non avevo elementi per trattenerlo, però dopo quanto gli ho detto ho la certezza che girerà alla larga da Cecilia. Quanto a Cecilia, aveva già capito da sola il guaio in cui si era cacciata.»

«È terribile...» Chiara era visibilmente scossa. «E se penso alle cose cattive che le ho detto mi vergogno. Sono stata ottusa e crudele. Vuole chiederle perdono da parte mia, capitano Binelli?»

«Credo che non ce ne sia bisogno. Cecilia sa che lei ha agito per il suo bene e le è anzi grata per quanto ha fatto. Cominciava a essere terrorizzata dal Garoppi e aveva perso il controllo della situazione.»

«Andrea che cosa dice? Come ha reagito a questa vicenda?»

Binelli sorrise malinconicamente. «Colpevolizzandosi. Sentendosi ancora una volta un padre inadeguato. Stamattina mi ha detto che sta pensando di trasferirsi a Milano. Spera che cambiare città e rompere i ponti col passato lo aiuti a ricostruire la sua famiglia.»

«Lo spero anch'io» Chiara disse dopo qualche istante.

«E lei che cosa farà?» Binelli chiese guardandola negli occhi, la voce grave e colma di sincero interessamento.

Ha capito tutto, Chiara pensò folgorata. Abbassò lo sguardo e subito lo rialzò. «Niente. Non posso fare niente.»

«È sicura di aver preso la decisione giusta?»

«Credo di sì.» Un breve sorriso. «Me la caverò. Sono meno fragile di quanto sembri.»

Mino Binelli si alzò. «Lei è la persona più forte che abbia mai conosciuto. Ricordi che io non mi trasferisco... In qualunque momento può contare su di me. E anche su mia moglie. Lei ha bisogno di un'amica, e Barbara è una donna molto intelligente e umana.»

«Non potrebbe essere diversamente, visto che si tratta di sua moglie» Chiara scherzò per nascondere la commozione.

«Mi sono sposato a trent'anni, quando avevo superato l'età delle cotte giovanili e degli abbagli» Binelli replicò serio. «Molti uomini non hanno avuto la mia stessa fortuna... E Andrea è uno di questi.»

«Come ha potuto lasciarsi abbagliare da quella donna?» Chiara protestò impetuosamente.

«Non sottovaluti il potere di Marina.»

E come potrei?, Chiara si disse quando restò sola. Marina aveva vinto un'altra volta, mettendola in ginocchio.

XXII

È finita, basta, non devo pensarci più, Marina si disse rientrando a casa. Si sfilò la pelliccia e andò in bagno per rifarsi il trucco e darsi una pettinata. Aveva persino pianto, idiota che era. Bruno Marques l'aveva ipocritamente scaricata recitando la commedia dell'uomo affranto ma travolto da scrupoli e senso del dovere. Era arrivato a infilarle tra le mani un "piccolo ricordo" dell'impossibile amore che li aveva uniti. Sulle prime si era sentita trattata come una donnaccia e aveva avuto l'impulso di scaraventargli in faccia quella preziosa spilletta.

Ma si era controllata per tempo. Perché fargli capire quanto si sentiva furibonda e offesa? Meglio lasciargli credere di aver fatto centro con la sua recita, celandosi nel ruolo di abile comprimaria. Si era mostrata, quanto lui, affranta ma determinata all'addio. E, al momento di lasciarsi, si era spinta sino a ricambiare il suo abbraccio.

E ora non poteva permettersi il lusso di odiare Bruno Marques: doveva usare tempo ed energie per dare una salutare raddrizzata al suo matrimonio. La prospettiva di divorziare per ricostruirsi un'esistenza più gratificante le aveva fatto abbassare la guardia e in pratica adesso tutto stava andando alla deriva. Abbandonato a se stesso, Andrea non soltanto l'aveva tradita per la prima volta, ma rischiava di restare invischiato in una paternità a sorpresa.

Devo riprendere il controllo della situazione, Marina pensò passandosi il rossetto sulle labbra. E soprattutto devo mettere fuori gioco quella subdola Basile. Non contenta di aver plagiato Andrea, era riuscita anche a stregare Cecilia. Se glielo avessi permesso, rise tra sé, quasi quasi avrebbe addirittura carpito la mia amicizia...

Si passò il pettine tra i capelli e diede un'occhiata allo specchio. Niente male. Non aveva proprio l'aria della povera amante scaricata con due buone parole e il regalino di consolazione.

Uscì dal bagno e guardò l'orologio: le diciannove. Da un momento all'altro sia Andrea sia Cecilia sarebbero rincasati. Da quel giorno, avrebbe fatto in modo di essere sempre in casa ad accoglierli. Suo marito era rimasto con lei per tentare di salvare la famiglia? Per nessun uomo al mondo sarebbe più incorsa nell'errore di fargli ritenere questo tentativo fallito. Perché mai non aveva dato ascolto a Carmen? Ricordava benissimo le sue parole: da un marito come Andrea non si divorzia *mai*, sarebbe come buttare il biglietto vincente di una lotteria. Certo, era un uomo noioso e asociale, ma col tempo e qualche moina lei avrebbe trovato il modo di rieducarlo. In fondo non ci aveva mai provato seriamente. Anzi, non ci aveva provato affatto, dal momento che a volte aveva addirittura preferito uscire da sola.

L'abbandono di Bruno Marques si era rivelato alla fine il suo bene. Ma soprattutto le aveva aperto gli occhi sugli errori commessi per anni appena in tempo per potervi porre riparo. Riconquistare suo marito le appariva d'un tratto non soltanto necessario, ma molto eccitante. L'unico problema serio era rappresentato dalla gravidanza della Basile, ma l'allegra vedovella doveva aver fatto due rapidi calcoli decidendo che era più conveniente attribuire la paternità a Marques che non a un uomo sposato. Carmen l'aveva rassicurata in questo senso, e di solito non sbagliava mai.

L'arrivo di Andrea interruppe le sue riflessioni. Come lo vide dirigersi verso di lei, gli rivolse un sorriso che si raggelò istantaneamente. Sembrava furibondo. «Cecilia è venuta nel mio studio e l'ho accompagnata da mia madre. Stasera dormirà da lei» esordì secco.

Marina lo guardò perplessa. «Ha combinato qualche altro guaio?»

«No. Stavolta l'hai combinato tu.» Poiché sua moglie sembrava non capire, aggiunse: «Oggi Cecilia è andata al circolo del tennis con la sua amica Michela e ti ha visto in una saletta con l'antiquario Marques».

«Tutto qui? Credevo chissà...»

«Eravate in un atteggiamento molto intimo.»

Marina scoppiò a ridere: «Dio mio, questa è una vera scenata di gelosia! Da quanti anni non succedeva più?».

Andrea la trapassò con un'occhiata di gelida commiserazione. «Non essere patetica. Sai bene che sono rimasto con te soltanto per amore di Cecilia. E se sono furioso è soltanto perché hai ferito e umiliato lei. Quel che chiedevo era soltanto che tu ti comportassi entro i limiti della decenza.»

«Adesso sono io a essere furiosa! Come puoi dare credito alle farneticazioni di tua figlia, insultandomi e accusandomi?»

«Vuoi negare di esserti incontrata con Marques, oggi?»

«Non lo nego affatto! Aggiungo spontaneamente che ci è capitato di incontrarci altre volte. Come saprai, Marques è il socio di Paolo Lenzi, e Paolo Lenzi ha una storia con la mia amica Carmen. L'ho conosciuto tramite loro e lo trovo un uomo molto gradevole. Tutto qui. Non capisco che cosa ci sia di riprovevole o indecente.»

«Cecilia vi ha visto mano nella mano... E tu a un certo punto sei anche scoppiata a piangere. Hai una spiegazione plausibile anche per questo?»

Marina prese tempo fissandolo a sua volta con commiserazione. Poi scosse la testa sospirando. «È incredibile come sia facile equivocare» disse, mentre con la mente annaspava alla ricerca della via d'uscita. La trovò all'improvviso, come una illuminazione, ma prolungò sapientemente quella pausa di silenzio.

«Vuoi spiegarti?» la sollecitò Andrea.

«Be', è inutile girarci intorno. Bruno Marques mi ha chiesto di vedermi per parlare di Chiara Basile, la sua donna.»

«Si sono lasciati da mesi» Andrea replicò pronto.

Lei rise: «Sei davvero poco informato! Dopo quella famosa rapina avevano avuto una piccola crisi, ma è da mesi che sono tornati felicemente insieme, e ora...».

«Non dire sciocchezze» lui la interruppe con un gesto infastidito.

Marina sospirò. «So bene che tu hai avuto... be', un debole per quella Chiara e non vorrei dare un brutto colpo al tuo orgoglio di maschio... Il fatto è che lei e Marques stanno per avere un bambino.»

«Che storia è questa?» Andrea l'aggredì, con voce strozzata.

Colpito!, Marina gioì tra sé. Gli rivolse un sorriso. «Una storia a lieto fine, spero. Oggi Bruno mi parlava proprio del suo imminente matrimonio con la Basile, e se mi sono esagitata in modo che nostra figlia ha ritenuto sospetto è stato soltanto perché sono insorta in difesa della sua donna. Insomma Bruno, da bravo maschilista, mi ha confessato di sentirsi un po' preso al laccio, quasi accusasse la Basile di avergli forzato la mano con questo figlio non programmato. Ma sotto sotto è felicissimo. E io gliel'ho fatto capire.»

«Non credo una sola parola di quello che hai detto.»

«Se per te è così importante, chiedine la conferma alla signora Basile. Oppure limitati a entrare nel suo negozio e a darle un'occhiata: ormai ha un pancione che sembra una mongolfiera.»

Forse sono andata giù troppo pesante, Marina pensò guardando il marito. Era diventato improvvisamente terreo. Gli prese una mano. «Non credevo che tu tenessi ancora tanto a lei.»

Andrea si ritrasse. «Era la donna della mia vita» disse rauco.

«Mi dispiace. Purtroppo la tua vita e la mia sono state sconvolte dai problemi di Cecilia e ci siamo impegnati a dedicarci soltanto a lei. Non posso nemmeno pensare quanto nostra figlia è fragile... Le è bastato vedermi con un amico per crearsi un mucchio di fantasmi. Se ci separassimo, non so davvero che reazioni potrebbe avere.» Parlò lentamente, con dolcezza, e alla fine tacque come se fosse estenuata.

«Credevo che Chiara...»

«Non dobbiamo più parlare di lei. E tu non devi pensarci più. Chiara sta per avere un figlio dall'uomo che ama e noi dobbiamo impegnarci con onestà e buona fede a ricostruire la nostra famiglia.»

«Voglio vederla. Mi deve spiegare.»

«Tesoro, perché vuoi farti del male inutilmente? Non c'è

niente da spiegare e, vedendola, faresti del male anche a lei perché la costringeresti a umiliare te e se stessa, a dirti delle bugie per difendersi...»

Nel momento dell'emergenza Marina aveva rivelato ancora una volta un insospettabile buonsenso, Andrea pensò più tardi. Vedere Chiara gli avrebbe fatto soltanto male, ma non certo per le ragioni che sua moglie pensava. Chiara non gli avrebbe mentito, né lui si sarebbe sentito umiliato ascoltando la verità. L'amava troppo per non comprendere ciò che era accaduto: pur essendosi innamorata di lui, non aveva avuto la forza di staccarsi da Bruno Marques. Questo certamente lo amareggiava, ma come fargliene una colpa? Dolore e perdite l'avevano resa molto fragile, e Bruno era stato il solo appiglio, la sola presenza certa. Lui, invece, dopo averle quasi imposto la sua passione, era entrato e uscito dalla sua vita scaricandole sulle spalle scrupoli, problemi, incertezze.

A dividerli era stata l'incapacità di volere al di sopra di tutto stare insieme: lui non aveva avuto il coraggio di lasciare la moglie, Chiara non aveva avuto la forza di rompere con Bruno. La sola verità era questa, e sentirsela confermare sarebbe equivalso a rigirare il coltello nella piaga. Come succede agli indecisi e ai vili, una volta perduta l'opportunità di decidere avrebbero dovuto rassegnarsi a un'esistenza decisa dal caso. Chiara era stata la più fortunata: finalmente le era capitato di realizzare il suo sogno di maternità. E con il passare del tempo si sarebbe autoconvinta che non avrebbe potuto avere nulla di meglio dalla vita.

Lui no. Già sapeva con certezza che il rimpianto di Chiara e il sospetto di essersi fatto piegare le spalle da un abnorme senso del dovere non lo avrebbero mai più abbandonato. Ma bene o male avrebbe imparato a conviverci rialzando le spalle. Doveva crescere Cecilia e riportare l'unione con Marina a un livello umanamente sopportabile. Devo organizzarmi per lasciare al più presto Roma, pensò. Qui le nostre radici si sono ammalate: soltanto trapiantandoci altrove possiamo sperare di rinascere.

Quella sera Marina entrò nella stanza degli ospiti, dove lui ormai da mesi dormiva, e si sedette al bordo del suo letto. Dalla camicia da notte si ergeva la curva soda e rotonda dei suoi seni. «Prima o poi dovremo tornare a dormire insieme. Ci aiuterà a riavvicinarci» gli disse con semplicità.

«Sì. Credo di sì...»

Gli depose un rapido bacio sulla fronte e si rialzò. «Ma adesso è troppo presto. Cerca di dormire bene.»

Devo parlare con Cecilia, Andrea si disse e spiegarle quel che è accaduto realmente tra sua madre e Bruno Marques. Nonostante i molti limiti, in Marina c'erano onestà e gentilezza. Fu l'ultimo pensiero prima di scivolare, spossato, in un sonno profondo.

La mattina del giorno successivo Andrea telefonò a casa per avvertire che sarebbe andato a prendere Cecilia a scuola e avrebbero pranzato fuori insieme. Cecilia si mostrò piacevolmente sorpresa di trovare il padre ad aspettarla e si entusiasmò come una bambina quando lui la condusse al ristorante.

«Non devi darmi una brutta notizia, vero?» chiese quando furono seduti, improvvisamente rabbuiata per quel sospetto.

«Assolutamente no. Desideravo soltanto stare un po' con te. È così grave?»

«No. È che non andavamo al ristorante insieme da quando abbiamo fatto quel viaggio a New York.»

Andrea allungò una mano per stringere quella della figlia. «Anche di questo volevo parlarti. Da ora in avanti staremo molto più insieme...»

«Perché?»

«Io e la mamma intendiamo impegnarci sul serio per ricostruire la nostra famiglia. Con tutta probabilità lasceremo Roma. E in ogni caso sia io sia lei ti staremo molto più vicini. Siamo consapevoli di...»

«Vuoi restare con la mamma anche se ha un altro uomo?» Cecilia chiese allibita.

«Se ti riferisci al suo incontro di ieri con Bruno Marques, abbiamo chiarito tutto. Marques le ha chiesto di vederla per parlarle di Chiara.» L'arrivo del cameriere gli consentì una pausa provvidenziale. Ciò che sua moglie gli aveva rivelato faceva ancora male, e non era sicuro di poterne parlare in tono distaccato.

«Mi stavi dicendo di Chiara» Cecilia gli ricordò quando il cameriere si allontanò con le ordinazioni.

«Già. Marques ha raccontato alla mamma che lui e Chiara aspettano un bambino e hanno deciso di sposarsi.» Andrea sperò che la sua voce fosse rimasta ferma.

Cecilia sbarrò gli occhi. «È impossibile!»

«E perché? È normale sposarsi e fare figli.»

«Ma non Chiara! Voglio dire, lei non è innamorata di Marques.»

«Perché dici questo?»

«Papà, non puoi trattarmi come se fossi una mocciosa. Io vi ho visti, a Orvieto, e ho capito fin da allora che tra voi c'era qualcosa.»

Andrea ebbe una breve esitazione. «C'era un sentimento che ci siamo impediti di coltivare perché saresti stata tu a pagarne il prezzo.»

«Ho capito anche questo...» Anche Cecilia esitò. «Papà, posso essere sincera con te?»

«Certo. Lo devi.»

«Ricordi quando chiesi al giudice Sala di essere rimandata a casa con te e con la mamma? Lo feci perché avevo il terrore che vi separaste. Adesso mi sento molto in colpa per...»

«Cecilia, tutti i figli sono terrorizzati dal divorzio dei genitori» si affrettò a rassicurarla.

«Io lo ero per Fabio. Lui aveva capito il bene che volevo a Chiara e sapeva che se lei me lo avesse chiesto io le avrei raccontato tutto. Così mi fece avvertire che se avessi continuato a frequentarla le avrebbe incendiato la casa o messo una bomba nell'automobile... Non sono più andata a trovarla per questo. E avevo il terrore che lasciassi la mamma per andare a vivere con lei. Fabio sarebbe stato davvero capace di ucciderla.»

Andrea sentì una stretta al cuore. «E tu hai vissuto fino ad ora con questo terrore, tenendoti tutto dentro?»

«Da quando il capitano Binelli ha parlato con Fabio, non

ho più paura. Mi sento in colpa perché avrei dovuto dire subito delle sue minacce invece di tenere Chiara lontana da me e da te.»

«Cecilia, ti prego, devi smetterla di tormentarti. Chiara adesso è felice con l'uomo che sta per sposare, e anche noi tre lo saremo. Te l'ho detto, io e la mamma abbiamo finalmente chiarito tante cose e per il futuro saremo dei genitori migliori.»

«La mamma non mi piace.»

Andrea guardò la figlia con dolore. «Sono certo che col tempo imparerai a volerle bene...»

«Ma io gliene voglio, papà! Solo che non riesco a parlarle né ad ascoltarla perché non so mai che cosa dirle e quello che mi dice lei mi fa infuriare.»

«Le cose cambieranno, vedrai» Andrea la rassicurò. Gli parve di scorgere negli occhi della figlia come un lampo di superiorità e di pena, ma l'arrivo del cameriere con le pastasciutte si rivelò nuovamente provvidenziale. «Adesso mangiamo» Andrea disse sorridendo.

XXIII

Soltanto al settimo mese il nascituro si mise nella posizione giusta perché l'ecografia ne rivelasse con certezza il sesso. Chiara non si era mai posta il problema, la sola cosa che le importava era avere un bambino sano. Ma non appena apprese che era un maschio la sua prima reazione fu come di estraneità. E capì che più o meno consciamente aveva sempre avuto la certezza di aspettare una femmina. Il quotidiano filo diretto che aveva stabilito con il nascituro era stato, fin dai primi mesi, tutto al femminile: rifletteva, immaginava, progettava pensando sempre alla figlia, con un riferimento affettivo costantemente rivolto a Sara e a Cecilia. Il sapere che avrebbe avuto un maschio per qualche istante la spiazzò. Si stava portando dentro uno sconosciuto. Ma le bastò lasciare lo studio del ginecologo e muovere i primi passi all'aria aperta per colmare quei mesi di vuoto e adattarsi rapidamente e appassionatamente a quella nuova realtà.

Un figlio. Era meglio così, una creatura da crescere senza i ricordi e i condizionamenti del passato, una esperienza tutta nuova... Quando lo disse a Bruno Marques, se ne mostrò felicissimo. E fu l'occasione per affrontare con chiarezza un discorso da tempo tacitamente accantonato.

«Tutti danno per scontato che io sia il padre» lui le disse. «E io non ho né fratelli né parenti stretti a cui dover rendere conto. Insomma, prendi in considerazione la possibilità che io registri all'anagrafe il bambino come mio.»

«Un giorno potresti avere un figlio, e pentirti di avergli sottratto qualcosa» Chiara obiettò.

«Non ho mai desiderato perpetuarmi, e so di non essere tagliato per fare il padre. In tutta franchezza, non credo di volerlo fare neanche con tuo figlio. Mi propongo soltanto come una figura maschile, dandogli la sicurezza di un cognome e, nella prospettiva, anche quella di una eredità. Penso che sia una offerta decente.»

Chiara non aveva alcun dubbio al proposito. L'offerta di Bruno era addirittura provvida: come psicologa, conosceva bene le vulnerabilità, i condizionamenti affettivi e l'aggressivo senso di rivalsa dei maschi cresciuti senza padre e senza una figura maschile di riferimento. E come persona dotata di realismo e buon senso, non poteva sottovalutare i risvolti pratici del riconoscimento. Dare a suo figlio Bruno per padre equivaleva ad assicurargli una vita adulta senza alcun problema economico.

Perché allora era così riluttante? Sepolta in un angolo del suo inconscio sopravviveva forse la speranza che Andrea tornasse da lei e tutto si risolvesse? A livello consapevole sicuramente esisteva la malinconia dell'irreparabilità: far riconoscere a Bruno il bambino significava recidere ogni legame tra lui e il suo vero padre. Per sempre. E questo, oltre che immalinconire Chiara, la spaventava: era come violentare la natura, cancellare arbitrariamente una realtà che era stata scritta e avrebbe dovuto rimanere incancellabile.

«Hai ancora due mesi di tempo per riflettere. Fallo» le aveva detto Bruno. In pratica, lei ormai viveva con quell'assillo costante. E quando, inevitabilmente, pensava ad Andrea, la sua malinconia si faceva più profonda. Non l'aveva più visto. Sulle prime, si era sentita liberata dall'incubo di dover affrontare le sue domande e le sue reazioni. Ma con il passare delle settimane al sollievo era subentrata l'amarezza. Andrea non aveva sentito il bisogno di chiederle nulla. Appreso che lei era incinta, neppure gli era venuto il sospetto che quel figlio potesse essere suo: dando per scontato che lei l'avesse tradito, l'aveva tagliata fuori dalla sua vita senza un attimo di indecisione o di dubbio.

Carmen veniva spesso in negozio a trovare Paolo Lenzi e Chiara aveva saputo da lei che si era riavvicinato alla moglie. Per la verità, l'amica di Marina si era espressa in termini molto più entusiastici, parlando di ritorno di fiamma, progetti grandiosi, accordo ritrovato e perfetto. Era evidente l'intento di ferirla: la Grandi apparteneva a quella sciagurata schiera di persone che sono felici nel rendere infelici gli altri. Sfrondata la notizia dai particolari sadici o inverosimili, Chiara era arrivata alla ragionevole convinzione che Andrea e la moglie avessero superato la crisi e ricostruito un rapporto vivibile.

E un pomeriggio ne ebbe la conferma più inattesa. La primavera era esplosa e un sole quasi estivo faceva risplendere l'aria. Poiché la casa antiquaria era chiusa per il turno di riposo settimanale, Chiara voleva approfittarne per acquistare un paio di vestiti e qualche camicetta leggera. Verso le sedici uscì di casa e si diresse a piedi verso il centro. Fino a un paio di settimane prima la paura di potersi imbattere in Andrea o in sua moglie l'aveva trattenuta dallo spingersi tanto oltre: faceva i suoi acquisti nei negozi sotto casa, passeggiava nelle vie dei dintorni, si guardava bene dal mettere piede in un cinema o in un teatro. Ma ogni giorno trascorso senza che il temuto incontro avvenisse allentava lo stato di guardia e alla fine, come accade alle coppie di amanti e agli evasi, l'eccesso di sicurezza la portò alla convinzione di essere ormai al riparo da ogni pericolo. E, spericolatamente, quel pomeriggio entrò e uscì dai negozi soffermandosi a provare i vestiti e a chiacchierare con le commesse. Alla fine si sedette al tavolino all'aperto di un bar nella centralissima via Borgognona, alla vista di una folla di persone che andavano e venivano a pochi metri da lei.

D'un tratto la vide. Cecilia. Era sottobraccio a un'amica e rideva. L'emozione la fece indugiare qualche istante di troppo. Quando stava per abbassarsi sotto al tavolino, fingendo di cercare qualcosa, anche Cecilia l'aveva vista.

Si staccò dall'amica e corse verso di lei. «Chiara... Sono così contenta di vederti!» disse curvandosi a darle un bacio.

«Anch'io. Lasciati guardare... Dio, come sei cresciuta!»

«Ormai ho quindici anni. Sei cresciuta anche tu» osservò indicando il suo pancione.

«Vuoi bere qualche cosa?»

La ragazza esitò. «Sono con Monica, la mia compagna di banco.» Le fece cenno di aspettarla. «Tra mezz'ora devo essere a casa, sennò la mamma mi ammazza.»

Chiara annuì. «Allora ti lascio andare. Va tutto bene, vero?»

«Fra qualche mese ci trasferiremo a Milano. I miei genitori non parlano più di separarsi e a casa si comincia a respirare. Non l'avrei mai creduto.»

«Io invece ne ero certa.»

«Quando nascerà il tuo bambino?»

«Molto presto. È un maschietto.»

«Mi piacerebbe da morire avere un fratellino...» La fissò con aria incerta. «So da Carmen che non ti sei ancora sposata. Hai qualche problema con Marques?»

«No, va tutto bene. Proprio per questo non abbiamo fretta.»

«Adesso devo proprio scappare» Cecilia disse indicando l'amica.

«Sì... Sono stata davvero felice di vederti, piccolina.» Si alzò faticosamente per abbracciarla, spostando il tavolino col suo pancione.

Cecilia si buttò di slancio tra le sue braccia tese. «Anche se non ci potremo vedere più, io non ti dimenticherò mai... mai...» la voce si incrinò in un singhiozzo, ma prima che Chiara potesse dire o fare qualcosa la ragazza stava già scappando via.

Dopo quel pomeriggio Chiara ripiombò nel terrore di incontrare Andrea: se rivedere Cecilia l'aveva sconvolta, ritrovarsi di fronte a lui l'avrebbe addirittura distrutta. Usciva dal portone di casa guardandosi intorno furtivamente e si infilava in macchina col cuore che batteva forte implorando tra sé di non trovare semafori rossi durante il tragitto fino al negozio. A ogni sosta, a ogni angolo, le pareva di sentire lo sguardo di Andrea puntato su di lei e la notte si svegliava di soprassalto mentre sognava di vederlo avvicinarsi con sguardo pieno di delusione e di disprezzo.

Bruno Marques le impose di anticipare il congedo per maternità, ma anziché riposare e rilassarsi Chiara cominciò a vivere con l'incubo di sentir suonare il campanello e di ritrovarsi Andrea sulla porta.

Avvertite da Bruno, la sorella e la madre di Chiara arrivarono da Milano per starle vicino, ma dopo qualche giorno fu la stessa Gio' a capire che la loro presenza e le loro rassicurazioni non facevano che accrescere il nervosismo di Chiara.

«Se hai questa paranoia di vedere Andrea, cerca una pensione o un albergo in qualche posto fuori Roma e vacci subito!» Gio' sbottò un giorno.

«Nelle tue condizioni hai bisogno di muoverti e di respirare!» rincarò sua madre.

«Potrei andare a Orvieto in casa della zia Egle» Chiara disse quasi a se stessa. Sua sorella le aveva dato un ottimo consiglio: e quale posto poteva essere più sicuro e rasserenante di quello?

Il ginecologo non ebbe nulla da obiettare: si limitò a raccomandarle prudenza nel viaggio e a suggerirle di rientrare entro il termine dell'ottavo mese. Quanto a zia Egle, non soltanto acconsentì con gioia a mettere la casa a disposizione, ma si offrì di raggiungere Chiara a Orvieto per farle compagnia. Era il massimo che Chiara avesse osato sperare.

Alla vigilia della partenza telefonò a Mino Binelli per salutarlo. Lui si fece dare indirizzo e numero di telefono. «Se riusciremo a sistemare i bambini, io e mia moglie una delle prossime domeniche verremo a trovarla» promise.

Una volta che Chiara fu a Orvieto, tutta la sua tensione sparì. Era finalmente al sicuro, libera di uscire, rientrare, spostarsi e fermarsi senza l'incubo di veder sbucare Andrea dietro ogni angolo. Zia Egle era il suo angelo custode: una presenza vigile e rassicurante, ma allo stesso tempo discreta. Al mattino uscivano insieme per fare le spese e sedevano al tavolino all'aperto del bar di fronte a bere un caffè e a chiacchierare. Al pomeriggio, zia Egle andava a riposare e Chiara compiva da sola lunghe passeggiate senza meta attraverso le vie della città.

Un portale, un balcone fiorito, la vetrina di un vecchio negozio, lo scorcio di un vicolo tagliato in due da un raggio di sole... Ad ogni passo scopriva un particolare suggestivo o una visione di sommessa, armoniosa bellezza. E lei si fermava a guardare, le mani poste sul grembo come a rendere partecipe suo figlio di ciò che provava: serenità, sicurezza, gioia.

Un pomeriggio si addentrò in una piazzetta e rimase con la testa per aria ad ammirare i due piccoli angeli affrescati sopra il portale di una vecchia casa. Quando abbassò lo sguardo vide Andrea. Immobile e silenzioso davanti a lei, come negli orribili incubi che avevano popolato le sue notti. Scappa, stai ferma, adesso svengo, respira forte...

Andrea si avvicinò lentamente. «Chiara, che sorpresa.» La stava guardando con attenzione, ma senza l'espressione di disprezzo o di ostilità con cui le appariva in quegli incubi.

Un tremulo sospiro di sollievo le allargò i polmoni. Sto respirando, pensò. E, subito dopo: devo dire qualcosa, non posso restare ferma a fissare il suo viso. «Ciao, Andrea.» Era sua, quella voce gutturale e cupa?

«Sono venuto a Orvieto per incontrare un cliente e per caso ti ho visto. Da quanto tempo sei qui?»

«Qualche giorno. Sono a casa della zia Egle.» Il panico si stava ritraendo.

«È con te?»

«Sì.»

«Lì c'è un bar,» Andrea disse indicando col dito la destra della piazzetta «sediamoci a bere qualcosa.» Più che un invito, sembrava un ordine.

Chiara lo seguì come un automa. Lasciò che lui le spostasse la poltroncina e vi si sedette quasi di peso, sollevata dallo sforzo di doversi reggere sulle gambe.

«Va bene anche per te una spremuta d'arancia?» Andrea chiese quando arrivò il cameriere.

«Sì, grazie.»

Andrea si guardò intorno. «Mi piacerebbe vivere qui.»

Chiara annuì. «Cecilia mi ha detto che presto vi trasferirete a Milano.»

«Già.»

«L'ho incontrata per caso... E l'ho trovata molto bene.»

«Anche tu stai bene. Quando nascerà il tuo bambino?»

«Fra sei settimane... È un maschio.»

«Bruno Marques sarà contento. Noi uomini abbiamo sempre l'inconfessata speranza di avere il figlio maschio.»

Chiara tacque. Il panico era scomparso, ma l'amarezza che adesso provava la faceva stare se possibile ancora peggio. Era tristissimo essersi ritrovati per caso e dover annaspare tra frasi banali e patetici appigli, come succede a due conoscenti che si rivedono e sono obbligati a dirsi qualcosa. Neppure nel peggiore degli incubi avrebbe potuto immaginare un simile strazio.

«Non ti sei ancora sposata?» Andrea chiese con un sorriso.

«No, non ancora.»

«Mia moglie mi ha detto che Marques ti è molto legato.»

Chiara lo guardò negli occhi. «E che cosa altro ti ha detto, tua moglie?»

«È stato qualche tempo fa. Se ben ricordo, Marina incontrò il tuo uomo e lui le disse che aspettavate un figlio e stavate per sposarvi. L'ho saputo così e da mia moglie.»

«Non ci sentivamo più da settimane,» Chiara disse brusca «e comunque eri ormai uscito dalla mia vita.»

Andrea le diede una affettuosa pacca sulla mano. «Guarda che non c'era nulla di polemico nella mia frase.» Le sorrise di nuovo. «In realtà non sono mai entrato nella tua vita.»

«Che cosa significa?»

«Abbiamo avuto... come dire, soltanto un breve incontro. Ma giustamente il posto fisso era per Bruno, l'uomo sicuro e senza altri legami o doveri. Non posso biasimarti. Ma non ne parliamo più... Ecco le aranciate» si interruppe indicando il cameriere.

Chiara si alzò di scatto. «Non ho sete...» Si vergognò subito di quella sua reazione esagitata. Per nulla al mondo avrebbe voluto far capire a quell'uomo gentile, amichevole e *indifferente* quanto profondamente l'avesse umiliata.

«Scusami,» si affrettò ad aggiungere «mi sono ricordata solo adesso che zia Egle mi sta aspettando sotto casa.»

Si alzò anche Andrea. «Devi proprio scappare via?»

«Sì, non vorrei che la zia Egle si preoccupasse.» Gli tese la mano. «Ci capiterà senz'altro di rivederci, prima o poi.»

«E perché no?» replicò lui, senza vedere la sua mano.

«Sono contenta di averti incontrato. Tanti auguri per il tuo trasferimento.»

«Grazie, auguri anche a te. Magari fammi sapere quando nascerà tuo figlio...»

Chiara fece di sì. «Adesso devo proprio andare. Ciao.» Gli voltò le spalle, sperando che le gambe la reggessero.

Quando capì che riusciva a camminare, affrettò il passo. Via, via da lì. Avrebbe voluto volare. Ricacciò le lacrime. *Abbiamo avuto soltanto un breve incontro... In realtà non sono mai entrato nella tua vita...* Dio, che desolazione. E che vergogna.

All'improvviso sentì due mani afferrarla per le spalle come artigli e girarla con violenza su se stessa. Andrea era davanti a lei e la fissava con gli occhi a fessura. «Sei una puttana» sibilò.

Chiara fece istintivamente per tirarsi indietro, ma lui la trattenne. «Sono venuto a Orvieto apposta per dirti questo. Per settimane ho cercato di giustificarti, di capirti. E più mi sforzavo per riuscirci, più la mia stima per te si disintegrava. Quello che hai fatto è ignobile... Ti sei abilmente giostrata tra due uomini, anzi, tra due letti... Fingevi di straziarti per me, e intanto ti tenevi stretto Marques. Se penso a quanto ti ho amata... Se penso che stavo per lasciare mia moglie per te...» L'ira gli soffocò la voce.

«Mi dispiace.»

«*Ti dispiace* che cosa? Di essere la miserabile persona che sei oppure di non poter più recitare la parte della donna dignitosa e nobile?»

«Lasciami, mi fai male...»

Andrea abbassò la mano. «Vorrei non averti toccata mai.» Restò fermo un istante a guardarla, come se fosse una cosa ripugnante, poi abbassò la testa e si allontanò bruscamente.

XXIV

Sempre più spesso, guardando suo padre e sua madre, Cecilia aveva la sensazione di essere l'unica spettatrice in una platea deserta. Essi interpretavano a suo esclusivo beneficio la recita della famiglia unita mettendo calore e impegno persino nelle ritrite battute della quotidianità: passami il sale, per piacere, come è andata oggi?, stai bene con quel vestito, ottimo questo sformato, stasera c'è un bel film alla televisione...

Cecilia era stata a guardare sentendosi via via, nell'ordine, ammirata, perplessa, annoiata, infastidita e indifferente. Ma ad un tratto era accaduto qualcosa che l'aveva scossa facendo nuovamente di lei una spettatrice attenta: i suoi genitori avevano cambiato recita. Deposte le battute del copione e abbandonate le costrizioni del soggetto, adesso interpretavano a ruota libera se stessi, del tutto incuranti dell'applauso. Suo padre era irritabile e tetro, sua madre nevrastenica e urlante. Come aprivano bocca, nell'aria cominciavano a vibrare scariche elettriche.

Dopo essersi mostrata entusiasta del trasferimento a Milano, di punto in bianco Marina lo avversava visceralmente: Odio la nebbia! Non conosciamo nessuno! Non puoi obbligarmi! È un colpo di testa! Non ti seguirò nella tua fuga!, strillava al marito.

Cecilia, con la scusa dei compiti, correva a rifugiarsi nella sua stanza, ma non esistevano né porte né pareti abbastanza spesse per isolarla dall'ira a tutto esclamativo di sua madre.

Aveva imparato ad accendere lo stereo e infilare la cuffia, ma la voce di Ramazzotti o di Elton John le arrivava alle orecchie insieme con le vibrazioni dell'odio. Se ne sentiva aggredita e travolta. Spesso si ritrovava tremante di rabbia coi pugni stretti e i denti serrati. Avrebbe voluto morire. O vedere morti i suoi genitori.

L'assistente sociale che periodicamente si incontrava con lei captò queste gravi tensioni e ne informò preoccupata il giudice Sala. E il giudice, conoscendo l'amicizia che legava Mino Binelli alla famiglia Morello, ne parlò con lui.

Il capitano non si stupì: tre settimane prima Andrea gli aveva confidato con franchezza che dopo una illusoria parvenza di accordo i rapporti con sua moglie erano tornati a essere invivibili. Proprio per questo gli aveva detto che Chiara si trovava a Orvieto: in cuor suo sperava che dal loro incontro sarebbero scaturiti verità e chiarezza, e invece era stato un dramma. Chiara gli aveva telefonato riferendogli l'orribile scenata di Andrea e rimproverandolo aspramente per avergli detto dove era. Inutilmente lui l'aveva supplicata di confessare la verità sul figlio che aspettava. Chiara si era mostrata irremovibile, diffidandolo dal prendere altre iniziative rovinose.

Temendo di fare un nuovo errore, Binelli decise di prendere anche le distanze dalla situazione di cui il giudice minorile gli aveva parlato. Purtroppo lui non era Dio. E come uomo non poteva compiere miracoli né contrapporsi al libero arbitrio di persone adulte decidendo al posto loro. Non avrebbe saputo neppure come: la sua mente razionale e concreta si ritraeva da quell'intrico di cecità, idiozia, finzioni, orgoglio.

Ma l'amara presa di distanza del capitano Binelli fu travolta dagli eventi. Da quattro mesi lui e i suoi uomini stavano discretamente indagando su Giacomo Montana, brillante animatore della mondanità romana dalle attività redditizie e imprecisate che facevano ufficialmente capo a una società di import-export. Si avevano fondati sospetti che dietro questa società si celasse un traffico di armi e di droga e che le feste organizzate da Montana servissero come insospettabile paravento per mediazioni e incontri d'affari.

Le indagini erano state ultimamente mirate proprio sugli abituali frequentatori di queste feste allo scopo di identificare eventuali personaggi sospetti.

Mino Binelli fu sorpreso e allarmato scoprendo che da qualche settimana Marina Morello figurava con la sua amica

Carmen Grandi nella lista degli invitati di Giacomo Montana. Pure escludendo ogni partecipazione ai traffici criminosi, la Morello stava rischiando grosso. E lui era troppo amico di Andrea per tacergli tutto. Nell'eventualità non remota di una irruzione nella villa, anche sua moglie avrebbe potuto essere fermata e interrogata, e Binelli intendeva risparmiare ad Andrea questa umiliazione. Conoscendo la superficialità e la leggerezza di Marina, scartò l'idea di metterla in guardia direttamente: ciò avrebbe potuto compromettere tutta l'operazione. Non restava che far intervenire Andrea.

Quella sera, dalla sua stanza, Cecilia udì suo padre e sua madre litigare con tanta furia che ne fu impaurita. Alzò il volume dello stereo, ma frasi tonanti e terribili giungevano come raffiche intervallate da pause di sinistro silenzio. Cecilia scoppiò a piangere. Finitela, non ne posso più, non voglio sentire!

Me ne vado, subito. Suo padre.

Cecilia resta con me. Sua madre.

Puoi scordartelo. Domattina verrò a prenderla. Suo padre.

Provaci! Sua madre.

Cecilia smise di piangere e si alzò di scatto. Stavano parlando di lei. Stavano decidendo della sua vita come se lei fosse stata una cosa inanimata, un pacco da trasportare a piacimento. *Devo* ascoltare, *devo* sentire fino a che punto osano spingersi, si impose fremendo di odio.

Uscì dalla sua stanza e percorse il breve tratto di corridoio che la separava dal soggiorno. Come fu arrivata, si nascose dietro alla porta. Non si vergognava affatto di star lì a spiare. Erano i suoi genitori a doversi vergognare. Forza, proseguite, li incitò mentalmente. Da quella posizione poteva anche guardarli in faccia.

Sua madre era seduta, suo padre in piedi. Il timore che la lite fosse finita e lui se ne stesse già andando si rivelò subito infondato.

«Mi ero illuso che ci si potesse separare senza sbranarci, ma evidentemente tu hai perduto ogni facoltà di ragionare.» Suo padre, truce.

«Senti chi parla! Di punto in bianco vuoi mandare all'aria

il nostro matrimonio soltanto per un pettegolezzo del tuo amico Binelli!»

«*Pettegolezzo*? Ma è possibile che non ti renda conto della gravità di quello che hai fatto? Mezza Roma sa che quel Giacomo Montana è un losco intrallazzatore, e tu frequenti la sua casa a mia insaputa. Peggio ancora, inventando un sacco di balle per uscire alla sera.»

«*Mezza Roma* frequenta la casa di Montana, e io ci sono andata un paio di volte cambiando programma all'ultimo minuto. Non mi sembrava così importante dirtelo. Quando mai ti sei interessato a quello che faccio?»

«Marina, la verità è che il tentativo di restare insieme è fallito fin dall'inizio. È da tempo che ci stiamo azzannando e tormentando e a questo punto io ho deciso di dire basta. Tu resta pure a Roma. Io mi trasferirò a Milano con nostra figlia.»

«Questo *mai*. Dovrai passare sul mio cadavere.»

Andrea fissò la moglie con una smorfia di disprezzo. «Non ti è mai importato niente di Cecilia. È indegno che adesso la usi come arma contro di me.»

«Pensala come ti pare. Per quello che mi importa, del tuo giudizio!»

«Quello che non capisco, è perché ti importa tanto di restare sposata con me.»

«Perché ho investito quindici anni della mia vita per ottenere quello che ho: stato sociale, benessere e rispettabilità. Non ti permetterò mai di andartene! E se ti ostinerai a volerlo fare, preparati a una battaglia sanguinosa» abbaiò Marina.

Andrea strinse le labbra. «Non sottovalutarmi. Posso essere un avversario molto agguerrito.»

Sua moglie scoppiò in una risata sarcastica. «Tu? Non sopravvalutarti! Ti ho rigirato come ho voluto, perché sei un piccolo uomo presuntuoso e ottuso!»

«Non più, Marina. Finalmente ho aperto gli occhi e ti vedo per quello che sei. Non resterò con te un minuto di più: se hai qualcosa da dirmi, fallo attraverso gli avvocati.»

Marina inspirò a fondo. «C'è qualcosa che gli avvocati non possono dirti. Ti ho tradito fin dal primo anno di matrimonio. Anche Bruno Marques è stato mio amante. Ricordi il viaggio in Messico del tuo caro socio di studio? Tu credevi che io fossi in vacanza con mia cugina, invece ero in Messico con lui!» Le parole le uscivano come vomito.

«Basta.»

«*Non basta!*» Negli occhi della donna c'era una luce di furia quasi allucinata. «Il figlio che Chiara Basile aspetta è tuo! A quanto pare, non sono la sola donna che ti ha raggirato!»

Andrea le balzò addosso, terreo in volto. «Che cosa stai dicendo?»

«Hai capito bene. La nobile vedovella ti ha nascosto questa verità per non distruggere la nostra riunita famigliola... Ma forse ha preferito accettare la generosa proposta di riconoscimento di Bruno Marques che dare per padre a suo figlio un piccolo uomo come te!»

Cecilia, paralizzata dall'orrore, vide suo padre uscire a precipizio dalla stanza e dopo pochi istanti udì sbattere l'uscio di casa. Sua madre era rimasta seduta.

All'improvviso, una profonda tristezza sembrava esserle scesa sul volto.

Cecilia emerse dalla porta. «Mamma...»

Marina sollevò gli occhi su di lei. «Sei lì?»

«Sì. E ho sentito tutto.» Un singhiozzo le eruppe dalla gola. «Hai sempre mentito! Hai ingannato mio padre! Oh, mamma, come è possibile che tu sia così... così...»

«Egoista? Cinica? Amorale? Non lo so. Le persone così esistono, e io sono una di queste. È come essere ammalati. O zoppi.» Anche la voce di Marina era improvvisamente triste.

«Non recitare! Tu non cambierai mai... continuerai a ingannare tutti.»

«Ma tu e tuo padre siete salvi. Ho perduto anche te.»

«Non recitare!» Cecilia ripeté con voce di pianto. «Io me ne vado con lui perché a te non importa niente che io resti... Oh, mamma, era così difficile volermi bene?»

«Sei la sola persona a cui voglio bene... Il massimo bene che posso. Ma so che per te è poco. Per questo ti lascio con tuo padre.»

«Voglio andare da Chiara. Domani stesso.»

«È giusto.»

«Ritornerò a trovarti... Io non ti odio, mamma.»

«Lo so. È il massimo che posso aspettarmi.»

Epilogo

Andrea salì in macchina e mise in moto. Doveva allontanarsi da lì subito e il più velocemente possibile. Si accorse dall'innervosito pigiare di un clacson di aver attraversato il semaforo col rosso. Al semaforo successivo si fermò e l'autista dell'auto accanto abbassò il finestrino per segnalargli che aveva la portiera aperta. Quando arrivò il verde, Andrea ripartì lentamente cercando una piazzola o un parcheggio. Scorse una rientranza alla sinistra di una edicola e vi si fermò. Era troppo sconvolto per poter continuare a guidare, e per di più senza una meta precisa.

Non sapeva dove andare, che cosa fare e come trovare un filo logico a cui aggrapparsi per capire che cosa era successo. Era in balìa di sentimenti ed emozioni talmente violenti che gli sembrava di avere un macigno sul cuore. La vergogna di sé predominava su incredulità, furia, disgusto e persino sul sovrumano sollievo di sapere che Chiara non l'aveva mai tradito e il figlio che aspettava era suo. Il ricordo di come l'aveva trattata a Orvieto lo fece stare fisicamente male. Aveva dato della puttana a una donna che dopo aver sopportato le peggiori sofferenze stava portando a termine una gravidanza tutta sola per evitare che lui e Cecilia soffrissero. Quante umiliazioni, quante paure, quanti problemi e quanta solitudine aveva conosciuto in quei mesi di attesa? Una morsa gli strinse il cuore.

Mi sta venendo un infarto, Andrea pensò con cupa gioia. Ma subito si diede del vile. Che razza di uomo era, se di fronte alla resa dei conti non trovava altra via di scampo all'infuori della fuga estrema? Presto avrebbe avuto un altro figlio da crescere. Il figlio suo e di Chiara.

Devo vederla. Devo correre subito da lei, pensò. Fece per mettere in moto, ma subito si fermò. Era tracotante e idiota ritenere che un "ti amo, perdonami" valesse a cancellare tutto ciò che le aveva inflitto e a riunirli in un appassionato lieto fine. Doveva umilmente prendere atto della possibilità che Chiara lo respingesse e non riuscisse a perdonarlo. Il panico gli strinse di nuovo il cuore in una morsa. Stava realmente male.

Devo muovermi, fare qualcosa. Mise in moto e fece retromarcia per riportarsi sulla strada. Aveva la vista appannata e non riusciva più a orientarsi. Dove si trovava, esattamente? Guardò in alto, alla sua destra, tentando di scorgere l'indicazione della via ed emise un gemito di sollievo. Era a un centinaio di metri dalla casa di Mino Binelli. Inspirò ed espirò a fondo e premette l'acceleratore, pregando tra sé che l'amico fosse in casa.

Fu fortunato: stava scendendo dall'auto quando lo vide uscire dal portone. Gli corse incontro. «Stavo venendo da te. Devo parlarti.»

«Non ora, ho molta fretta» Binelli gli rispose gentilmente, ma senza fermarsi.

«Ti prego...» Lo trattenne per un braccio.

L'amico si fermò, colpito da quella implorazione affannata. «È successo qualcosa?»

Andrea annuì, incapace di parlare.

«Stai male?»

«No... Mino, stasera mia moglie mi ha detto qualcosa che non sospettavo... Qualcosa che nemmeno immagini.»

«Riguarda Chiara?»

«Sì...» Un'occhiata stupita. «Per favore, ho bisogno di parlarti. Sei il mio migliore amico, e se non mi aiuti, io divento pazzo.»

Binelli ebbe un attimo di esitazione. «Sali in macchina con me, mi dirai durante la strada.»

«Non posso. È un discorso molto difficile...»

«Sto andando all'ospedale da Chiara: tuo figlio sta per nascere. Vuoi venire sì o no?»

Andrea si bloccò. «Mio figlio...»

Binelli lo spinse verso la macchina. «Non è di questo che vuoi parlarmi? Avanti, sali.»

«Tu sapevi... Come hai potuto tenermelo nascosto?» Andrea lo aggredì appena fu seduto.

«E tu, come hai potuto non capirlo da solo?» rispose mettendo in moto.

Lui tacque per qualche istante. «Sono stato un idiota. Come sta Chiara? Quando l'hanno ricoverata?»

«Nel primo pomeriggio. Ero passato da casa sua per salutarla quando le sono incominciate le doglie. Così l'ho accompagnata in ospedale. Adesso con lei c'è Barbara.»

«Il bambino non è ancora nato?»

«Fino a mezz'ora fa, no.»

«Va tutto bene?» si informò, ansioso.

«Sì. La madre e la sorella di Chiara sarebbero dovute arrivare nei prossimi giorni, ma a quanto pare tuo figlio ha avuto fretta di nascere.»

«Mino, io ti aspetto di sotto. Non posso entrare in reparto... Vedere Chiara.»

«E perché no?» Tranquillo.

«Mi vergogno troppo. Non puoi nemmeno immaginare quello che le ho fatto.»

«Non lo immagino: lo so.»

«Mino, io sono stato cieco, ma tu perché non mi hai aperto gli occhi?»

«Perché Chiara non me lo avrebbe mai perdonato. La sua vita si spezzò, quando il marito se ne andò con l'altra donna che stava per dargli un figlio. Per nulla al mondo avrebbe voluto arrecare lo stesso dolore alla tua famiglia. Purtroppo agli inizi sono stato un idiota anch'io, illudendomi che nella tua unione con Marina ci fosse ancora qualcosa da salvare.»

«C'era il deserto. E adesso ho perduto Chiara.»

Binelli si girò a guardarlo. «Ti arrendi senza lottare?»

«Mi arrampicherei in ginocchio sulla vetta del mondo, se avessi qualche speranza...»

«Chiara è soltanto al terzo piano. E c'è l'ascensore.»

Barbara Binelli andò incontro al marito e non parve sorpresa di vedere che Andrea era con lui. «L'ostetrica la sta visitando e adesso la portano in sala parto» disse. Guardò Andrea e soggiunse: «Deve passare da qui».

«Io me ne vado» lui disse con voce spaventata.

Barbara scosse la testa. «Dovresti dirle qualcosa.»

«Non adesso...»

«Se le vuoi bene, è proprio *adesso* che devi dirglielo. Sta per avere il bambino che aspettava da dieci anni e...» Si interruppe.

La porta in fondo al corridoio si era aperta e una barella stava avanzando verso di loro. Andrea vide una rotonda prominenza premere dal lenzuolo. E poi il viso di Chiara, sempre più vicino... Aveva gli occhi chiusi. La barella gli passò accanto. Andrea fece per muoversi. E mentre tentava disperatamente di farlo, vide la barella proseguire e la porta della sala parto aprirsi. Mino e Barbara Binelli lo stavano guardando, trattenendo il fiato. Con un balzo, Andrea si slanciò verso la barella e vi si aggrappò. Chiara aprì gli occhi.

«Ti amo, perdonami» proruppe curvandosi su di lei. Si sentiva disperato, colpevole, sconfitto.

Chiara sollevò lentamente una mano e gli sfiorò il viso. «Anche io ti amo. Ma non è possibile. Il tuo posto non è qui...»

Doveva spiegarle. Doveva dirle che sapeva tutto, che tutto era stato chiarito e risolto... Ma non c'era tempo, gli infermieri lo stavano fissando con impazienza. «Dobbiamo entrare» disse uno di loro.

«Entro anch'io» Andrea disse con voce decisa, afferrando la mano di Chiara e tenendola stretta.

«Lei? E chi è lei?»

«Sono il padre del bambino.»

Finito di stampare nel febbraio 2011 presso
il Nuovo Istituto Italiano d'Arti Grafiche - Bergamo
Printed in Italy

RCS Libri

ISBN 978-88-17-04878-1